著
青山有
Yu Aoyama
ill
長浜めぐみ
Megumi Nagahama
転生！
竹中半兵衛
マイナー武将に転生した
仲間たちと戦国乱世を生き抜く

恒《こう》
小春《こはる》
竹中半兵衛《たけなかはんべえ》

百地丹波《ももち たんば》
桔梗《ききょう》

「恒殿、私は貴女のことが美しい、愛らしいと本心から思っているのです」
「ですが、私はこんな顔ですし、そのう、背も……」

島《しま》 左近《さこん》

「殿、御無事ですか!?」

「明智光秀、顔を上げなさい」
明智光秀
あけち みつひで

転生！竹中半兵衛

マイナー武将に転生した仲間たちと戦国乱世を生き抜く

著 青山 有
Yu Aoyama
ill 長浜めぐみ
Megumi Nagahama

安東茂季
〈出羽国〉
最上義光
〈出羽国〉
竹中半兵衛
〈美濃国〉
北条氏規
〈相模国〉
今川氏真
〈遠江国〉
1560年 戦国時代日本

〈美濃国〉
斎藤家（斎藤義龍）
稲葉山城
竹中半兵衛
菩提山城
浅井家
〈近江国北部〉
織田信長
〈尾張国〉
六角家
〈近江国南部〉
北畠家
〈伊勢国〉
小早川繁平
〈安芸国〉
伊東義益
〈日向国〉
一条兼定
〈土佐国〉

目次

第一話　竹中半兵衛

目が覚めると同時に激しい頭痛に襲われた。頭痛と覚醒しきらない意識のなかで昨夜の記憶が蘇《よみがえ》る。

時期外れの部署異動。俺の送別会ということもあり、久しぶりに盛大に飲んだ。飲み会の会場となった最寄りの駅に着いたのは憶えているが、記憶はそこまでだ。どうやって帰ってきたのかも憶えていない。二日酔いの頭痛を我慢して身体を起こそうとしたが、倦怠《けんたい》感と関節の痛みに負けて起き上がるのを諦めた。

この感覚は二日酔いじゃない。風邪か？　インフルエンザじゃないだろうな。

まいったなあ。明後日から新部署に出社すると言うのに、いきなりインフルエンザで病欠とか心証悪過ぎるだろ。

「お殿様！　お気付きになられましたか！　いま、久作《きゅうさく》様をお呼びして参ります」

突然若い女性の声が響いたと思うと、慌ただしく飛びだして行く気配がした。

我が家は父さんと母さんと俺の三人暮らしだ。若い女性はいない。

もしかして自宅に帰り着いた記憶がないってことは……、誰かの家に泊まったのか？　それで二日酔いの俺を看病してくれていたのだろうか？　ともかく、このまま寝ているわけにはいかない。

頭痛と関節の痛みに耐えながら半身を起こすと、純和風な建物の様子が目に飛び込んできた。純和風というのは過賞だったかもしれない。泊めてもらっておいて随分な言いようだが、粗末で古ぼけた和風の家といった感じだ。よく言えば趣のある古民家風の和風建築。

慌ただしい足音が近づいてきたかと思うと、乾いた音を伴って勢いよく板戸が開かれ、十代前半と思《おぼ》しき少年が飛び込んできた。

「兄上！　具合は如何《いかが》ですか？　湯漬《ゆづ》けなど口にできそうでしょうか？」

勢い込んで話しかける少年は和服を着てマゲを結っている。

他人の家のことにあまり口をだしたくないが、さすがにマゲはないだろう。二日酔いか風邪かは分からないが、頭がボウっとしていることが幸いして驚きの声を上げずにすんだ。

「久作殿、殿はまだ熱が下がっていないご様子。いま医者が参りますので、湯漬けなどはそれからがよろしいでしょう」

そう言いながら部屋へ入ってきたのは二人目のマゲだ。白髪交じりの壮年の男で和服がよく似合う。熱のせいか既に和服を疑問もなく受け入れている自分に気付きゆっくりと頭を振る。

「殿、まずはお目覚めになられて何よりです。顔色も随分と良くなられたようですし、ほどなく回復しましょう」

壮年の男はそう言って安堵《あんど》の笑顔を浮かべた。

俺は心配してくれる人たちにお礼を述べながら、自分の置かれている状況を少しでも知ろうと、改めて周囲を見回す。

半分ほど開けられた板戸の向こうには廊下があり、その向こうに和風の庭が広がっている。集まってきた人たちはもとより、部屋も庭も見覚えがない。やはり、他人様のお宅に泊めて頂いただけでなく、看病までしてもらったようだ。ともかくお礼だけは言わないと。それと体調が悪いことも伝えた方がいいだろう。

「看病、ありがとうございます。それと――」

「兄上、無理はなさらず養生してください」

見知らぬ少年が心配そうな目を向けた。

気持ちは嬉しいが、真顔で兄上と呼ばれても反応に困る。自分の兄とその同僚との見分けが付かない気の毒な少年なのか？

久作と呼ばれた少年の背後、半分ほど開けられた板戸の向こうに和服姿の若い女性とやはり和服姿の頭が禿《は》げた壮年の男が現れた。今日、はじめて見るマゲじゃない男だ。

禿げた男が部屋へと入ってくるなり俺に話しかけてきた。

「顔色がよろしいですな。熱も下がりましたか？」

状況は掴みかねるが、俺の体調が悪いことを訴えておこう。

「ありがとうございます。実はまだ頭痛がして頭がボウっとします。それに関節に痛みがあります」

禿げた男は俺が病状を伝え終える前に久作と入れ替わるようにして隣に座った。そして、おもむろに俺の腕を取ると脈をはかりだす。久作と壮年のマゲ、そして後ろに控えている若い女性が心配そうに覗き込む。

冷静になってみると、もの凄く違和感のある状況だ。

目が覚めてからここまで、周りを観察していて真っ先に浮かんだ単語は『江戸時代の侍屋敷』だ。しかし、もっと冷静になってみて気付いたが、女性の髪形が江戸時代よりもさらに古い。それに和風建築にしては障子ではなく板戸、床は畳ではなく板の間だ。フローリングなどといった洒落《しゃれ》たものじゃない。極めつけが布団。というか布団でも何でもない。多少厚手ではあるが、ただの布だ。

少なくとも普通ではない状況にあるのは理解できた。

自分からあれこれと話をするのはやめておこう。こちらは最低限の質問と受け答え、あとは向こうに話をしてもらって状況を探る。よし、これで行こう。

禿げた男が俺に向かって頭を下げるとおもむろに話しだした。

「竹中《たけなか》様、峠は越えました。あと三日ほど安静になされば回復するでしょう」

峠ってなんだよ。そんなに危険な状態だったのか？

俺は禿げた男に再度お礼を述べた後で、久作に空腹であることを告げた。

「かしこまりました。ハッ、湯漬けを用意してくれ」

彼にそう命じられると、後ろに控えていた女性はすぐに部屋の外へとでて行った。入口付近では禿げた男がマゲを結った壮年の男に頭を下げる。

「善左衛門《ぜんざえもん》様、私はこれで失礼させて頂きます。もう大丈夫とは思いますが、何かございましたら使いの者を寄越してください。竹中様のためなら、いつでも駆けつけますので」

「ありがとうございます。一時はどうなることかと思いましたが、これで一安心できます」

壮年の男はそう言って豪快な笑い声を辺りに響かせた。

いま、禿げた男が俺のことを『竹中様』と呼んでいたよな。

どうやら俺は竹中という人と間違われているようだ。しかし、竹中なんて人は俺の同僚にも昨夜の飲み会にもいなかったはずだが……。

善左衛門と久作が禿げた男を見送るため部屋をでたので、一人部屋に残された俺は辺りを見回した。すると側《そば》にあったタライと手ぬぐいに目が留まる。

まだ熱もあるようだし、女性が湯漬けを持ってくるまで少し寝るか。

手ぬぐいを水に浸そうとタライを引き寄せたところで動きが止まる。タライのなかの水に涼しげな容貌の見知らぬ若者が映っていた。

「誰だよ……」

自分のつぶやきがどこか遠くに聞こえる。

状況が理解できなかった。いや、理解するのを拒否しているのかもしれない。しばし茫然とした後、タライを覗き込んだままウィンクをすると、水面に映った見知らぬ若者も同じタイミングでウィンクをした。二度、三度と繰り返すが結果は変わらない。水面に映っている顔は知らないが、それが自分であることは間違いなかった。

そう理解した瞬間、背筋に悪寒《おかん》が走った。

改めて周囲を観察すると、建物の様子から江戸時代よりも古い時代であるように思える。それに先ほどまでいた女性の髪形や服装……。

戦国時代か室町時代末期の日本のようじゃないか。

「信じられないが、俺は過去の人物に転生したのか？」

再び背筋に悪寒が走り、様々な負の思考が一度に押し寄せる。何もできずに茫然としていると、先ほどの女性が戻ってきた。

「お殿様、湯漬けでございます」

「ありがとう……」

俺は女性から湯漬けを受け取ると、半ば思考が停止した状態でそれを口に運んだ。湯漬けを口にし、胃に流れ込んでいくのを感じると不思議と落ち着きを取り戻した。

これが湯漬けか。本当にご飯にお湯をかけただけなんだな。時代劇で何度か見たことあるが、なんとも味気ない食べ物だ。俺は湯漬けを口に運びながらこれまでの状況を頭のなかで整理する。

結果、ハツさんに残ってもらうことにした。

方針変更だ。

ある程度積極的に話しかけないと欲しい情報も手に入らない。そこで最も安全そうな彼女から情報を引きだすことにした。

「すまないね、ハツ。くだらないことばかり聞いて。どうも熱で記憶が飛んでしまったようなんだ」

「滅相もございません。お殿様のお役に立てるのでしたら何だってしてします。何でもお申し付けください――――」

会話をしている最中もハツさんはニコニコと愛嬌のある笑顔を絶やさずにいてくれた。愛嬌のある若い女性と会話をしながら食事をする。独身の俺にとっては夢のような時間だ。

話の内容は悪夢そのものだったけどな。

「――――善左衛門様か久作様をお呼びいたしましょうか？」

「いや、大丈夫だ。それよりも少し休みたい。二人にもそう伝えておいてくれ」

「それでは、何かございましたらお呼びください」

一通りの情報を仕入れたところでハツさんを下がらせ、俺は再び病を理由に床に就いた。そして、ここまでのことを整理するために思案を始める。

善左衛門や久作から話を聞く前にハツさんから話を聞いて正解だった。

驚いたことに俺は美濃《みの》（岐阜県）の国人領主である竹中半兵衛《はんべえ》となっていた。

竹中半兵衛と言えば天下人となった豊臣秀吉《とよとみひでよし》の軍師として有名だ。『羽柴《はしば》の二兵衛』と称され黒田官兵衛《くろだかんべえ》と並ぶ、戦国を代表する名軍師である。ひととなりも『無欲で清廉高潔な武将』と伝わっている。

その竹中半兵衛、つまり、俺の置かれている現状を整理しよう。

先月、父の竹中重元《しげもと》が他界し俺が家督を継いだ。まさに家督を継いだばかりで俺の相続に不満を隠さない連中もいる。家中は騒然とした状態だ。そんな組織の長となった。

竹中家は菩提山《ぼだいさん》城を居城として関ヶ原一帯を支配している。記憶が正しければ六千貫、石高に直しておよそ一万二千石の領主。動員できる兵数は三百人から三百五十人と言ったところだろう。領地は近江《おうみ》（滋賀県）と尾張《おわり》（愛知県）に近いところに位置し、近江の六角《ろっかく》と浅井《あざい》、尾張の織田《おだ》との小競り合いが絶えない状況のなか、周囲の国人領主や土豪と協力して何とか撃退しているという状況だ。それも知将竹中半兵衛だからできたこと。俺には無理だ。

歴史通りなら西に隣接する近江は浅井が六角を討って勢力を伸ばす。南に隣接する尾張は織田信長《のぶなが》が桶狭間《おけはざま》の戦いに勝利して美濃攻略に力を注ぐ。さらにこの両者は婚姻関係まで結んで手を組むことになる。

翻《ひるがえ》って、俺が所属する美濃はと言うと、現国主の斎藤義龍《さいとうよしたつ》は病で近い将来他界する。後を継ぐ息子の龍興《たつおき》は若年で頼りない上、彼の側近連中と竹中半兵衛の折り合いが悪い。

敵対国が力を付け自国は内部崩壊の上、それを防ぎたくても人間関係が悪すぎる。時間をかけて人間関係の修復を図りたいところだが時間もない。

いまが永禄三年二月初めと言っていたから、西暦だと一五六〇年二月も終わる頃だろう。世はまさに戦国時代の真っ只中だ。あの有名な桶狭間の戦いが永禄三年五月（一五六〇年六月）だから桶狭間の戦いまで三ヶ月余。それが終われば戦国のスーパースター織田信長が美濃をロックオンする。

将来に希望が持てない……。

状況は理解した。だからと言って簡単に受け入れられる話ではない。

俺は現代日本のサラリーマンだった。年齢は三十五歳。死んだ憶えもなければ神様や女神様と会った記憶もない。送別会の席で飲み過ぎて……、目が覚めたら高熱で生死の境をさまよう竹中半兵衛として転生していた。

無理やり理屈を付ければ、死因は不明だが何らかの事情で死亡した俺が、高熱で死ぬ運命だった竹中半兵衛に憑依《ひょうい》したというところだろう。

ハツさんとの会話の最中、自分が竹中半兵衛に転生したと知って『俺が今孔明《いまこうめい》、戦国の名軍師？　すげー』、などと、一瞬でも感動していたおめでたさが恥ずかしい。名軍師は竹中半兵衛であって、俺じゃない。つまり、一般人の俺には無理な役柄だ。名軍師なんてできっこない。それこそ間抜けな作戦で家臣と自分の命を無駄に散らすだけだ。

問題は他にもある。

竹中半兵衛って早死にするよな。確か三十代半ばくらいで、結核だか肺炎だかで死亡するはずだ。いまの俺、竹中半兵衛が十七歳。余命二十年くらいか……、考えただけで涙がでてくる。だが、ここで泣こうが喚こうが何も解決しない。むしろ病気で気がふれたと思われて薄暗い座敷牢あたりに幽閉される未来しか見えない。下手したら口減らしに暗殺だ。

そこで俺が取るべき生存戦略。

身体を鍛えて病気に打ち勝つ体力を手に入れる。その上で健康に留意して安穏と暮らす。理想は隠居生活だが……。結核や肺炎にかかったとして、隠居していては高い薬や医者にかかる金が用意できるとは思えない。隠棲《いんせい》していたら貧乏が死亡フラグに直結しそうな気がする。

却下だ。

やはり、優秀な医者や良薬を容易に手に入れられるだけの財力が必要となる。できるなら流通が整備されている環境が望ましい。薬も簡単に手に入るだろう。

そうなるといまの当主の地位は都合がいい。

問題は俺には竹中半兵衛ほどの才覚や智謀がないということだ。

一番簡単な解決方法は俺の代わりに策謀を巡らせる人材を配下に迎えること。黒田官兵衛あたりを部下に迎えられればいいのだが……、まあ、無理だろう。次点として俺が智謀を巡らさなくても勝てる組織に所属するか、この竹中家をそんな組織にするか、だ。

少なくともこのまま美濃斎藤家に仕えていてはだめだ。歴史通りなら当主とその側近が無能すぎる。仮に当主の無能に目をつぶったとしても、人間関係が悪すぎる。竹中半兵衛はトップの側近たちに睨《にら》まれているわけだから、地位向上どころか才覚のない俺がいまの地位を維持できるかも怪しい。最悪は謀反《むほん》の濡れ衣を着せられて斬首だ。

そうなると手近なところで織田信長の下に付くか、或《ある》いは今川《いまがわ》に付いて桶狭間での敗北を未然に防ぐ。

いずれにしても史実通りに進んでもらっては困る。

目標は長寿大往生。

そこに至るまでの過程は領主でスローライフ。

見ていろ、歴史を変えて長生きをしてみせる。戦国時代における俺の、竹中半兵衛としての生存戦略の始まりだ。

第二話　一五六〇年二月『茶室』

夢……、だよな。

気が付くと俺の眼前には、マウスが接続されたノートパソコンが一台乗ったＯＡデスクとＯＡチェアが置かれていた。

周囲を見回せば天井や壁はおろか床さえもない、何もない真っ白な空間だ。あるのは目の前に置かれたノートパソコンとマウス、ＯＡデスクとＯＡチェア。

ボウっと眺めていても仕方がないのでＯＡチェアに座ってパソコンの画面を覗き込んでみると、『ようこそ、竹中半兵衛さん』と画面中央に表示されていた。

その下には『茶室』と書かれたボタンが表示されている。

やはり夢だよな。

戦国時代にノートパソコンやＯＡデスクなんてあるはずもない。この三日間の出来事が夢だとしても、こんな真っ白な何もない空間にノートパソコンとＯＡデスク。あまりにもシュールすぎる。それに表示されているのが『ようこそ、竹中半兵衛さん』だ。

夢以外に説明がつかない。

「取り敢えずクリックしてみるか」

マウスを操作して『茶室』と書かれたボタンをクリックすると、ノートパソコンに表示されて

ようこそ、竹中半兵衛さん
茶室

いた画面が変わった。

『竹中半兵衛さんが入室しました』の文字が表示される。そしてその下に『現在六名の方が入室中です』と表示され、俺を含めて六名の戦国武将の名前が表示される。

最上義光《もがみよしあき》、北条氏規《ほうじょううじのり》、一条兼定《いちじょうかねさだ》、安東茂季《あんどうしげすえ》、伊東義益《いとうよします》、竹中半兵衛。流れるように表示されては変わっていく画面。

最上義光：おっ！　今度は有名武将じゃないか！　何と竹中半兵衛さん。
安東茂季：え？　あの有名な竹中半兵衛？　すげー、羨《うらや》ましい。
北条氏規：挨拶《あいさつ》が先でしょ。また一条さんのときと同じになってしまいますよ。
最上義光：そうだった、申し訳ない。はじめまして。どうやら最上義光に転生しちゃったみたいです。
北条氏規：はじめまして、竹中さん。同じく北条氏規に転生というか、憑依でしょうか？　したようです。竹中半兵衛なんて羨ましいなー。
一条兼定：はじめまして。一条兼定です。挨拶しておいてなんだけど、一条兼定が誰かよく分かってないんだけどね。誰だか分からない武将に転生して不幸を満喫中です。
（夢？　いやいやいやいや。そんな生易しいものじゃない）

安東茂季：はじめまして、安東茂季です。安東愛季《ちかすえ》の弟です。どうせなら兄の安東愛季に転生したかったよ。もうね、すげー陰険な兄なの。死んでくれないかなー。
伊東義益：はじめましての伊東義益です。
（嘘だろ？　それが正直な感想だ）
俺は一言も発することができずに、目の前で会話される内容を目で追うのが精一杯だった。
北条氏規：あれ？　反応ありませんね。やっぱり混乱していますか？
一条兼定：お願いだからログオフしたり電源をOFFにしたりしないでね。できるかどうか知らないけどさ。
最上義光：取り敢えず何か書き込んでみなよ、竹中さん。OK？
伊東義益：そうですね。まずはやってみる。これが大事ですよ。
北条氏規：私たちも今日が初めてですから、この『茶室』。初心者同士、試行錯誤しながら助け合いましょう。
（初めてだって？　熟練者の雰囲気が漂っているぞ）
伊東義益：私たちは協力して戦国の世を生き残ろうって方向で話が進んでいます。竹中さんは

伊東義益：天下を目指す派ですか？　それとも生き残って天寿をまっとうする派でしょうか？
最上義光：そうなんだよ。平成日本の知識とここでの情報交換。これだけの条件が揃《そろ》えば不利を跳ね返して生き残れるんじゃないかと思っているんだ。
北条氏規：誰か適当な、無茶しそうにない人に天下を取ってもらう。そして私たちは楽隠居を決め込む。理想ですね。
安東茂季：反応ないね。大丈夫ー？　竹中さーん。
（そうだ、このまま茫然と見ていても埒《らち》が明かない。取り敢えず彼らの言うようにチャットに参加をしてみるか）
俺は恐る恐る入力を開始した。
竹中半兵衛：はじめまして、竹中半兵衛です。まだ戦国に転生して三日目です。というかこの三日間、インフルエンザみたいな症状で寝込んでいました。
最上義光：おお、反応してくれた。改めてよろしくー。大丈夫、俺たちも三日目だから。そして全員三日間寝込んでいました。同じ日に転生して、同じように寝込んでいたみたいだね。
一条兼定：よろしく。竹中さんは戦国の知識とか平成の知識とかは豊富？
北条氏規：よろしくお願いします。その前に、天下を目指す派ですか？　生き残り派ですか？

天下を目指すなら私たちでサポートしますよ。

安東茂季：よろしく。俺は天下を目指さないけど、陰険な兄の愛季を亡き者にしたいから協力頼むね。このままだと俺が殺されそうだよ。本当に戦国って酷いところだよな。

（いや、安東茂季は兄である安東愛季の傀儡《かいらい》にはされるけど暗殺はされないはずだ。この段階で兄の暗殺を目論むこの人の方が怖い）

伊東義益：よろしくお願いします。私も生き残り目指しているのですが、すぐ側《そば》に島津《しまづ》がいます。もうね、泣きたいですよ。

竹中半兵衛：皆さん、よろしくお願いします。私も生き残るのが最優先課題です。とはいえ、こちらもすぐ隣に織田信長がいますから、どうやって生き残るか思案中です。よい知恵があったら貸してください。

一条兼定：そうか！　信長が側にいるんだ。戦国のスーパー軍師、竹中半兵衛すげー、とか思っていたけど結構つらい立場なんだね。竹中さん。

北条氏規：竹中さんのところはこれから荒れますね。今年の六月ですよね、桶狭間の戦い。

竹中半兵衛：そうです。六月です。いまが二月下旬だから、あと三ヶ月くらいですね。このまま桶狭間の戦いで信長が勝つと次は美濃が狙われますから、何とか干渉したいところです。

安東茂季：いっそ、信長の配下になって生き延びたら？
最上義光：それは苦労しそー。俺なら嫌だなー、信長の配下。
一条兼定：ところで、俺って誰なの？
最上義光：それそれ、さっきの続きだけどさ。四国の武将で名門ちゃ名門だけど、長宗我部元《ちょうそかべもと》親《ちか》に滅ぼされる大名。
一条兼定：ちょっと、俺死にたくねーよ。助けて。
北条氏規：一条さん十八歳ですよね？　家督は継いでいますか？
一条兼定：継いでいるよ。俺、当主だよ、当主。
北条氏規：まだ時間に余裕があるので地道に内政やって、お金を儲けたら鉄砲の大人買いが一番堅実ではないでしょうか。石高上げるための知識とか、お金になる農作物とかを皆で知恵をだし合って試してみましょうよ。
竹中半兵衛：ここで知恵や知識をだすのは賛成です。一条さんの妹さんが伊東さんに嫁ぐはずなので近い将来義兄弟になります。知識のだし合いとは別で協力したらどうですか？地理的にも近いし義兄弟になるのだから二人は一歩進んで、万が一のときの援軍の体制を整えたらどうでしょう？
伊東義益：え？　義兄弟になるんですか？　そう言うことなら、嫁さんをさっさとください。お義兄さん。
安藤茂季：凄いじゃないの、竹中さん。マジで軍師だ。

最上義光：マイナー武将の婚姻関係とかよく知っていますね。これからも頼りにさせてもらいます。
一条兼定：頼もしいぞ、弟よ！　っていうか、妹ってあの娘？　うわー、何だかもの凄く勿体《もったい》ないなー。
伊東義益：おお！　期待できるんですね？　期待してもいいんですよね？　援軍をだすかどうかは妹さんと会ってから決めます。
竹中半兵衛：私からも相談です。目前に迫っている桶狭間の戦いですけど、どうしたらいいと思いますか？　意見を頂ければ助かります。
安東茂季：静観でいいんじゃないの？　竹中さん、西美濃というか、関ヶ原でしょう？　桶狭間遠いじゃん。
（まあ、確かに遠いよな。余計なことをせずに国力増強と、いずれくる稲葉山城《いなばやまじょう》奪取に向けて兵力を養うのが最も現実的だよな）
最上義光：竹中さんが今川の首を取ったら？　歴史に名前が残るよ！
一条兼定：よく分かんないけどさ、信長が大きくなるのが困るんだから、信長の嫌がらせをして今川義元が助かるようにしたら？　奇襲の情報をリークして生き延びさせるとか？

（それって、信長の恨みは間違いなく買うよな。いや、バレなければ大丈夫か）

伊東義益：竹中さんには早速借りができたのでお返ししたいのですが、いい案が思い浮かびません。やっぱり情報リークが今川に恩を売れて、信長に嫌がらせできるから一番に思えます。

（いまさらだけど、このチャットルームとこのシステム、俺以外の武将にも転生者がいるってことを普通に受け入れちゃっているな。何というかこのチャットルームの、のほほんとした会話と慰め合いが居心地良すぎる）

最上義光：竹中さん、悪い。後で桶狭間対策を再開するから。話は変わるけど、このチャットルームって今回が初めてでしょ？　またこんな風に話ができるのかな？

一条兼定：どうだろうね。毎晩こんな感じで情報交換できればいいんだけど……

伊東義益：何となく今後もありそうな気がしますが、今回が最後でもいいように協力をし合う約束と知識の共有をしましょうよ。できれば火薬の作り方と石高増、お金になる農作物の情報なんてあると助かります。

竹中半兵衛：賛成です。できるだけ今日決めちゃいましょう。

そのとき、突然新たな武将が入室してきた。それはよく見知った戦国武将の名前だ。今川氏真《うじざね》、ノートパソコンの画面にはそう表示されていた。

北条氏規：お隣さんの今川さんか。これは一条さんと伊東さんみたいに協力し合える隣人ができそう、かな？

最上義光：竹中さん、今川さんと協力すれば桶狭間の戦いを利用できる形で乗り切れるんじゃない？

竹中半兵衛：そうですね。何だか光明が見えてきました。理想は信長と家康《いえやす》（この年代だと松《まつ》平《だいら》元康《もとやす》）を大きくさせずに彼らの配下をごっそり頂く、でしょうね。

北条氏規：それ、いいですね。私もできるだけ協力するので配下のスカウトに参加させてください。

一条兼定：近くの人が羨ましい。俺も信長とか家康の配下になるはずの人材スカウトに行こうかな。

伊東義益：信長と家康にこだわらなくても、在野の優秀な人材を平成日本の知識を活かして獲得に行けばいいんですよ。

竹中半兵衛：皆で協力して信長と家康の配下をスカウトしませんか？　彼らを弱体化できれば私も嬉しいですし、竹中の家だけでは目ぼしい人材をスカウトしきれませんからね。

竹中半兵衛：信長と家康にかかわらず、人材のスカウトについては恨みっこなしの協定を結びませんか？

（信長と家康を弱体化できるのはありがたい。味方となる彼らに人材を獲得してもらうことで、転生者全体の戦力強化が図れる。今後の協力関係を考えるならその方がお互いに有益なはずだ）

最上義光：賛成！　気前がいいね、竹中さん。
一条兼定：竹中さん太っ腹だね、賛成だよ。
北条氏規：賛成です。皆で協力して信長と家康を弱体化してやりましょう。
伊東義益：私も賛成です。皆で一緒に信長と家康を涙目にしてやりましょう。
安東茂季：それ、面白そうだね。俄然やる気になってきたよ。信長と家康の陣営をカスだけにしちゃおうか。

（良かった、皆やる気になってくれた。まあ、自分たちに危険もなく人材が確保できるんだからやる気にもなるか）
まだ挨拶のない今川氏真に続いて、また新たな武将が入室してきた。小早川繁平《こばやかわしげひら》、ノートパソコンの画面にはそう表示されている。
（うわー、またなんとも気の毒な人がきたな）

一条兼定：八人目だ。誰？　この人？　知らないんだけど。
伊東義益：小早川、とあるので小早川隆景《たかかげ》の親戚か何かでしょうか？
最上義光：小早川隆景って、毛利元就《もうりもとなり》の息子の？　三本の矢の？
安東茂季：知将としても有名な小早川隆景の親戚とは心強いな。しかも、バックに中国地方を領有する大大名の毛利元就が付いているのは羨ましい。
竹中半兵衛：ちょっと違いますね。毛利元就の策略で小早川隆景に家を乗っ取られる人です。時期的にもう乗っ取られているはず。
今川氏真：はじめまして。今川氏真です。
小早川繁平：はじめまして、小早川繁平です。

――今川氏真と小早川繁平の二人がチャットに参加しておよそ十五分、これまでの話の説明を終えてようやく本題に入った。

今川氏真：何となく分かったよ、サンキュー。俺の場合、堅実に駿河《するが》と遠江《とおとうみ》を守っていれば楽隠居できそうな気もしないでもないな。でもまあ、邪魔者は叩き潰そう。『信長と家康、涙目作戦』に喜んで参加するぜ。
小早川繁平：これ、夢じゃないんですよね？　現実なんですよね？　まだ熱で意識が朦朧《もうろう》とした

小早川繁平：状態で見た夢とかならいいんですけど。

（何とも対照的な二人だ。まあ、立場も対照的だけど。片や今川家の御曹司。片や若くして強制隠居状態、というよりも半ば罪人扱いだもんなあ）

小早川繁平：ところで、私が誰だか分かる人いたら教えてください。お願いします。

（自分が誰でどんな状況にあるのか知ったらパニックを起こしそうだな、この人）

最上義光：先ほど、竹中さんが何か言っていましたよね？

一条兼定：そうそう、何だか不吉なことを言っていた。

小早川繁平：え！　不吉？

（一条さん、やめてくれー）

俺は内心で、どうオブラートに包んで説明をしようか思案しながらキーボードを叩く。

竹中半兵衛：若くして小早川家の当主になったのですが、毛利元就の策略で当主の座を追われ、妹さんと結婚した小早川隆景に当主の座を奪われているはずです。違いますか？

小早川繁平：その辺もよく分からないんですよ。何だか寂しいところに一人で寝かされていて、部下みたいな人もいないみたい。下男とか下女っていうのでしょうか？　下働きの人が何人かいるくらいです。

（第一線から外れただけじゃなく部下もいないのか……一人、二人くらいは旧家臣がいると思っていたけど。予想以上に未来がないな、この人）

一条兼定：何だか、俺よりもつらい立場だね。

最上義光：いや、一条さんは近くに長宗我部がいるとはいえ、一国の当主でしょ？　しかも海を隔てた隣には伊東さんがいる。恵まれていると思いますよ。

安東茂季：だよねー、やっぱり当主じゃないと何にもできないよ。兄貴、死なねぇかなぁ。

一条兼定：あれ？　安東さん、当主だって言ってなかった？

安東茂季：分家の当主だけど、兄の安東愛季の言いなりみたい。何となくだけど実権はなさそう。やっぱり暗殺するしかないか……。

（怖えーよ。安東さん、あんた兄の安東愛季を暗殺する気満々でしょ）

北条氏規：そこに行くと私みたいに四男というか、実兄が氏政《うじまさ》、氏照《うじてる》と二人いるので家督相続

北条氏規：は三番目。さらに実弟の氏邦《うじくに》もいますから、もう相続問題関係なさそうで気楽ですよ。領地も貰えているので、それなりに部下を召し抱えられますしね。

竹中半兵衛：北条さん、伊豆で金が採れるはずですから探してみたらどうです？　家中での発言力も高まるでしょうし、自由になるお金も増えるかもしれませんね。

北条氏規：おお、それはいいことを。ありがとうございます。

伊東義益：国主は一条さんと私の二人ですね。今川さんがもうじき国主。当主が竹中さんと安東さん。北条さんはまあ、安泰。最上さんは跡継ぎ。

最上義光：当主の最上義守《よしもり》が体調崩しているから、現時点で当主代行だよ。

小早川繁平：ちょっと、ちょっと。知恵を貸してください。いまの状況を抜けださないことには殺されてしまいそうな感じじゃないですか。

竹中半兵衛：史実通りなら出家させられて戦国の世からは隔絶して生きられるはずですよ。

（三十代前半で死ぬはずだけど、それをこの場で告げるのは酷だよな……）

小早川繁平：それも寂しいですよ。若くして余生をのんびりと過ごすのはいいとしても、せめて結婚くらいしたいです。

北条氏規：小早川さんの場合は現状把握に努めるのが先決だと思いますよ。

伊東義益：そうですね。信用できる部下がいるかどうかとか、お金はどの程度自由になるのかとか。あと、最悪は自分で動くとしても、自由に出歩けるのかも分からないと対策の打ちようがありませんね。

一条兼定：俺は比較的近くだからさ、小早川さんがその辺りを頑張ったら助けに行けるよ。

最上義光：俺は遠いから知恵しか貸せないけど、いまの状況じゃ知恵のだしようもないよ。

安東茂季：お互い命を狙われている者同士、協力したいよね。次回のこの『茶室』までに自分の状況を掴んでおきなよ。

（次回もあるのか？　この『茶室』？　ないのを前提に知恵をだし合っていたはずなのだが……）

竹中半兵衛：小早川さん向けの対策は難しいですが、全員が共通の対策として現代知識をだし合ってお金を儲けたり、上の者に自分が有用な人間であると知らしめたりすることで暗殺を回避できますよ、きっと。

今川氏真：そうだな。やっぱり先立つものは大切だ。お金さえあれば人を雇えるし、裏切らせることもできるんじゃないの。

小早川繁平：そうですね、皆さんの言うように現代知識を利用するのが良さそうですね。分かりました。まずは自分と自分の周りの調査、それからお金を貯めて人を雇うことにします。

一条兼定：よし、そうと決まればお金儲けに直結しそうな知識をだし合おうか。

一条さんのその一言で小早川さん問題が打ち切られ、平成日本での知識で利用できそうなものが次々に挙げられることとなった。やはりというか、予想通りに真っ先に挙がったのが火薬だ。

一条兼定：戦国時代の新兵器といえば鉄砲。火薬の製造は欠かせないよな。
小早川繁平：火薬に必要な材料の一つが国内じゃなかなか作れないいんじゃありませんでしたか？

そしてぶち当たる硝石問題。

竹中半兵衛：硝石ですね。家畜の排泄物から少量採れるらしいです。
安東茂季：家畜の排泄物を集めるなんて言いだしたら家臣団から馬鹿にされそうだな。
竹中半兵衛：植物からも必要な材料は採れるはずです。

ということで、家畜の排泄物から硝酸カリウムを抽出することと、硝酸植物を利用する実験を各々が行うことにした。並行して南蛮商人を通じて硝石を入手できないか試みることとなった。
鉄砲の流れから戦国時代に利用できる武器へと話題が移る。

伊東義益：鉄砲以外の武器で何か有効なものはありませんか？　パっと思いつくのはクロスボウくらいです。
今川氏真：クロスボウって有効か？　撃つのに時間がかかって実戦向きじゃない気がするんだけど、どうなの？
安東茂季：実戦向きじゃなかったら世界中で採用されないでしょ。どこがどう実戦向きなのか分からないけどさ。
竹中半兵衛：確かに装てんから射撃まで時間がかかりますが、弓のように長時間の訓練が必要ありません。農民でもすぐに使えるようになります。量産さえできればかき集めたばかりの農民に装備させて面での攻撃が可能です。
北条氏規：即席の弾幕ですね。
最上義光：クロスボウの作り方、誰か知ってる？
一条兼定：任せてよ、大体のところは分かるよ。

一条さんのその一言からクロスボウの構造の話に移り、さらに複合弓と蛇腹《じゃばら》式の胴丸《どうまる》、織田信長が採用した三間《さんげん》半の長槍を揃えようという話になった。

武器に続いて、当面、最も必要な農耕関係が話題に挙がる。

開墾道具としてツルハシとスコップ。田畑関連で田畑の改良から始まって、田鯉《たごい》農法、ノーフォーク農法、米の二期作と、有効かどうかはさておき、うろ覚えの知識が幾つもでてきた。さらに、足踏み式揚水機、水車、ポンプ式の井戸、石鹸《せっけん》、塩田、絹の製造で飛び杼《ひ》、清酒とさすがに八人もいると実用的なものからそうでないものまで次々とでてくる。

伊東義益：すぐに着手できるのはツルハシとスコップでしょうか。それと足踏み式揚水機とポンプもできそうですね。

最上義光：石鹸もいけるんじゃないかな。

北条氏規：私は伊豆《いず》に領地を移してもらって金鉱と塩田をやってみます。

竹中半兵衛：堺《さかい》や伊東さんの領地で外国から農作物の輸入はできませんか？　ジャガイモやサツマイモのように単位面積当たりの収穫量が多い作物が欲しいですね。

伊東義益：外国貿易をやっているか調べてみます。やっていないようなら国策として進めてみましょう。

竹中半兵衛：では、堺は私の方で人をやって役に立ちそうな作物を探してみますね。

小早川繁平：椎茸ってこの時代は栽培していないので高価ですよね？　椎茸栽培とかしませんか？　他にも国内で役に立ちそうな作物あるかもしれませんよ。

最上義光：そうですね、椎茸は高価なので栽培に成功すれば利益が大きいな。それと俺のところは塩田かな。

（海のあるところが羨ましい。この時代、塩は戦略物資だし高額商品だからな）

竹中半兵衛：伊東さん、もし貿易ができるなら木綿というか綿も探してみてください。

（この時代、綿は輸入に頼っているはずだ。栽培できれば領民の生活が一変する。後は何とか絹を生産して貿易の輸出品目にしたい。いまのままじゃ輸出するものがない）

伊東義益：綿ですね。分かりました。そうすると、ニトロセルロースも作れるようになりますね。

（うわ、しれっと怖いことを言うよ、この人。ニトロセルロースなんて製造できたら鉄砲以上に危険だ。だが、俺たちならこの時代でニトロセルロースを作ることができるかもしれない）

竹中半兵衛：私は綿が手に入ったら真っ先に布団が作りたいです。

一条兼定：分かる！　板の間に布だよ。病に苦しむ一国の国主が板の間に布を敷いただけの寝床に寝かされるとか、信じられないよね。

伊東義益：確かにニトロセルロースよりも布団の方が優先度は高そうですね（苦笑）

安東茂季：東北の冬は寒いよー。

最上義光：本当、布団が恋しかったなー。

伊東義益：綿の獲得、頑張ります。
一条兼定：食器とかは？　ごつごつしていて使いにくいんだけど、この時代のものって。
北条氏規：磁器ですね。試す価値はありますね。
最上義光：瀬戸物が作れたら輸出品にもできそうだな。

俺たちはどれくらいの時間チャットをしていたのだろう。のほほんとした雰囲気のなか、脱線しての雑談を多分に交えながらも幾つもの役立つ知識を共有することができた。一通りの確認が終わったところで俺は今川さんに桶狭間の戦いに関する再確認をしておくことにした。

竹中半兵衛：今川さん、桶狭間の戦いの件ですけど今川義元を見殺しにする、ということでいいんですね？
今川氏真：ああ、それで構わない。桶狭間で死んでくれれば俺が当主になれるからその方が助かるよ。
竹中半兵衛：では、くれぐれも家康を独立させたりしないようにお願いしますね。
伊東義益：ここで信長と家康に大きくなられると皆が迷惑しますから、本当に頼みますよ。
最上義光：万が一の対策を講じておいた方がいいんじゃないかな？
今川氏真：えー、俺ってそんなに信用ないの？

（いや、今日はじめてチャットで会話したばかりの人間相手に信用なんてあるわけないだろう。ましてや、今後の戦略に関わる大きな出来事なんだ。慎重にもなる）

北条氏規：そもそも、今川義元を討ったというだけで信長が勢いづいたりしませんか？

今川氏真：そんなことよりも、俺が留守にしている間に攻め込まないように家中の調整を頼むよ。北条さん。

北条氏規：はい、それは何とかします。

伊東義益：信長が勢いづくというのは、ありそうですね。勢いっていうのは怖いですからね。

最上義光：竹中さん、桶狭間にでてくるのは難しい？　もしでてこられるなら今川義元を竹中さんのところで保護と言うか、拉致できないかな？

竹中半兵衛：桶狭間に出向くのはかなり難しいです。仮に今川義元を拉致できたとしても利用価値は低そうですよ。

最上義光：信長に義元を討たせて勢いづかせるのも嫌だなと思っただけなんだ。

安東茂季：いや、義元拉致はいいかも。今川さんは義元にいなくなって欲しい。でも、義元を信長に討たせるのは面白くない。竹中さんのところで義元を軟禁できれば解決じゃない？

竹中半兵衛：確かに解決はしますが、保護しても扱いに困ります。

一条兼定：欲しがる大名に売ったらどう？

最上義光：武田《たけだ》あたりが欲しがらないかな？

安東茂季：あっちこっちに書状をだして高値を付けた大名に売ったらどうかな？

（酷いな、皆楽しんでないか？）

伊東義益：保護後の扱いをどうするかは追々考えるとして、信長弱体化作戦の一つとして義元の拉致が可能か考えてみてください。

竹中半兵衛：了解です。では、今川義元の身柄確保のために桶狭間の戦いにこっそりと参加できるかやってみます。

（今川義元か。いまひとつ使い道に悩むカードだな。そうだ、ついでに本多正信《ほんだまさのぶ》をスカウトしよう）

気が付くと朝になっていた。

寝起きだからなのかまだ熱があるのかは分からないが、気を取り直して布団から起き上がって周囲を見回す。そこは平成日本の俺の部屋ではなく、この三日間を病の床で過ごした戦国時代の屋敷だ。

どうやら、竹中半兵衛になったのは熱で浮かされて見た幻や夢ではないらしい。

では、あのチャットルームは夢だったのだろうか？　夢にしてはあまりにも鮮明だ。

いや、問題はそこじゃない。チャットルームで得た知識は確実に役に立つ。それにチャットで会話した転生者たちと今後も協力体制を取れるなら生き残れる可能性だって跳ね上がる。

思考が前向きなのに気付きハッとした。昨日までとは明らかに違う。自分の中で何かが変わっていた。

第三話　相談

三日ほど前から熱も下がって頭痛もなくなった。お陰で気分も頭もすっきりしている。身体の方は病み上がりにもかかわらず平成のときよりも調子がいいくらいだ。さすが馬術や槍術で鍛えた戦国の世の十七歳の身体だ。不摂生を積み重ねた平成日本の三十五歳の身体とは大違いだった。

だが、心を軽いものにしたのは四日前の『茶室』だ。

あれが熱で浮かされて見た夢かどうかはこの際どうでもいい。実際にあの『茶室』で得た平成日本の知識は役に立つはずだ。いまはあれが現実だと信じて行動しよう。

俺は早速行動すべく、重臣である重光《しげみつ》叔父上と善左衛門、そして弟の久作を自室に呼び寄せた。

「兄上、ご無理はなさらずに養生してください」

「順調に回復されているご様子で何よりです」

久作に続いて重臣である善左衛門の大声が響く。その横に座る重光叔父上が隣で発せられた大声など気にする様子もなく口を開いた。

「我々をお呼びになられたのは、どのような御用でしょうか？」

目的は現状確認と『茶室』で話し合った改革案を実行するための根回し。そして病み上がりにもかかわらず持ち込まれる決裁事項の処理だ。机の上の積み上げられた書類の束を一瞥《いちべつ》しながら言う。

「今日は三人に相談があってね。今後の竹中家のことだ。もちろん、主だった者には後ほど集まってもらうし、話もする。その前に三人の意見を聞いておこうと思ったんだ」

そう切りだすと三人の表情に緊張が顕《あらわ》となる。

年の初めに父の重元が他界し、俺、竹中半兵衛が跡を継いで新当主となって一月余。家中は未だに落ち着いていない。

尾張・近江との小競り合いはもちろん、各地から流れ込んでくる流民の問題、領内に巣食う野盗たちと内外に問題を抱えている。それどころか、弟の久作が当主となった方が良かったとの声がチラホラと聞こえてくる始末だ。

それも仕方がない。

竹中半兵衛は史実通り『青びょうたん』と噂されていた。それを半兵衛本人が故意に流していたのだ。半兵衛の狙いがどこにあったのかは不明だが迷惑な話だ。

俺の生存戦略としてはこの竹中の家を大きくして、安定した生活基盤を手に入れる。その過程で医者を囲い薬学を発達させて医療を整える。次にどこかの有力大名に好条件で拾ってもらう。最終目標は肉体的にも精神的にものんびりとすごして天寿をまっとうする。

そのためにはこのまま『青びょうたん』の噂が拡散するのは避けたい。しかし、焦って噂の払拭なんてしようものなら逆効果なのは俺でも分かる。ここは焦らず噂の上書きを緩々としていくことにしよう。

「三人とも私がたくさんの書物を読んでいるのは知っているね？」

三人から当然のように『知っている』と即座に返ってきた。

このことはハツを通じて事前に確認している。ハツから仕入れた情報によれば、竹中の家中の者だけでなく斎藤家の家臣の相当数がこのことを知っているらしい。

俺はさらに続けて問いかける。

これは知らないだろう？　そうとでも言いたげに見えるよう、口元をわずかに綻《ほころ》ばす。

「では、領内を散策しているのはどうだ？」

「それも存じております」

「もちろん知っています」

叔父上が無言でうなずき、善左衛門と久作からは得意げな表情と予想通りの答えとが返ってきた。

この四日間、体調不良を理由に部屋に引きこもって、ハツから様々な情報を仕入れたのは無駄ではなかった。半兵衛はときどき姿がみえないと思うと、領内を馬や徒歩で見て回っていたそうだ。そしてこの三人はそれを知っている。特に善左衛門などは領主となったいま、フラフラと一人で出歩くのを快く思っていない節があるそうだ。

さて、予防線はこれくらいにして次は伏線だ。

「実はそろそろ領内の諸問題の解決と改革に取りかかろうと思う」

「さすがです、兄上」

「殿……、領主としての自覚がようやく芽生えましたな」

瞳を輝かせて憧憬の眼差しを向ける久作と瞳を潤ませて声を詰まらせる善左衛門。対照的な反応の二人の横で重光叔父上が感慨深げに何度もうなずいている。

感激している三人に向けて質問を投げかけた。

「ところで、我が領内に孤児はどの程度いる？」

「戦で親を亡くした子どもはそれなりにおりますが……、数までは把握しておりません」

途中言葉に詰まったが叔父上が即答した。

「では質問を変えよう。我が領と比べて他領の孤児の数は多いのだろうか？」

「どこの領内にも孤児はおります。美濃は浅井や織田との小競合いが続いているので国内の他領も同じような状態かと思います」

流れからか、続けて叔父上が答えた。

「浅井や織田も美濃と大差ない感じなのかな？」

「織田は国内も荒れているので美濃よりも酷い状態だと思われます」

「浅井はどうだろう？」

「六角との小競合いが絶えませんのでやはり美濃より酷いと思われます」

自分のところがマシと思いたいのは分かるが……、この時代の情報はかなりいい加減だと言うことも確かなようだ。

まあいい、伏線はこの程度にして本題に入るか。

俺は机の上の束ねた書類の山に手を置いて言う。

「治水の要望が多いのは相変わらずだが、野盗が横行しているというのが随分と目に付いた。それに孤児たちが山で勝手に山菜を採ったり川で魚を獲ったりするなど、領民の生活を脅かす行いも目立つようだ」

善左衛門が即座に反応する。

「野盗と孤児が増えているのは流民の流入が原因です。早速、国境の警備を強化するようにいたしましょう」

「流民の流入対策はひとまず後にしよう。それよりも領内を荒らし回る野盗の討伐と孤児の背後にいる者たちを何とかしたい」

「孤児の背後とはどういうことでしょう？」

叔父上が怪訝《けげん》そうな表情を浮かべた。

「孤児が山菜や川魚をとったとしても、大人が一喝すれば逃げていくだろ。仮に孤児の数が多かったとしても大人が追い払えないとも思えない。ところが問題として私のところに挙がってきている。孤児の数が異常に多いか、領民だけでは対処できない勢力が後ろに付いていると考えるのが妥当じゃないか？」

「野盗ですか……」

叔父上が眉をひそめた。

「問題となっている野盗の数と孤児たちの背後が誰なのか。これらを調べるために人手を割く。まずは情報収集だ」

「さすがです、兄上！」

久作の諸手を挙げての賛辞に続いて、賛同の言葉を口にする叔父上と善左衛門。俺はそんな三人の反応に満足して『茶室』で話し合った政策に話題を移す。

「何をするにも必要なものは資金と人材だ。そこで資金を得るための改革と人材の登用を行う」

資金を得るための計画は長期と短期とを分け、並行して実施する。人材の確保は美濃の浪人はもとより、他国、特に敵対している近江や尾張からも積極的にスカウトするつもりだ。そして何としても実施したい政策が楽市楽座だ。そのためにも寺社から既得権益を取り上げる必要がある。方法は追々考えるとしよう。

「資金と人材ですか？　それはどちらも必要でしょうが……」

できればやっていいます、とでも言いたげに善左衛門が言葉を濁す。叔父上も理想を語る若い当主をどう諫《いさ》めようかと思案するような顔つきだ。

「開墾して農地を拡大する。領内には荒地もあれば野山もある。まだまだ農地は増やせる。もちろん叔父上と善左衛門にも候補となる土地を一緒に見てもらってから皆には伝えるつもりだ」

実際に俺の目で見たわけではないが知識として知っている。この時代なら開墾の余地は十分にあるはずだ。

「簡単に開墾と言われますが人手をすぐには用意できません」

俺の話に善左衛門が渋い顔で言う。叔父上も隣で困った顔をしている。

俺の考えた生存戦略の第一歩は竹中の家を大きくすることだ。人口を増やして生産力を上げる。

人が人を呼び、金が金を呼ぶ。金さえあれば『青びょうたん』の下でも仕官してくる者がでてくる可能性がある。何よりも資金が集まれば治水や街道整備などにも着手できる。そうなれば『青びょうたん』の噂も払拭できるだろう。

「別に農民をかりだそうとは思っていない。織田や浅井で田畑を手に入れられない者や国境や川原、山中で暮らす貧しい者たちに開墾させる。もちろん開墾した土地はそのまま貸し与える。新たに村を一つ二つ作るくらいの規模で考えている」

家を大きくするには俺一人が頑張ってもダメだ。むしろ俺なんかが頑張ったところで何ができる？　ということで、手始めに貧しい者や未来のない者たち、いわゆる社会的な弱者に頑張ってもらうことにする。

「殿、さすがにそれは――」

善左衛門から即座に反論が飛びだした。

敵国の者を領内に引き入れるなどもっての外。川原や山中で暮らす者は野盗の可能性も高く本来であれば討伐すべき相手であると。叔父上と二人でそれはもう頑《かたく》なに反対意見を並べ立てた。

予想通りの反応だ。

「開墾による農地拡大は絶対に必要だ。これは譲れない。だが、二人の意見はもっともだ。さすがだと感じ入った。事前に相談して正解だったよ。そこで修正案だ」

竹中の家中でもトップクラスの発言力を持つ二人をひとしきり褒める。もちろん開墾が決定事項であることは譲らない。俺は二人の顔が十分に緩んだのを確認すると本来のファーストステップを説明する。

「人手は竹中の領内を中心に農民や商人などの次男、三男から募ろう。ただ、十分な人数が集まらない場合は、川原や山中で暮らす貧しい者たちに声をかけて彼らを取り込む」

「確かに必要な人数が集まらないのでは仕方がありませんな」

「まあ、それなら」

「さすが兄上、ご立派です」

叔父上と善左衛門が顔を綻《ほころ》ばせながらも、シブシブといった口調で同意をした。久作に至っては盲信している感じだ。

人手の確保と並行して道具の開発を進める必要がある。特に開墾に適したスコップとツルハシの製造は急務だ。さらに水車や揚水機の開発と農具の改良も進める。

「次に領内の職人たちを集めて欲しい。大工と鍛冶《かじ》職人はもちろんだが、それ以外の職人も頼む。職人たちに作って欲しい道具がある。それと酒を造っている者たちとも話がしたい」

「それは書物を読んで得た知識を試してみたいと言うことでしょうか？」

「書物からの知識と領内を視察した結果だ」

叔父上の疑問を補足すると、即座に行動を約束してくれた。

「分かりました。職人たちは私が集めましょう」

俺はさらに職人たちとは別で、猟師と領内の比較的貧しい家庭の女たちとも会う機会を作って欲しいと叔父上に頼んだ。

「――実は新しい商売をさせようと考えている」

「貧しい家の女を集めて商売をさせる?」

「殿! 何と言うことを!」

叔父上は表情を曇らせ、善左衛門が腰を浮かせて怒鳴った。

「二人とも誤解しないで欲しい。女でも作ることができる石鹸というモノを作らせ、生計が立てられるようにしようと考えているんだ」

邪《よこしま》な考えでないことは分かってもらえたようで三人の表情から険しさが消えた。だが、それでもまだ釈然としない表情を浮かべている彼らに言う。

「いまは理解できなくとも、私の指示に従ってくれないか。三ヶ月経っても成果がでなかったときは二人の意見に耳をかそう」

猟師と女たちに支払う手間賃、材料と設備費などを試算した紙を三人の前に広げて言う。

「予想される出費はわずかだ。それでもそのわずかな手間賃で生き延びることができる者たちがいる。もし成功すれば何倍もの収益となる」

そう言いながら石鹸を販売したときの収益予想を試算した資料を三人の前に広げた。その数字に皆が息を飲む。

「この石鹸とやら、成功の見込みはどの程度でしょう?」

絞りだすように声を発したのは叔父上。

「試行錯誤はあるだろうが、間違いなく成功する。問題は売り物となるまでにかかる時間だ」

「そういうことでしたら、早々に商人を押さえましょう。我々の知らない他国での知識もあるでしょう。利益が見込めると考えれば彼らも協力します。逆に商人が興味を示さないようでは売り物にはならないでしょう」

商人が興味を示さないようなら潔く諦めろと言うことか。

俺は叔父上の刺したクギを承諾して言う。

「領内の商人だけでなく、手広く商売をしている大店《おおだな》の商人とも急ぎ会えるように頼みます」

石鹸だけでなく、これから開発する道具を販売させて当座の資金を得るためだ。当面の商品として考えているのはツルハシとスコップ、千歯こき。ツルハシとスコップは他国の開墾作業や農作業を促進するだろうから、俺たち転生者にメリットがないように見える。だが戦国時代の知恵者が俺たち転生者では考えもつかない使い方をするかもしれない。俺たち転生者にあるのは知識であって知恵じゃない。他国でのツルハシとスコップの利用方法、楽しみに観察させてもらうとしよう。

そして千歯こきだ。これは史実でも『後家倒し』と呼ばれる弊害を引き起こしている。後家さんと呼ばれる未亡人の数少ない収入源であった稲の脱穀作業。この仕事を未亡人から奪ったのが千歯こきだ。千歯こきの登場により食い詰める未亡人が溢《あふ》れた。『後家倒し』の異名を持つ千歯こきが何の対策もなく普及すれば、冬には食い詰めた未亡人が溢れ返って領内は混乱する。後はその未亡人たちを竹中領へ引き込むだけだ。思惑が的中すれば長期的な人口増加も見込める。

手元にあった紙に千歯こきの絵を描いて三人に説明した。善左衛門と久作は終始首を傾げていたが、叔父上は有用性をすぐに理解した。

「なるほど。確かにこれなら簡単に脱穀ができそうですな。しかし、殿がおっしゃるほど便利な道具を他国に流すのは反対です」

「叔父上の言うように他国の利益になるが、これを販売して手にした資金で我が領はそれ以上に豊かになる。千歯こきで農民は楽をできるかもしれないが、兵士や武器が揃えられるわけではないでしょう」

「なるほど、承知いたしました」

叔父上が承諾すると善左衛門も静かになった。

「それとは別に外国と取引をしている商人とも会えるようにお願いします。南蛮商人と直接話ができるならそれに越したことはありません」

意識して年長者相手でも敬語を使わないようにしているのだが、重光叔父上相手だとつい敬語がでてしまうな。

「堺の商人なら会えるように算段できますが、南蛮商人となると……」

「可能なら、で構わないのでお願いします」

「承知しました。では、できる限りのことをいたしましょう」

さて、これで資金を得るための流通ルートは何とかなるかな?

次は最も難航しそうな計画、人材の確保だ。ターゲットは『青びょうたん』の噂を気にしない懐の深い者、或《ある》いはそれを知らない者だ。それと困窮している者や自身の将来を憂いている者も忘れてはいけない。

「次に人材だ。いまの竹中家の規模であれば問題ないが、当家はこれから大きくなっていく。当然、叔父上を筆頭に皆にも所領も増やしてもらわないとならないし、指揮する兵士も増えるだろう。将来を見据えての人材登用が必要になる」

緩々とではあるが『青びょうたん』の噂を払拭することに着手する。それと並行して噂の届いていない地域にいる優秀な人物を探しだして配下にする。この辺りは歴史の知識が役に立ってくれた。『茶室』での会話で既にある程度のめぼしは付けてある。

「家臣団が充実すれば、近江はもとより尾張の脅威にも備えられます」

「確かに殿の言われる通りです。何をさておいても人材は大切ですな」

「さすが兄上、ご立派です」

叔父上と善左衛門はすっかりその気になっている。いいことだ。久作は……、相変わらず俺の言うことを妄信しているようで少し心配だ。

「そこで、だ。善は急げと言う。早速、何人かに声をかけてみたい。遠方の者もいるので使者として誰が適当かの意見ももらえないだろうか――」

俺は次々と有名どころの名前を挙げていった。

蜂須賀正勝《はちすかまさかつ》
尾張の川並《かわなみ》集と呼ばれる土豪だ。だが史実では墨俣《すのまた》の一夜城築城の功労者であり、後の豊臣秀吉の宿老でもある。この時代、既に織田信長配下の木下藤吉郎《きのしたとうきちろう》（後の豊臣秀吉）と接触している可能性はあるが声をかけるだけの価値がある。美濃と尾張、その都度利益のある方に付いて生き残ってきた者だ。俺に付く方に利があると分かれば配下となる可能性は十分にある。

前田利家《まえだとしいえ》
加賀《かが》百万石の祖。豊臣秀吉の親友であり、豊臣政権の重鎮でもある。あの徳川家康でさえ前田利家の存命中は大人しくしていたほどの男だ。
確かこの時期だと織田信長に追放され、尾張近隣を放浪中のはずだ。信長の下へ戻ろうと躍起になっているのが不安だが、若い嫁さんを抱えて利家も大変なはずだ。嫁さんから口説き落としてこちらに引き入れるようにしよう。
『槍の又左《またざ》』と呼ばれるほどの強者でもある。ボディーガード候補の最右翼だな。

本多正信
徳川幕府の礎《いしずえ》を築いた功労者のひとり。組織を作り上げる能力と策謀、調略に長《た》けている。
桶狭間の戦いの前哨戦で脚に傷を負うはずだ。武将が脚に傷を負うのは大きなハンデになる。人生悲観して弱気になることだろう。その隙に付け込むようで心苦しいが、槍働き不要、欲しいのは智謀だと言えばなびく可能性もある。
獲得したら後ろ暗いことを一手に引き受けてもらおう。

百地丹波《ももちたんば》
伊賀《いが》忍者の統領。この時代ほとんどの者が軽視する情報。その情報戦で数歩先を行くために絶対必要な人材。俺の考える生存戦略の要となるはずの男だ。

素破《すっぱ》、乱破《らっぱ》と蔑《さげす》まれ、貧しい生活を送っているはずだ。

武士として召抱えることと俸禄次第でなんとかなるだろう。不安は貧しくとも地域に根を張った土豪。加えて遠方となるこの美濃へ集団移動してくれるかが最大の問題だ。

だが、何としても獲得したい。独自のスパイ組織を作り上げるのに欠かせない人材だ。

前野長康《まえのながやす》
蜂須賀正勝と義兄弟だったような記憶がある。
史実でも正勝同様、豊臣秀吉に協力して墨俣の一夜城を築城している。秀吉の下で幾多の武功を上げ、大名にまでなった男だ。正勝とワンセットで獲得できれば前線指揮官として活躍してくれるだろう。

島左近《しまさこん》
『三成《みつなり》に過ぎたるもの二つあり、島の左近に佐和山《さわやま》の城』と謳《うた》われるほどの逸材だ。
若い頃は鬼左近と呼ばれるほどの猛将として名を馳《は》せ、年齢を重ねてからは武勇と知略に優れた名将として後世に名を残す男だ。

三成の時代と違って無名なので下手に高い俸禄で勧誘するわけには行かない。将来、一軍を指揮できる人材と見込んでとか矜持《きょうじ》をくすぐる方向でアプローチしてみよう。

山中鹿之助《やまなかしかのすけ》
主家である尼子《あまご》家の再興に生涯を捧げた武将であり、その過程で見せた活躍は素晴らしいものがある。武将としての活躍も素晴らしいが、その忠義を何とか俺に向けさせられないだろうか。既に戦場で名を上げているはずだ。次男なので家を興させてやるという約束で口説けないものか。無理そうだがやってみよう。

そして最後が明智光秀《あけちみつひで》。

織田信長を本能寺《ほんのうじ》で討った謀反人。だが、その織田信長の配下でも異例のスピード出世を果たした男だ。敗者の常で記録に抹消された部分が多いが、間違いなくその抹消された部分は大きな功績を残しているはずだ。信長が能力も実績もない者を重用するはずがない。

そもそも記録に残っている部分だけでも十分に逸材だ。

「何としてでも手に入れたい人材がいる」

そう前置きをして光秀勧誘の指示をだす。

「明智の生き残りである光秀。いまは朝倉《あさくら》に身を寄せていると聞く。妻子を抱えて肩身の狭い思いをしていることだろう。家老として呼び寄せたい。領地も私の直轄地の三分の一を約束する」

「お待ちください。明智の生き残りとなれば斎藤家も黙ってはいないでしょう。それに領地をいきなり三分の一も渡すなど正気の沙汰ではありません」

善左衛門が慌てて諫めにかかった。よほど光秀のインパクトが強かったのか、俸禄の多さに驚いたのかは知らないが、先に名前を挙げた人物に異を唱えることはなかった。明智の姓に問題あれば当面別の名前を名乗らせればいい。そう言って俺はそのまま説得に入る。

「もとをたどれば傍流とはいえ土岐《とき》氏の血筋。さらに追われたとはいえ明智城の城主の血筋ではないか。しかも教養豊かと聞く。それほどの人材に対して足下を見た俸禄で雇い入れようなど、私の器が侮《あなど》られる」

明智光秀は大盤振る舞いしてでも獲得したい人材だ。

さらに『竹中半兵衛は気前がいい』と噂が広がれば、幾らかでも今後の人材登用の助けになるはずだ。

本来の半兵衛ならともかく俺は平成日本の知識を持った一般人でしかない。神算鬼謀などという単語は別世界のもの。平時では俺の代わりに内政を取り仕切り、戦時では俺の代わりに軍を指揮して戦う人材の確保が急務なのだ。その手始めが明智光秀だ。

何しろ桶狭間の戦いまで三ヶ月しかないからな。

「当主である半兵衛がよく考えて決断したのだ。それ以上言うのはよせ」

叔父上の一言に善左衛門がしぶしぶとではあるが引き下がった。久作は何も言わずにニコニコしている。

「さて、続きだ。使者に適任の者はいないだろうか？　三人の意見を聞きたい」

俺は思惑通りに計画を進められることに内心でほくそ笑んだ。

◆　◆　◆

美濃の二月は寒い。とはいっても気候の穏やかな日がないわけではない。今日がまさにその気候が穏やかな日だ。野盗と孤児の背後調査、諸々の会合と人材確保の指示をだしてから五日。叔父上がセッティングしてくれた商人たちとの会合から戻ると、穏やかな顔をした叔父上と渋い顔をした善左衛門が待っていた。

この五日間、計画は概ね順調に進んでいる。

猟師と領内の女たちとの会合は翌日に行えた。猟師も女たちも半信半疑の様子ではあったが、今日辺りから試行錯誤しながら石鹸の製造に取りかかっているはずだ。

職人たちとの会合もその翌日に実現し、千歯こきの試作品は翌々日には完成した。職人たちには生活水準向上を目的とした道具として、ツルハシとスコップ、千歯こきだけでなく、井戸水を汲み上げるための手押しポンプ、さらには足踏み式揚水機と水車の作成も依頼した。

そして軍事面。三間半の長槍の大量生産と蛇腹式の胴丸の開発を急がせている。次策ではあるが小型で射程の長い複合弓と熟練の必要のないクロスボウの開発も進めさせていた。

ノリは『茶室』で挙がった現代日本の知識は漏らさずに実行しよう、である。さしあたって、

もするか。明日の職人たちとの会合では和紙と磁器。農民たちとの会合では椎茸と田畑の改良について話で

渋い顔の善左衛門には悪いが、俺は満面の笑みで叔父上にお礼を述べる。

「叔父上、お陰様で商人との交渉は成功です」

「それは何より。こちらも良い報告があります」

そう言って庭に視線を向ける。俺は叔父上の視線の先を追うようにして庭を見た。するとそこに職人と思しき三人の男が平伏していた。俺の視線が彼らの手元にある道具にくぎ付けになったタイミングで叔父上の声が耳に届く。

「ツルハシとスコップの試作品が完成いたしました」

はやる気持ちを抑えて叔父上に視線を戻そうとする矢先、再び叔父上の声が聞こえた。

「お前たち、殿に試作品をお見せしろ」

叔父上の声に従って、職人たちがツルハシとスコップの試作品を恭《うやうや》しく持ち上げる。

「見た目は図面通りのようだね。実用に耐えられるか確認したい。すまないが、その辺りを適当に掘り返してみてくれないか」

職人たちが不安げに互いの顔を見合わせた。どうやら城の庭を掘り返すことを躊躇しているようだ。俺は躊躇する職人たちを急かす。

「私が許可しているのだ、遠慮せずに掘り返しなさい」

今度は即座に動いた。

目の前でツルハシが振り下ろされ、スコップが地面を抉《えぐ》る。ツルハシとスコップは俺の期待通りに城の庭を容易《たやす》く掘り返した。

「感想を聞かせてくれ」

職人たちに向かって聞いた。すると善左衛門が真っ先に声を上げ叔父上が続く。

「素晴らしい。これなら開墾の負担も大分軽減されるでしょう」

「私もこれほどとは思いませんでした」

二人が声を上げたことで自分たちが発言してよいのか戸惑う職人たちを再びうながす。

「実際に使った者の感想も聞きたい」

「はい。これまでの鍬《くわ》や鋤《すき》よりもずっと楽に掘り返せます。開墾の速度が上がるのは間違いございません」

「よくやってくれた。改めて礼を言う。褒美《ほうび》は今日中に届けさせる。お前たちはすぐに戻ってツルハシとスコップの量産を進めてくれ」

職人たちが感謝の言葉を述べて退出するのを見届けてから叔父上に向きなおる。

「叔父上、ありがとうございました。これで領内の開墾作業が大きく前進します」

「何を言います。すべて殿のご慧眼《けいがん》があったればこそ、です」

「叔父上には引き続き職人たちの進捗の管理をお願いいたします」

穏やかな笑みを浮かべて静かにうなずく叔父上から、暗く沈んだ表情の善左衛門に視線を移す。

「それで開墾を希望する者たちはどれくらい集まった?」

俺は川原や山中で暮らす貧しい者たちや農民でも次男、三男などの土地や田畑を継げない者たちにむけて、自分たちで開墾してできた田畑を貸し与える計画を打ちだしている。開墾した土地の半分を貸し与える。残る半分は一旦俺のものとするが、いずれは家臣たちに恩賞として与える予定だ。

「殿のご指示通り、農民の次男や三男だけでなく、川原に暮らす者や山中に暮らす者たちにも声をかけました。結果、百名以上の希望者が集まっております」

百名を超える人数が集まるとは思わなかった。人手が予想以上に集まりすぎて渋い顔をしていると言うことはないよな。

「それで、内訳はどうなっている？」

「全体の半数が山中に暮らす者たちです。その次に多いのが農民の次男や三男で最後が川原に暮らす者たちとなります」

予想を上回る人数に顔を綻《ほころ》ばせる俺を見て善左衛門が渋い顔で補足する。

「特に山中に暮らす者たちのなかに、近江と尾張からの流民が相当数、紛れていると思われます」

間者《かんじゃ》である可能性のある流民をそのまま取り込むのかと言いたげな目をしている。だが、間者が紛れ込むのも織り込み済みだ。

「多少身元が怪しくてもいまは人手が欲しい。監視だけは怠らないように頼むよ」

「承知いたしました」

「それで、渋い顔をしているのは何が原因なんだ？」

「実は開墾する者たちを募る段階で少々問題が発生いたしました」

俺が視線で先をうながすと、善左衛門が小さく首肯して続きを話しだした。

「百名を超える人数が集まったと申し上げましたが、それ以上の孤児が山中や川原で確認できました」

百名以上の孤児だと？　弱者である子どもが大人と同数生き延びていることに驚いた。それとも生き残るために徒党を組んだのか？

「尋常な人数ではないな。その百余名の孤児たちが山菜や川魚をとっていたのか」

「その孤児たちも山菜や川魚をとってはいましたが、先の報告書にあった問題となっている孤児とは別の集団です」

まだいるのかよ。この領内にはどれだけの孤児がいるんだ？

「先の報告書にあった問題になっている方の孤児はどうなっている？」

「そちらは未だ調査中です」

渋い顔の原因は問題になっている孤児の背後調査が思うように進展していなかったからか。俺がそんな風に考えていると善左衛門がおもむろに先を続ける。

「今回確認できた百余名の孤児たちは、さらわれてきた者がほとんどです」

渋い顔の原因はそっちだったか。

弱者である子どもたちを食いものにしている連中が領内に巣食っている。それを憂いて渋い顔をしていたとは案外優しいところがあるじゃないか。

「一掃しよう」

「人さらいだけでなく、野盗も一枚かんでいるようです。どちらから一掃いたしますか？」

「別々に叩いて、他方を取り逃がすようなことはしたくないな」

俺は言外に人さらいとそれに絡む野盗を同時に一掃すると告げた。

「人数が必要となりますな」

「集めてくれ」

「野盗と孤児たちの背後調査と並行して戦える者たちも集めております」

手際がいいな。

「引き続き頼む。人材の確保の方はどうなっている？」

戦国時代に名を残す優秀な武将であってもこの時代ならまだ安い俸禄で仕えていたり在野だったりする。そんな不遇な武将のスカウトと領内にいる名もない手ごろな武将のスカウトを善左衛門に頼んであった。遠方の武将への使いはまだ使者もたどり着いていないかもしれないが、他家に仕えていた領内の武将や他国であっても近隣の武将なら何らかの結果が返ってきてもいい頃だ。

「はい、先のお家騒動で主家を追われた者たち、その縁者たちが集まりました。こちらも百名を超えております。殿が名前を挙げた他国の者への使者はまだ帰っておりません」

道三《どうさん》と義龍の家督争いの負け組か。予想よりも数が多い。野盗討伐後は適当に将来の雇用を約束して開墾組に回すのもありだな。

「視察が終わったら二、三日に分けてその百名余と直接会って話をしたい。段取りをつけてくれ」

「承知いたしました」

「追加の指示だ。桶狭間周辺の地理に詳しい流民たちをこちらへ引き込んで欲しい。数はそうだな、最低でも十名は欲しい。引き込んだ者には開墾をさせて農地を与える約束をして構わない」

念のため流民だけなく、農民でも商人でも構わないので桶狭間周辺の領地に詳しい者を引き込むように付け加えた。

だが、現時点では桶狭間の戦いに直接関与する具体的なプランが思い浮かばない。

関ヶ原から桶狭間まで現代日本なら高速を使って一時間余で着く距離だが、この時代では結構な距離だ。そして、それ以上の問題が織田信長の領地である尾張を通過しないと桶狭間に到達できないと言うことだ。

距離と織田信長。

西美濃から桶狭間の戦いにちょっかいをだすのは難しいよなー。何よりも、今川義元を捕らえることに利益も魅力もまったく感じない。

ありていに言ってモチベーションが上がらない。などと泣き言を言っても始まらない。皆と約束したし知恵を絞ってみるか。

叔父上と善左衛門が退出した後、桶狭間の戦いにどう関与するか頭を悩ませて一日を過ごすことになった。

第四話　討伐

領内に巣食う人買いと野盗の調査を開始してから二十日余。連日、様々な情報が寄せられ、幾つもの報告が上がってきていた。

善左衛門からの口頭報告が、机の上に積みあがった書類の処理をする俺の手を止めた。

「寺に子どもたちが大勢集められている？」

「はい。幾つかの寺で確認できましたが、孤児を大勢抱え込んでおりました」

確認された子どもは百余名。先日、報告にあった山中や川原の孤児たちと合わせると二百名を軽く超える。

孤児救済でもしているのだろうか？　感心なことじゃないか。などと思ったら大間違い。次々と告げられる続報にあきれ返った。

「鳥獣や山菜、川魚をとらせていたのは寺の坊主どもでした。しかも集めた鳥獣の肉や山菜、川魚を子どもたちに売らせていました」

その報告に軽いめまいを覚えた。

黒幕は寺かよ、世も末だな。

この時代、寺社が腐っているのは知っていたが、まさかここまでとは思わなかった。俺の中にわずかにあった正義感が沸々《ふつふつ》とたぎる。

「それだけではありません。幾つかの寺は野盗の隠れ家にもなっておりました」

「野盗の隠れ家が寺とはあきれてものも言えんな」

この時代、子どもも貴重な労働力なのは確かだ。だが、大人がそれ以上に重要な労働力であることは間違いない。生産性の高い大人が労働に従事せず、生産性の低い子どもを働かせる。これは税を徴収する側としては見過ごすことができない。

環境もどうせ劣悪なのだろう。それでは何人の子どもが生き残って成人できるか分かったものじゃない。子たちだってあと十年もせずに、いっぱしの大人並みに田畑を耕せるようになる。戦ともなれば兵士として戦うことだってできる。女の子たちは子どもを生んで育てることができる。

将来の税収と戦力を俺から奪おうとする連中にはお仕置きが必要だ。

憤慨していると、善左衛門が静かに口を開く。

「如何なさいますか?」

「野盗と寺を叩いて子どもたちを救おう」

悪事を働いている寺はもちろんのこと、これに乗じて他の寺社からも座の権利を取り上げよう。

「野盗と僧侶は如何いたしますか?」

「罪人としてただ働きさせられる労働力は大切だ。可能な限り生きて捕らえたい」

これから先、治水工事や開墾作業で人手は幾らあっても足りないくらいだ。

「そうなるとそれなりの人数を揃える必要がございますな」

報告にあった野盗の数は総数で百名弱。最も多いグループで三十名ほどだ。

「すぐに動かせる戦力はどれくらい集まった？」

「五十」

短い答えが返ってきた。

常備兵と考えれば十分な戦力だ。敵は最大でも三十余。領民から臨時の兵士を募れば各個撃破できる戦力差だ。

野盗と寺が結託していたのにはあきれたが、この状況は利用できる。野盗もろとも寺を討って、寺が持つ座の権利を奪うチャンスだ。さらに野盗と坊主を罪人として捕らえれば開墾や治水工事を行う無償の労働力も確保できる。

野盗と坊主ども、領地発展の礎となってもらうぞ。

「明日だ。武装を整えて集まるように号令しろ。寺に巣食っている野盗を一掃するぞ」

「承知いたしました」

◆　◆　◆

翌日。

野盗たちを討伐する戦力を菩提山城に待機させ、善左衛門の他、右京《うきょう》と十助《とおすけ》を伴って領内の視察兼偵察にでていた。

馬が歩くのに任せて領内を緩々と視察して回る。遠くでツルハシを振り下ろしている男たちが見えた。本来なら近づいて声をかけるのだが、今日の視察の方はカモフラージュなのでどうしても身が入らない。

そう、主目的は偵察。

野盗たちに働かされている子どもたちと接触を図り、詳細な情報を得るのが目的だ。子どもたちを無事に保護することが可能なら、ついでにそれも並行して進める。

「本当に我々だけで偵察に行くんですか？　どこで他の野盗たちと遭遇するか分かりません。もう少し人数を揃えましょう」

「そうです。いまからでも遅くありません、応援を呼びましょう」

不安げな様子の右京と十助に反論する。

「大勢で偵察なんてできるわけがないだろ。それこそすぐに見つかってしまうよ」

野盗や僧侶に無理やり働かされている子どもたちだ。大人に対する警戒心は強いだろう。大勢の大人の姿を見たら怯えてしまう。

「それはそうですが……」

なおも不安げな表情を浮かべる右京の言葉を聞き流して馬上から空を仰ぎ見る。

「この季節にしては随分と空が高いな」

高空では薄っすらと広がる絹雲が陽光を反射して光沢を放っていた。抜けるような青空に輝く白い雲、頬《ほお》を撫《な》でる緩やかな風。二月とは思えない穏やかな気候に、一瞬、今夜の野盗討伐を忘れてしまいそうになる。

「遭遇戦がないとも限りません。もう少し緊張感を持ってください」

隣でくつわを並べていた善左衛門が、俺の心情を読み取ったようにたしなめた。

歴戦の猛将と言われるだけのことはある。若い二人と違って随分と落ち着いている。もっとも、不安そうな顔をしている右京と十助にしても、史実ではたった十七名で稲葉山城を乗っ取ったメンバーで、俗にいう『竹中十六騎』に名を連ねる剛の者たちだ。度胸もあれば腕も立つ。

「家中でも有数の豪傑であるお前たちがいるんだ、野盗の五人や十人と遭遇しても十分に切り抜けられるさ」

「こちらの人数が十名なら、野盗たちは我々を発見しただけ逃げだすでしょう。数を揃えることで無益な戦いを避けることができます」

「一理ある。だが、戦いは数だけで決まるものじゃないぞ」

我ながらよく言うものだ。『兵を集めろ！　戦いは数だ！　野盗に対して三倍以上の数で当たるぞ！』、そう号令したのを思いだして自嘲する。

「兵数だけで決まるものではありませんが、それでも数を揃えることは重要です」

正論なので反論が難しい。

そのとき、俺の頭のなかに『稲葉山城乗っ取り』の逸話が浮かんだ。

ちょうど史実の『竹中十六騎』のうち三名がいるのだ。題材を『稲葉山城乗っ取り』にしてみるか。彼らに向かって、『例えばの話だ』と強引に話題を変える。

「稲葉山城を落とすのにどれくらいの兵士と時間が必要だと思う？　そうだな、守備兵は通常時の兵数としよう」

「突然何を言いだすんですか」

「いいから考えてみろ」

善左衛門にそう言い、後ろを付いてくる右京と十助の二人にも話を振る。

「二人も考えてみてくれ」

真っ先に善左衛門が口を開く。

「力攻めで落とすのは不可能でしょう。それこそ三万の軍勢で一月以上攻めても落とすのは難しいでしょうな」

右京と十助が続く。

「万の兵士がいても犠牲が大きくなります。私なら兵を引きます」

「城攻めは下策です。野戦で勝敗を決するべきです」

予想通りの回答が返ってきた。

俺は三人に不敵な笑みを浮かべて話しだす。

「私なら十七名で落とせる。期間は……そうだな、一晩あれば十分だろう」

「殿、冗談はやめてください」

「私たちの緊張を解《ほぐ》そうと思ったんですよね？」

右京と十助の言葉が重なった。善左衛門は呆れた顔で俺のことを見ている。三人ともまともに取り合っていないのは確かだ。俺だって不可能だと思う。だが、それを史実の竹中半兵衛はやってのけた。本当に大した男だと思うよ。

「力攻めでは無理だろうな。だが、策略を用いれば可能だ。戦いは単純な兵数では決まらない。個人の武勇も大きな要素だし、兵をどのように用いるのかも重要だ」

「どうやるのですか？」

興味を示して聞き返した善左衛門に『実はまだ考えていない』と答えると、三人が信じられないものでも見るような目を俺に向けた。そんな彼らに言う。

「まあなんだ。戦いを決するのは兵数だけじゃないから、この人数でも振り切って逃げるなら十分な戦力だと言うことだ。それにな、豪勇と言うだけでなく私が信頼を寄せる選りすぐりの三人なんだから自信を持ってくれ。そう言いたかったんだ」

「ありがとうございます。でも、はぐらかされた気もしますね」

「確かに逃げるだけなら敵が結構な人数でも大丈夫でしょう。何しろ我々は日々の訓練をかかしていませんからね」

右京と十助の二人の反応に善左衛門の叱責が飛ぶ。

「二人とも簡単に騙されるな！」

首をすくめる二人から俺に矛先《ほこさき》が向く。

「決して無茶はしないと約束してください！　でなければ、一旦、菩提山城に戻ってせめて倍の人数で出直すようお願いします」

「分かった、分かった。無茶はしない、約束する」

目的の子どもたちを見つけるまでの間、俺は説教を聞きながら視察を続けた。

◆　◆　◆

視察を続けていると、川のなかに入っている子どもたちが目に留まる。幾ら穏やかな気候の昼間とはいっても二月。さすがに川の水は冷たい。

「あの者たちです」

子どもたちに視線を向けたまま善左衛門がささやいた。

坊主どもに働かされている子どもたちだ。数は十名、年の頃は小学校低学年といったところだ。

よし、彼らと話をしてみるか。

俺は馬を川原へと向かわせ、子どもたちに声をかける。

「おーい、お前たち。少し話を聞かせてくれ。もちろん、ただとは言わない。飯を食べさせてやろう」

「殿、お待ちを！　おい！　二人とも後を追うぞ！」

背後から善左衛門の大声に続いて十助と右京の慌てた声が聞こえた。

よしよし、どうやらちゃんと付いてきているようだ。

俺は弁当として持ってきていた握り飯を子どもたちに分け与えることにした。

十助と右京に命じて川原に焚《た》き火を用意させ、子どもたちの目の前に握り飯を並べる。俺一人分の握り飯では足りないので三人のために用意した握り飯も放出した。

握り飯を奪われた三人はもの凄く悲壮な顔をしていたが、いまは泣いてもらうことにしよう。

俺は随行している彼らに向けて、いつもの仕返しとばかりに覇気に溢れんばかりの口調で叱咤《しった》する。

「お前たち、握り飯の一食くらいでなんて情けない顔をしているんだ。もっと毅然としろ、毅然と！」

「はい……」

「うう、楽しみにしていたのに」

「夕飯は握り飯を余分にお願いいたします」

俺の叱咤に十助と右京が涙を呑んで言葉を搾りだし、善左衛門は抜け目なく補填《ほてん》を要求した。

そんな俺の部下たちとは対照的に子どもたちは涙を流しながら握り飯を頬張っている。お約束のように喉《のど》に詰まらせて咽《む》せる子どもが続出した。こうして子どもたちが貪《むさぼ》るように握り飯を食べる姿は、見ていて微笑ましいのだが裏を返せば慢性的に飢えているということだ。

なんとも胸の痛い話だ。

子どもたちが握り飯を食べ終えて一息ついたところで話を始めることにした。

「お前たちはどこからきたんだ？　もともとこの川原にいた訳じゃないだろう？」

俺の何でもないような質問に最初は答えづらそうにしていたが、それでもポツリポツリと答えだす。

「うん……違う」

「俺たち、お寺に世話になっているんだ」

「そう、お寺だよ」

寺の坊主どもに強制労働させられている孤児で間違いないようだ。

「お寺に？　お前たちの親もお寺に世話になっているのか？」

俺の質問に子どもたちの表情が強張《こわば》る。

やはり孤児か。

言いづらそうにしている子どもたちをなだめながら聞きだすと、父親は戦死していた。母親も病死や失踪と理由は違ったが、やはり子どもたちの側にはいなかった。

「――それで、皆はお寺に世話になっているんだ」

「……そうだよ、な？」

「うん、そう。お寺……」

反応したのは年長と思われる二人。他の子どもたちはうつむいてしまった。

念のため孤児を保護するという行動に『さすがお寺だ』と感心してみせたのだが、予想通り子どもたちの反応がおかしい。少なくとも寺や坊主たちに感謝している様子は見られなかった。会話をしながら観察すると身体には無数の傷や痣《あざ》があった。子どもたちの様子と相俟《あいま》って、もはや虐待《ぎゃくたい》の痕《あと》にしか見えない。

会話をしていると、子どもたちが何かをしきりに気にするように周囲を見回したりそわそわしたりしだした。

「どうした？　何を気にしているんだ？」

俺の疑問に子どもたちは目を逸らすと言いづらそうに言葉を濁す。

「なんでもないよ」

「もう行かなくっちゃ、お魚獲らないと」

「うん、魚を獲らないと、な」

目配せで善左衛門たち三人に子どもたちが勝手に川に入らないよう、子どもたちの背後に回りこませる。そしてギョッとする子どもたちに穏やかな声音で聞く。

「いま食べた握り飯で夕飯には十分じゃないのか？　もし足りないなら屋敷へ取りに行かせてもいいぞ」

「魚を獲って帰らないと俺たち棒で打たれるから……」

「どういうことだ？」

鋭くなってしまった俺の口調に、子どもたちがビクリと震えた。

「そのう……お坊さんだけじゃなくて、俺たち世話になっている大人がいるんだ」

話をするのは相変わらず年長の二人だけで他の子どもたちは完全に怯えて、話をするような精神状態ではなさそうだ。

俺は心を鬼にして子どもたちに尋ねる。

「へー、それは親切な大人たちだな。それで大人たちは何人くらいいるんだ？」

子どもが棒で打たれたり、それが原因で怯えたりするようなことがなければな。

「たくさんいるよ」

「詳しく教えてくれたら、このおじさんたちが魚を獲るのを手伝ってあげるよ――」

大人三人の抗議を無視して、子どもたちから何とか得た情報から推察すると野盗紛《まが》いの大人たちの数は三十名ほど。下調べの数と合致した。

彼らのような子どものグループは他にもあり、それぞれが何らかの仕事を与えられていた。子どもたちを働かせて自分たちはろくに働かずに甘い汁を吸っているのは間違いない。

この日のために確保した兵力、百名余。揃えた鉄砲二十丁。

新兵器である三間半の槍と蛇腹の胴丸、複合弓、クロスボウは間に合わなかったが、鉄砲は俺が目覚めた日から比べても倍増している。ありったけの兵力と火力で威圧して可能な限り生け捕りにする。

「右京、屋敷へ戻って待たせてある手勢を引き連れてきてくれ。相手は野盗とはいっても命のやり取りになる。完全武装でくるように伝えなさい。特に鉄砲は全て持ってくるように」

「承知いたしました」

馬に飛び乗って駆け去る右京の姿に子どもたちから感嘆の声が上がった。いつの時代も子どもは純粋な強さや恰好良さに憧れるものらしい。

俺は右京の後姿を見送る子どもたちに努めて穏やかな口調とにこやかな笑顔で話しかける。

「さて、いまのお兄さんが戻ってくるまで、もう少し話をしようか」

俺は他に世話になっている子どもたちの人数と様子、お寺の間取りや大人たちの武装の状態、普段の生活態度などを詳しく聞きだすことにした。

◆
◆
◆

右京が引き連れてきた兵と合流した俺たちは相手に気付かれないよう、夜陰に紛れて寺を遠巻きに包囲していた。俺の指揮する本隊も寺からは見えない位置に隠れて配置してある。

「座の権利を有している寺と武力を有している野盗。利害が一致したと言うことか」

大木の陰から寺の正門を覗き見ながら誰にともなく言うと、善左衛門の怒《はら》りを孕んだ声が返ってきた。

「寺と野盗が結託して悪事を働くだけでも許せませんが、子どもたちを食いものにするなど、もっての外です」

まったくもってその通りだ。子どものような社会的な弱者を食いものにするなんて、完全に腐っている。

「それも今日までだ。連中には残りの人生をかけて罪を償ってもらう」

「久々に腕が鳴ります」

獰猛《どうもう》な笑みを浮かべる善左衛門から寺の正門へと視線を向ける。月明りに薄っすらと浮かぶ正門は固く閉ざされてはいたが、自分たちが襲撃されることなど想定していないのだろう、見張りの一人も立っていなかった。何ともお粗末なものだ。

「子どもたちから得た情報通りなら、そろそろ夕食を終えた頃だな」

「先ほど偵察にだした者からの報告では、台所あたりから煙が上っていたようなので間違いはないでしょう」

いよいよ実戦だ。

寺の方を見ながらこの戦いでの二つの課題に思いを巡らせる。

ここは戦国の世だ。生き残るには他者を押し退けるだけでなく自身の手を汚す必要もある。その第一歩がこの戦いだ。

まず一つ、俺はここで野盗を、人を斬る！

もう一つは、作戦が失敗して子どもたちが人質に取られた場合だ。人質となった子どもたちを気遣って味方の兵士たちに犠牲をだすわけにはいかない。そのときは子どもたちが犠牲となるのを躊躇《ためら》わずに野盗の討伐を続行する。

不安げに何度も振り返りながら寺の門を潜った子どもたちの姿が脳裏に蘇る。

寺の門からおよそ五百メートルの場所で一人の子どもがこちらを振り返った。最年長の少年だった。つられるように他の子どもたちも振り返って俺を見た。

誰もがいまにも泣きだしそうな顔をしていた。

俺は振り返った子どもたちを安心させるように微笑む。

「どうした、不安か？」

俺の言葉に何人かが素直にうなずいた。そんな彼らを勇気付けるように俺は自信満々に言い放つ。

「安心しろ！　私たちは強い。そこいらの山賊や野盗など一ひねりだ。正々堂々、真正面から打ち破ってみせる！」

　俺の言葉に子どもたちは安心したのか、力強くうなずいて寺の門へと走って行った。

　安心しろか、それは全てが上手くいったら、の話だ。俺は彼らのことを意識の外に追いだそうと頭を強く振った。こんなところで情に流されていてはこの先大勢の兵士たちを無駄に死なせるだけだ。兵士の後ろには妻もいれば子どももいる。彼らを路頭に迷わせたり悲しませたりしたくない。今日だけじゃない、これから先も、だ。犠牲がでるのはやむを得ない。だが、最小限の犠牲に留《とど》める。

　そんな決意を改めて固めたところに新たな報告が届いた。

「殿、寺の中から笑い声や大声での会話が聞こえてきました」

「ありがとう。配置に戻って号令があるまで待機していなさい」

　一礼してすぐに持ち場へ戻る武将の後姿から寺へと視線を移す。すると傍らに控えていた善左衛門が口を開いた。

「どうやらここまでは順調のようですな」

　それは分かる範囲でのことだ。子どもたちがどうなっているのかは分からない。

　俺が寺から目を離さずにいると善左衛門がさらに言う。

「子どもたちが心配ですかな？」

　寺に帰る子どもたちにも役割を与えていた。一つは、野盗を誘《おび》きだすための手紙と銀を渡すこと。一つは、俺からの差し入れと称して大量の酒と食料を持ち込むこと。

そして最後の一つは、子どもたちを一ヶ所に集めること。普段のこの時間は馬小屋にいるそうなのでそこに集めるよう指示してある。それが無理なら野盗たちからできるだけ離れた場所に集まって白旗を掲げるように数枚持たせてある。

「子どもたちが上手くやってくれるとこちらの損害が少なくてすむからな」

「そうですな」

俺の横で善左衛門が楽しそうに忍び笑いを漏らした。

「気を抜くなよ、ここからだ」

「良い心がけです。順調に進んでいるときこそ慎重になるべきです」

「ここから全てが始まる。領内の改革を推し進めるぞ。お前のことは頼りにしているからな。改革を成し遂げるまで死ぬなよ」

善左衛門の頭《こうべ》が静かに垂れた。

◆ ◆ ◆

寺から少し離れた森の中に身を隠していた俺のもとへ、寺を包囲する形で配置した各部隊からの伝令が準備の整ったことを次々と伝える。

「殿、久作様の隊配置に付きました」

「右京様の隊配置に付きました」

「十助隊、整いました」

「五郎作《ごろうざ》様の隊、完了です」

「内蔵助《くらのすけ》様、完了いたしました」

野盗討伐にかりだした兵は百名余。内情は臨時で集めた領民の次男や三男が四割以上を占める。これを六隊に分けて野盗の本拠地となっている寺を包囲するように配置した。正面は俺の指揮する本隊二十名。

次々と飛び込んでくる伝令から報告を聞いていると、胃を鷲掴《わしづか》みにされたような痛みと吐き気に襲われた。それと同時に腹の底から湧き上がる高揚感と、胸を掻《か》きむしりたくなるような罪悪感がない交ぜとなって押し寄せてくる。

「殿、そろそろです。準備はよろしいですか？」

俺の様子がおかしいことに気付いたのか、善左衛門が心配そうな表情を浮かべている。

「心配するな。私なら大丈夫だ」

作戦は単純。

野盗の頭目に宛てての商人を騙《かた》った手紙と銀。大量の酒と食料を寺に戻る子どもたちに持たせた。手紙と銀は野盗の頭目を誘きだすためのエサ。酒と食料は油断させて奇襲攻撃の成功率を上げるためだ。酔って油断した野盗と僧侶たちを完全武装した三倍以上の兵士で奇襲する。子どもたちに語った『正々堂々、正面から叩きのめしてやる』というのとは少し違うが、現実とはこんなものだ。

「それにしても遅いですな。約束の時間はとっくに過ぎております」

二十時に寺の正門前で会いたいと手紙に記したのだが、一時間近くも経過していた。

「大方、酒と食事に夢中になっていて時間を忘れているのだろう。欲の皮が突っ張った連中だ、心配しなくても引っかかるさ」

不安げに門を見る善左衛門にそう返したタイミングで門がわずかに開いた。

姿を見せたのは二人。一人は槍を構え一人は松明《たいまつ》を持っている。

「足元がフラついていますな」

「もう一人でてくる」

ヒゲ面の粗暴そうな男が十歳くらいの少年を抱きかかえて姿を現した。ヒゲ面の男が先にでてきた二人に何か指示をだす素振りを見せると、二人は槍を構えたまま辺りを探りだす。

察するにあのヒゲ面が頭目か。

「思ったよりも警戒心が強いですな。それに、なんと卑怯な」

子どもを盾にするように抱きかかえているヒゲ面の男を睨みつけながら、善左衛門が歯噛みするようにつぶやいた。

俺でも分かる。あの状態では、配置した弓隊が子どもを避けて頭目だけを射抜くのは不可能だ。だが、いまさら作戦は変えられない。

「行くぞ」

商人を装った俺と善左衛門は、野盗たちの待つ正門へと向かって歩きだした。善左衛門が持った松明のためだろう、すぐに俺たちに気付いた頭目が恫喝《どうかつ》するように叫んだ。

「お前たちか、俺に頼みごとがあるというのは？」

「はい、私どもです」

怯えた声と表情でそう言いながら野盗たちの近くまで駆け寄る。松明の灯りに照らしだされた俺たちの姿を確認すると、槍を構えていた男たちが警戒を解いた。構えていた槍を杖《つえ》代わりにしてニヤニヤと薄ら笑いを浮かべる。

頭目の方は相変わらず少年を盾代わりに抱えていたが、顔からは警戒心が消えていた。

「手紙じゃよく分からねぇ、頼みごとなら口で言いな」

「私は竹中様の領内で商いをさせて頂いております――」

野盗は俺の言葉を強い口調で遮る。

「てめぇのことはどうでもいい！　用件をさっさと言え！」

「はい、それではお言葉に甘えまして――」

俺は怯えた演技を続けたまま、手紙に書いた内容を噛み砕いて説明する。

内容はシンプルだ。

子どもたちに集めさせている鳥獣の肉、山菜、川魚。これらを子どもたちに売らせているが、それを商人である俺がまとめて買い取る。売り子の仕事がなくなった子どもたちは狩猟採取に回せるので野盗たちの利益が上がる。さらに、競争相手の商人たちの商売の邪魔や嫌がらせを頼んだ。競争相手が思うように商売できないことで俺の利益が上がる。上がった分は謝礼として還元することも約束した。

「――謝礼は利益の半分。五分五分でいかがでしょう」

「足りねえな。俺たちは危ない橋を渡るんだ。安全なところで甘い汁を吸うお前たちと同額ってのは納得できねえな」

「それでは如何《いか》ほどをお望みでしょう」

「七割だ。利益の七割が俺たちで三割がお前たちだ」

想像以上に欲の皮が突っ張っているな。

「それはちょっと……」

俺が難色を示すと頭目が卑しい笑みを浮かべた。

「いまの話、てめえの競争相手のところに持って行ってもいいんだぜ」

「そんな、それはあんまりで――」

「若旦那、ここはこちらのお方の条件を飲みましょう。欲をかいてはなりません」

善左衛門が絶妙なタイミングで割って入った。

「若造と違って世の中ってものを分かっているじゃねえか」

頭目は善左衛門に向かって『ちゃんと教育しておけよ』と言うと、手紙と一緒に渡した銀の入った袋を空いた方の手でもてあそぶ。

「まだ持ってるんだろう？　そいつも寄越しな」

「若旦那、これを」

善左衛門が男の言葉にすかさず自分の懐から財布を取りだして俺に渡した。頭目の目が財布に注がれているのが分かる。

「こ、これが、き、今日持ち合わせている、全てです」

「持ってこい」

俺は怯えたように首を横に振り、頭目の抱きかかえている子どもを指さす。

「そ、その子どもをこちらにお願いします。こ、子どもに渡します」

俺の言葉に頭目と二人の野盗が笑いだした。

「おいおい、そんなんで俺たちと商売ができるのか？」

「じいさん、若旦那の教育をもっとしっかりやっておけよ」

「とんだ腰抜けだな。ちっ、仕方がねえ」

完全になめきった頭目が抱えていた少年を放した。転がるように駆け寄る少年を俺が抱きかかえたタイミングで善左衛門が松明を大きく回す。

合図だ。

野盗たちの笑い声が聞こえるなか、矢が風を切る音と生身の身体を貫く鈍い音が響く。くぐもった声が聞こえ、野盗たちが倒れる音がした。それぞれ二十本近い矢を全身に受けて、ハリネズミのようになった頭目と二人の野盗が地面に転がっていた。

幾本もの矢を全身に受けて倒れた野盗たちが絶命していることを確認している間に、正面から侵入する予定である十八名の本隊が一斉に駆け寄ってきた。

俺はそのうちの一人にすぐに指示をだす。

「具足を持ってきてくれ。それと鉄砲だ」

その言葉が終わるや否や具足と鉄砲が運ばれてきた。俺は善左衛門と二人で急ぎ具足を装着しながら、改めて保護した子どもに寺のなかの様子を確認する。

予定通り寺のなかでは酒盛りが始まっており、子どもたちのほとんどが馬小屋に避難していた。そして避難できていない子どもは全部で五人、いずれも台所で片づけをしているらしい。

ここまではほぼ予定通りに事が運んでいる。

俺たちが具足を装着し終えると俺を含めた本隊二十名は保護した子どもを伴って正門から寺へと侵入した。

建物の中から笑い声や馬鹿騒ぎをする声が正門の内側まで聞こえてくる。

さて、子どもたちの安全確保だ。

「善左衛門、三名を連れてその子と一緒に馬小屋にいる子どもたちを頼む。子どもたちを保護したら、すぐに寺の外に避難させろ。生きて帰ることが最優先だ。ともかく無茶はするなよ」

「お優しいですな」

善左衛門が口元を綻ばせた。

「子どもたちを連れて戦っては兵士たちが危険だろ」

「そうですな、兵を無駄に死なせるわけにはいきませんからな」

『最優先は兵の命。子どもたちを救うことも目的の一つではあるが、そのために兵が命を落とすようなことはしない。場合によっては子どもを見捨てる』。そう言ったが、いざとなると子どもを見捨てられない。我ながら甘ちゃんだとは思う。

しかも、それを見透かされたようでなんとも居心地が悪い。

「いいから、さっさと馬小屋へ行け！」

嬉しそうに笑みを浮かべる善左衛門を追い立てるように馬小屋に向かわせた。彼が率いる部隊が走って行くのを目の端で確認しながら本隊へ指示をだす。

「我々も移動する。物陰に隠れながら少しずつ台所へ近づく」

物陰に隠れるようにして台所へと向かう。寺のなかはそれなりに隠れるところはあるのだが、さすがに十七名の大所帯が隠れるとなると難しい。

それでも気付かれていないのは酒と食料のお陰だろう。

寺の者か野盗がでてきたら即戦闘だな。そんな覚悟を決めていると善左衛門に付けた兵士の一人がこちらへと走ってくるのが見えた。

「ご苦労、どうだった？」

短い俺の問いに兵士は子どもたちから入手した最新の情報を告げる。

「子どもたちのほとんどは馬小屋に集められていました。ただ、料理番の五名が台所にいるそうです。それと数を数えられる者がおりました。野盗は三十二人、僧侶は住職を含めて八人で小僧が三人いるそうです」

「よくやった！」

兵士の労をねぎらうと部隊長と連絡要員へ指示をだす。

「本隊はこれより台所を制圧する。なかに子どもがいるから十分に注意しろ。台所への突入で野盗たちも気付くはずだ。下手に気付かれないようにしようなどと考えるな。生きて帰ることが最優先だ！」

「承知いたしました。自分たちの命と子どもの命を最優先にいたします」

迷いのない返事が返ってきた。

おかしいな、作戦を伝えたときにはなかったものが一つ増えている。

俺は疑問を飲み込んで連絡要員として残す二人に向かって言う。

「我々が台所を制圧したら包囲部隊へ突入の合図をだしなさい」

即座に了解の返事をする二人から再び突入部隊に向きなおって号令する。

「突入！」

俺の合図で本隊が一斉に台所を目指して駆けだした。

もちろん、突入といっても戸を蹴《け》破るなんて荒っぽいことはしない。静かに戸を開けて速やかに台所へ侵入する。先行する分隊を突入させ、最後に俺が率いる五名が台所へ足を踏み入れたときには既に制圧済みだった。

双方ともに死者ゼロ、上出来だ。不意打ちとはいえ、叫び声はおろかほとんど物音も立てずに制圧できたのは計算外だった。建物のなかにいる野盗や僧侶たちはこの段階でまだ俺たちの侵入に気付いていないようだ。間抜けな野盗たちで助かる。

小僧も含めて縛り上げて猿ぐつわをかませる。その作業の傍らで俺は怯える子どもたちに向けて声をかけた。

「皆が馬小屋で待っている。お前たちはすぐに馬小屋へ向かいなさい」

俺の言葉に続いて若い兵士が子どもたちを先導して表へと連れだした。それと同時に外で待機する部隊に突入の合図がだされる。

外で大きな笛の音が響いた。包囲部隊突入の合図だ。

俺はその合図を聞きながら皆に改めて声をかける。

「くどいようだが、最優先は自分たちの命だ。大切にしろ！　女や子ども、僧侶であろうと抵抗する者は容赦せずに斬れ。武器を捨てて投降する者は野盗でも捕らえるのに留めるように！」

即座に力強いうなずきが返ってきた。

「よし、屋敷内へ踏み込め！」

号令一下、兵士は戸や板戸を蹴破りながら寺のなかを移動し始めた。

突如として発生するけたたましい音に寺の僧侶と野盗たちが慌てて姿を現す。当然武装などはしていない。精々が刀を手に持っている程度だ。しかも全員が酔っ払いである。

そこへこの時代の新兵器、鉄砲を見舞う。

「撃つぞ、鉄砲の前を開けろー！」

俺の号令に率いてきた本隊の兵士たちは一斉に左右に分かれる。俺が率いる五名の鉄砲隊と野盗連中との間に障害物が消えた。

次の瞬間射撃命令を発し、おれ自身も引き金を引く。

「撃てー！」

自身が発した号令と同時に引き金を引いた。間髪容《かんはつい》れずに手にした鉄砲から発射する銃弾の音と衝撃が俺自身を襲う。

銃弾の音に続いて家屋の中に幾つもの銃声が轟《とどろ》き渡る。銃弾を受けた野盗たちがうめき声を上げて崩れ落ちた。部屋の中に白煙が舞い硝煙の臭いが充満する。

運よく鉄砲の標的とされなかった野盗や僧侶たちの顔に驚きと怯えが生まれていくのが分かる。

「うわーっ！」

「た、助けて」

「な、なんだよ、いまのは！」

幾つもの悲鳴が上がる。意味もなく走り回り、野盗同士でぶつかり合っていた。パニックは急速に敵のなかに拡散していく。外からは幾つもの具足の擦《こす》れる音が聞こえてきた。武器もろくに手にしていない状態で、混乱しているところを圧倒的な数で包囲する。

大勢は決した。

俺は鉄砲を傍らにいた若い兵士にあずけ、槍を手に制圧戦となっている建屋の奥へと進む。酔いと混乱でまともに抵抗のできない野盗たちを兵士たちが次々と捕らえていく。

刃を交えるくらいは覚悟していたが、この調子なら俺の初陣は鉄砲射撃一発だけで終わりそうだ。幸い銃撃を受けた野盗も死には至っていない。

人を殺さずにすみそうだと内心で胸をなでおろしたそのとき、味方の槍をかわした野盗が俺の前に転がりでてきた。

野盗と目が合った。狂気を孕んだ目で真っすぐに俺を見ている。

「うわーっ！」

刀を振り上げた野盗が大きく踏みだした。

途端に野盗と俺との距離が詰まる。

次の瞬間、自分でも何をしたのか分からなかった。それでも目の前で何が起こっているのかは理解できた。俺は迫る野盗に向けて槍を突きだしていた。

「ゴフッ」

槍を突き立てられた男は咳《せ》き込むようにして口から血を吐いて倒れ込む。急に槍が重さをました。俺はその重さに耐えきれずに槍を手放す。

胸に刺さった槍を抱え込むように倒れた野盗が俺を仰ぎ見た。その目には既に狂気はなく恐怖が支配していた。

どこか遠くで俺を呼ぶ声が聞こえるなか、俺は倒れた野盗から目を離すことができなかった。やがて野盗の目から恐怖が消え、そのまま動かなくなった。

俺の槍は男の左胸を貫いていた。

正門で野盗たちが射殺される場面を見ても足が震える程度だった。だが、いざ自分で命を奪うとなると違った。目眩《めまい》と吐き気が襲ってくる。覚悟を決めてきたつもりだったが、現代日本人の俺にはきついものがある。吐きこそしなかったが、その場にしゃがみ込んでしまった。

「殿！　大丈夫ですか？」

「お怪我は？」

「ここは危ないのでお下がりください！」

　あっという間に周囲に兵士たちが集まり、防備を固める。敵と斬り合っている者たちまでこちらへと視線を向けた。

　まずい！

　頼もしい家臣たちだが、俺が情けないばかりに彼らの命を危険にさらすわけにはいかない。俺はしゃがみ込んだまますぐに無事を報せる。

「すまない！　病み上がりで少し目眩がしただけだ！　私は大丈夫だから皆は制圧戦に戻ってくれ！」

　気を取り直して俺も再び制圧戦へと加わった。完全武装の兵士たちに守られるなか、ろくに抵抗もできずに逃げ惑う野盗たちが次々と捕縛されるのを監督する役回りである。

「抵抗しなければ命までは取らない！　抵抗の意思のない者は武器を捨てて床にうつ伏せになれ！」

　僧侶と野盗たちは混乱しながらも次々と新手の兵士たちが現れるのを見ると、俺の降伏勧告と相俟って我先にと投降しだした。

　さて、そろそろ終わりかな。

　血の付いた槍を片手に揚々とした様子で歩いてきた善左衛門が口を開く。

「子どもたちは全員無事です。ただし食事もままならなかったのでしょう、半数以上が弱っております」

「子どもよりも兵士の損害を先に報告しろ」

ムッとしてそう言うと、口元に意地の悪そうな笑みを浮かべる。

「我が方に損害はありません。怪我をした者もおりません。これも殿の作戦のたまものですな」

「よくやってくれた。寺に備蓄されている食料を全て使って構わないので、子どもたちと我々の食事の用意を頼む。この寺の仕置きを済ませたら次の寺に向かう。それまで兵たちを休ませておくように」

「承知いたしました。子どもたちの食事が優先ですな」

「好きにしろ」

ニヤリと笑う彼にそう答えたタイミングで、部隊長の一人である右京が俺の仕事がまだ終わっていないことを告げにきた。

「殿、住職と僧侶どもは小僧も含めて一部屋に集めてあります」

◆◆◆

どうも先ほど死体を前にしゃがみ込んでから信用がない。

俺が戦闘中にしゃがみ込んだことを聞いた善左衛門が『殿は病み上がりなのでしっかりと護衛をするように』と数名の家臣に言い含めて送りだしてくれた。俺の『もう大丈夫だ、護衛は必要ない』という言葉に耳を貸さずに、だ。別にいいけどな。

俺は護衛の家臣数名に囲まれたまま、住職と僧侶たち、ついでに小僧たちを閉じ込めてあるという寺の一部屋に案内された。

野盗たちを住まわせていた寺にしては掃除もよく行き届いて小奇麗な状態にしてあった。華美ではないが欄間《らんま》や天井、柱には装飾が施されている。広さも十分で部屋の奥、中央には仏像が祭られていた。

本堂じゃないのか？　ここ。

寺の本堂に住職と僧侶たちを縛り上げて転がしてある。住職や僧侶たちにしても不甲斐《ふがい》ないことこの上ないだろうが、こちらも罰《ばち》が当たりそうだ。

住職と僧侶たちの心情はさておき、彼らの猿ぐつわを外させるとすぐに本題に入った。

「さて、この度の仕置きを行う！」

強い口調でそう切りだすと住職と僧侶、小僧たちが『ヒッ』と小さな悲鳴を上げて身を強ばらせた。どうやら自分たちが悪事を働いていた自覚はあるようだ。

「この寺は武力により野盗に占拠されていた。住職たちが野盗に協力していたがそれも不本意なことであった。という見方が一つ。この場合は情状酌量の余地があるだろう」

そこで一旦言葉を切って住職や僧侶たちを見回す。

思いもよらない展開だったのだろう、その表情には希望が見える。そして俺の後ろではいつの間にかやってきた久作が『さすが兄上、寛大です』とつぶやきながらうなずいている。

「もう一つの見方。野盗と手を組んで孤児たちを働かせていたばかりか、座の権利を利用して不当な利益を上げていた」

俺の言葉に先ほどまで見せていた希望は失せ、涙と絶望が浮かんでいる。

そんな彼らを睨みつけたまま、久作に問う。

「この場合はどのような罰が適当か答えてみなさい」

「はい、全員死罪が妥当だと思います」

おいおい、小僧まで死罪かよ。さすが戦国時代だ、人の命が軽すぎる。

だが、人の命が軽いと思っていない人たちもいた。眼前で縛り上げられている住職と僧侶、小僧たちが泣きながら訴えだす。

「お、お助けください」

「脅されていたのです！　逆らえば殺すと言われて我々も止む無く手を貸しておりました。決して望んでやったことではございません！」

「そ、そうです。脅かされただけです！」

「悪いのは野盗たちです。私たちは何も悪くありません！」

清々しいくらいに自分たちのことしか考えていない僧侶たちだ。いったいどんな経典を学べばこのような僧侶になるのだろう。

俺は住職以外に黙るように言うと、住職に向けて語りかけた。

「住職。尋ねるが、今回の騒動の原因は何だと思う？」

突然の話の展開に一瞬キョトンとしたが、有無も言わさずに死罪となることが無くなったと思ったのか安堵の色を見せて答える。

「やはりあのような無法者がはびこっているのがいけません。早々に討伐すべきかと」

「ほう。つまり、他界した父や私の統治に問題があると言いたいのだな」

俺の反応に見事なまでに顔を蒼ざめさせる住職。そして何やら抗弁しているが、無視して住職の隣にいる若い僧侶に話しかける。

先ほど命乞いこそしたが、自分たちの行いを野盗たちのせいにしなかった者のうちの一人だ。

「お前はどうだ、今回の原因は何だと思う？」

「申し訳ございません、欲に目がくらんでしまいました」

そう言うと縛られたままガタガタと震えボロボロと涙を流しだした。

「欲に目がくらんだか。では何故欲に目がくらんだ？　何故このようなことが起きた？」

命が懸かっていると思っているのか、即答をせずに必死に考えている様子だ。この絶望的な状況でも必死に生き延びる道を探そうとする。お前みたいな人間は嫌いじゃないぜ。

俺は思案する男から視線を外し、明後日の方向を見ながら久作に話しかける。

「俗世を離れた僧侶とて人、たまには贅沢《ぜいたく》もしたくなるだろう。特に隣の寺が贅沢していればなおさらだ。では、何故こんなことが起きるのか。それは寺が自分たちで金を稼ぎだすことを当たり前のように考えているからだ。だからもっと金が欲しいと思う。もっと金を得る方法を考える。そして行き着いたのが今回のように野盗と組んで悪事を働くことだ」

「素晴らしい！　兄上の言われる通りでございます」

よし、実にいい反応だ。

俺と久作のやり取りを皆がキョトンとして聞いている。かなり強引だが、この雰囲気なら大丈夫だ。言える！

「座、これが諸悪の根源である！」

そう言うと俺はポカンとして聞いていた先ほどの若い僧侶に視線を向ける。すると打てば響くように俺の意を汲んだ回答がその口から紡《つむ》がれた。

「ご領主様の慧眼、お見それいたしました。まさにその通りでございます。座がなくなれば寺を利用しようとする輩《やから》もいなくなるでしょう」

死罪になるくらいならと既得権をあっさり放棄する。それもこちらの考えを汲んでの回答。得難い人材である。今後も俺の役に立ってくれることだろう。

「よく言った！　たったいまからお前がこの寺の住職だ」

俺はそう言うと戸惑っている若い僧侶の縄を解くように傍らに控えていた兵士に指示する。そして何やら必死に訴えている住職だった男を外へ連れだすように併《あわ》せて指示した。

泣き叫ぶ前住職を引っ立てた兵士がその喚き声に辟易《へきえき》とした様子で聞いてきた。

「この男は如何いたしますか？」

「死罪」

俺の一言に前住職の動きが止まった。心臓でも止まったか？　そう思った瞬間、急に叫びだした。

「お、お慈悲を！　な、何卒死罪だけは、お許しを！」

「お前らの教えの通りなら極楽浄土に行けるのだし、願ったり叶ったりだろ？」

縛り上げられた他の僧侶たちに『なあ、そう思うだろ』と問いかけると、皆が一斉にうなずいた。うん、呑み込みの早い連中だ。

前住職の矛先が俺からかつての弟子たちに向いた。

「裏切り者、こ、この裏切り者がー！　恩を忘れおって！」

「分かった、分かった。死罪は勘弁してやる。強制労働で開墾作業と治水工事な」

前住職の顔に希望が浮かぶ。

「あ、ありがとうございます。ありがとうございます、感謝いたします」

手のひらを返したように泣きながらお礼を繰り返す前住職を、本人が『おかしい』と気付いて騒ぎだす前にさっさと部屋から連れださせた。

野盗たちにしてもそうだが、死罪にしたところで俺にメリットはない。それなら罪人として残りの人生を強制労働に費やしてくれる方が助かる。まあ、強制労働に費やされる残りの人生がどの程度かは知らないがな。

俺は新たに住職に任命した男と他の僧侶たちに向けて穏やかな口調で告げる。

「では、お前たちの明るい未来のための話し合いをしようか」

未来を夢見て浮かれている者もいれば、何を勘違いしているのか悲観して怯えている者もいた。

人って面白いよな、同じ状況で同じ言葉を聞いても、受け取り方一つでこうも変わってくるものなのか。

縄を解かれると僧侶たちはお互いの無事を喜びつつも、周りを取り囲んでいる兵士たちに怯えた視線を向けている。小僧などは抱き合って震えていた。

そんな彼らの意識を俺に向けさせるように少し大きな声で話しかける。

「実はお前たちに頼みたいことがある。今回の件はあまりにも酷いとしても、多かれ少なかれ他の寺でも同様のことが行われているのは知っている」

俺の言葉に僧侶たちの間に緊張が走った。

「他の寺で行われている悪事を知っている範囲で構わないので教えて欲しい」

僧侶たちの間で微妙な目配せが交わされている。

知ってはいるが今後の寺同士の付き合いを考えるとしゃべるのは躊躇する。かといって黙っていては俺の気が変わって死罪を言い渡されるかもしれない。そんな葛藤《かっとう》が見え隠れする。

さて、もう一揺さぶりするか。

俺はゆっくりと部屋の中を歩く。僧侶たちの視線が俺を追っているのを確かめると話を再開する。

「もし、ここと似たような悪事が行われているとすれば、幼い子どもや女などの弱者が犠牲になっているのだろうな。或いはお前らの祖父母のように年老いた者たちかもしれない」

彼らの間を縫うようにゆっくりと歩きながら一人ひとりの様子を見る。

罪の意識があるのだろう。犠牲者を嘆くような俺の口調も手伝ってか視線を逸らす者やうつむく者たちが散見される。

いい感じに良心が揺さぶられているようだ。

「それもこれも、寺の持つ座の利権を利用しようとする僧侶やそこにつけ込んでくる道徳心のない輩がいるからだ」

一人の僧侶の肩を叩いて『どう思う』と問いかけると、『その通りです』と即答があった。

同じように二人三人と問いかけると、最初に答えた僧侶と同じようにいまの状況を憂える言葉が返ってくる。他の者たちも聞きもしないのにコクコクとうなずいている。

よしよし。

俺はわずかに語調を強めてさらに話をする。

「私はそれを正したい。そのためには協力してくれる者が不可欠だし、私は協力者には十分に報いるつもりだ。信賞必罰という言葉がある。功績のある者に報い、罪のある者を罰する。これを怠ったり見逃したりしてはいけないという意味だ」

話をする間に僧侶たちの顔つきが変わってきた。いや、俺の家臣団の顔つきまで変わってきた。

さすが戦国時代、ドライだな。

わざわざ聞くまでもない。皆の興味は功績に対して領主である俺がどう報いるかだ。

「今回の寺に対する一連の取調べが済めば多くの寺は住職や僧侶が空席となる」

気の早い者、勘のいい者はこの時点で顔を輝かせていた。そして俺は僧侶たちに向けて締めくくる。

「その空席、是非とも私に協力してくれた者たちに務めて欲しいと思っている」

彼らからもたらされた情報と事前に調査した情報をもとに、残る寺を次々と襲撃した。領内の寺は二日と経たずに俺の意のままとなった。

第五話　報告

三月に入って一週間が過ぎたのだが、未だに寒い日々が続いていた。

現代日本にいたころから俺は寒いのが苦手だったが、竹中半兵衛となってもそれは変わらない。こうして部屋の中で厚着をしてコタツからでられずにいた。

そんな俺の目の前では善左衛門もコタツに入って幸せそうな顔をしている。

「このコタツというものはいいものですな」

「コタツに入りにきたわけじゃないんだろ」

農地開拓と寺社改革、そして人材スカウト、その他諸々の経過報告にきているはずだ。

「先の野盗討伐ではご立派になられたと嬉し涙を流したというのに、そのように器の小さいことを言われては悲しくなるではありませんか。それにコタツに入っていても報告はできます」

彼もコタツをすっかり気に入ったようで、俺のところへくると大抵はコタツに入り込んだまま動こうとしない。

コタツといっても平成日本のものとは大きく違う。

大工にテーブルと天板を作らせて、そこに麻布を何重にも重ねて掛けただけのものだ。そして肝心の暖のもとは火鉢。そう、テーブルの下の板を取り払い、その穴に火鉢を置いて麻布をかけただけのお粗末な代物《しろもの》だ。だが、暖かい。

「それで報告は？」

「コタツと言うのは良いものですなあ」

急《せ》かす俺ととぼけて先送りにする善左衛門。いつもとは逆だな。まあいい、老人にこの寒さは堪《こた》えるのだろう。少しいたわるとするか。

「そうだろう。だが、間違ってもなかに潜り込むなよ。息ができなくなって死んでしまうからな」

「それは恐ろしい。ところで、私もこのコタツを大工に作らせたいのですが許可を頂けませんでしょうか」

こんなものを作らせるのに許可がいるのか？　特許か何かだろうか？　まあいい。

「構わない。どうせなら十脚ほど作らせて、専用のコタツ布団も作らせよう」

「おお、それは良いですな。しかし、十脚は多いのでは？」

「この間の寺の制圧やいろいろと頼んでいる仕事で頑張った人に褒美として渡そうと思う。お前の分はそれとは別に頼んでおくといい。時間がかかる可能性があるから急げよ」

褒美として渡した頃には暖かくなって用済みになりそうだ。

「承知いたしました。では、コタツとコタツ布団の手配もしておきます」

「頼むよ、後で絵図を描いて渡す。それで本題は？」

今日訪ねてきた本来の目的を報告するようにうながす。

最も気になっているのは人材のスカウト状況である。信玄《しんげん》も言っているように全ての基本は人だ。次いで桶狭間周辺の流民の確保。一大イベントまで二ヶ月余、さすがに焦りがでてきた。そして粛々《しゅくしゅく》と進めている農地開拓。もっともこっちは一日おきに報告が届いているのと、報告を聞く限り順調なので心配はしていない。

「まず、寺社改革のその後のご報告からさせて頂きます。寺社というか、寺ですな。神社のほうは幸いにして罰するほどの不正を働いていた者はおりませんでした。寺にしても僧侶を騙《かた》る野盗紛いの連中が大半でした」

　領内の寺はあの騒動から二日と経たずに全て改革した。住職にはじまり僧侶や小僧に至るまで、悪事に加担した者は概ね罪人となってもらった。

　まあ、蓋《ふた》を開けてみれば大半は僧侶を騙る野盗だった。知恵が回るというか、寺と僧侶という身分を利用していた。そんな連中なので行き先は強制労働による農地開拓と治水工事である。

「領内の寺の改革も時間の経過と共に落ち着きを取り戻しております。逆に寺への風当たりが強いですな。特に今回罪に問われた住職や僧侶たちへ批判が集まっております」

　俺の思惑通りに民衆のヘイトが罪人となった住職や僧侶たちに向いている。

「炊きだしは効果てき面だったようだな」

　改革後、後釜に据えた住職や僧侶たちに地域の住民へ向けて炊きだしをさせている。もちろん竹中半兵衛の指示であることが適度に漏れるようにして、だ。

　それと並行して、『何故いままでの住職や僧侶は炊きだしをしなかったのでしょうね』などと吹聴《ふいちょう》して回っていた。

「ええ、領民たちも殿が民のために隠れて炊きだしをさせている、と。その慈悲深さと無欲さ、奥ゆかしさに人気もうなぎ上りです」

「まあ、炊きだしを指示しているのも食料を提供しているのも事実だからそう渋い顔をするな」

食料は各寺から取り上げたものでほとんどまかなえている。持ちだしは若干あるが許容範囲なのでこの炊きだしはいまのペースで続けていいだろう。

「領民たちは罪人となった住職や僧侶たちが、殿から支給された食料や資金を着服横領していたと決めてかかっております」

改革以前に俺が食料を支給していたことも資金を提供していたこともない。悪評が悪評を呼び好評が好評を呼ぶ結果となっている。

人の噂とは怖いものだな。特に悪評は。

「着服に横領か、世のなか悪いヤツがいるものだな。それで、その悪を正した俺の噂はどうなっている？」

「先ほどの件と相俟って急上昇です。いまや城下では名領主と持てはやされています」

寺とつながって甘い汁を吸っていた勢力が俺のことを『寺に対して不当な行いをした悪徳領主許すまじ』、と水面下でしきりに動いていたようだが、これで動きを封じることができるだろう。

「それは良かった。この調子ならあと少しで『青びょうたん』は払拭できそうだな」

「まだ何かやるんですか？」

「当然だ。やはり家臣を集めるとなれば領主である俺の評判や噂は重要だからな。いまは攻めどきだ」

「はあ……」

半ば呆れて気のない返事をする彼に先をうながす。

「そんなことよりも次の報告だ」

「ではその流れで農地開拓の報告です。寺改革の際に確保した犯罪者を労働力として活用することと、農地開拓への希望者が殺到しており、当初の予定を既に達成しております。現在さらに伸びている最中です。遠からず次の開拓候補地が必要となります」

「治水工事の方はどうなっている？」

治水工事といっても洪水対策を大々的に行っている訳ではない。そこまでの金銭的、労力的な余裕がない。取り敢えずは揚水機と水車の設置、新たに開墾した農地へ水を引くのが最優先となっている。

「予定通り進んでおりますが、農地開拓の伸びに追いついておりません」

「犯罪労働者を全て治水工事に回そう。それと、農地開拓の次の候補地策定と治水工事の見直しが急務だな。こちらは後で関係者を集めて評定だ」

「農具と揚水機も不足しております」

「そっちは、そ知らぬ顔で職人たちに依頼書を回しておけ。無理だとか言ったら自分たちで人手を増やすように伝えろ」

「一介の職人です。そのような人脈はないでしょう」

「前払いの報酬だけでなく、準備金として十分な資金は渡してあるだろ。それに代表者には様々な権限も与えてある」

「その資金と権限を使って商人や有力者を動かすのは難しいでしょう」

なるほど、知恵がないというよりも金銭や権限で人を動かす経験がないのか。

「分かった。後で職人たちの代表者のところに相談相手にもなる商人を向かわせよう。そこから先は知恵を絞って経験を積んでもらうしかないな」

そこまで含めての高給優遇だ。彼らには頑張ってもらおう。

渋い顔をしているのに気付かない振りをし、『ところで』と人材確保へと話題を変えた。

「人材の方はどうなっている？」

「蜂須賀正勝殿へだした使者が戻ってまいりました。使者は脅されたと言っておりましたが、織田信長の配下として上手くやっているようで態度保留でした。もしかしたら条件を吊り上げようというのかもしれません」

「蜂須賀正勝が拠点としている土地の住民たちへの呼びかけはどうだ？」

「使者の報告では態度を保留されてすぐに呼びかけをしたところ、使者と一緒に当地へ付いてきた商人や農民がおります」

俺は出だしとしては悪くない結果に満足するとそのまま工作を継続するように伝えた。

そして他の状況をうながす。

「島左近殿、使者と共に当地へ向かっているとのことです。ほどなく到着するでしょう」

まるで自分がスカウトに成功したかのようなドヤ顔での報告。まあいい。俺も気分がいいので乗ってやろう。

「おおっ！　なびいたかっ！　でかした！」

「続いて前田利家殿。織田信長の幼馴染《おさななじみ》だけあり、とても調略できそうにないとの報告を受けております。槍を振り回す前田殿に追い返されたそうです」

無理だったか。これは奥さんの松《まつ》殿を通じての攻略も難しいかもしれない。

「分かった。前田利家の勧誘は打ち切って構わない。その人員を他に回してくれ」

「前野長康殿はようやく接触ができたとの連絡がありました。詳しいことはもう少しかかりそうです」

「どれもあまり芳しくないな。結局、島左近だけか？」

俺の質問にニヤリと笑みを浮かべると、またあの得意げな顔を見せる。

「最後に百地丹波殿。現在使者と共に代表の者がこちらへ向かっているとのことです」

こいつ、俺がしびれを切らすのを待っていたな。だが、許そう。いい仕事をするじゃないか。

「百地丹波とその一党は是非とも取り込みたい人材だ。よくやった。それで、他はどうだ？　もちろん、領内での人材登用も含めてだ」

「本多正信殿には殿からの手紙をお渡ししたそうです。明智光秀殿と山中鹿之助殿のお二方には既に接触をしているはずですが未だ連絡がありません」

「距離もあるし、そんなものだろうな」

「領内では家臣たちの縁者を中心に信用のできる者を集めさせております。家臣団としては急速に膨れ上がっておりますが、俸禄と食料がそろそろ心配になってまいりました」

「分かっている」

農地開拓を進めているが収穫は秋だ。他にもいろいろと栽培を進めているが全て秋。収穫の秋というくらいだから仕方がない。

だが、金を得る手立てが無い訳ではない。その手立てを口にする。

「石鹸の量産を進めよう。場合によっては製造方法を売っても構わない」

「それは……」

技術を秘匿したいのは分かる。善左衛門が言葉を濁すので、代案を示そう。

「揚水機や水車を売るよりもいいだろう？　それとも火薬にするか？」

そう、転生ものの例に漏れず、俺も火薬の生産に着手していた。硝石は相変わらず南蛮貿易に依存しているが、それでも領内での火薬の生産に成功していた。

「量産しましょう、石鹸」

シブシブと言った様子で現物の販売には賛成したが、製造方法の販売だけは強固に反対され、結局見送ることにした。

その後も幾つかの報告を受けた後、コタツに入って背中を丸めている善左衛門に『ところで』、と思いだしたように切りだす。

「叔父上はいつ頃戻るか聞いているか？」

堺の商人、特に外国の商品に強いところと幾つか渡りをつけて欲しいと叔父上に頼んである。そのために堺へ赴いてもらったのだが、予定の日を過ぎてもまだ戻っていなかった。

「重光様は堺へ赴いております。まもなく戻られるころかと」

「いや、予定よりも三日以上遅れているんだ。心配にもなるだろ」

俺の言葉を軽やかに笑って流す。

「殿も心配性ですな。三日くらいの遅れなど遅れのうちに入りません。それに重光様には鉄砲の購入もお願いしてあります。それで少々遅れているのでしょう」

鉄砲の購入はお前の役目だろ。堺に行くついでとは言え、叔父上に丸投げしていたのかよ。予定よりも時間がかかると思ったら犯人はお前だったのか。

「分かった。叔父上が戻ったらすぐに俺のところにくるよう手配を頼む」

俺はそう言いながら善左衛門の前に紙の束を積み上げた。すると一番上に置かれた紙を見て表情を曇らせる。

叔父上が不在だったためにほとんど俺一人でまとめることになった資料だ。ちなみに一番上にある資料の表題には『尾張への対応と近江への対応』と書いておいた。

「このようなご相談事は私以外の適任者にされる方がよろしいかと思います」

「お前一人に負担をかけるつもりは無いのだが、相談相手にと目論んでいた叔父上が堺からまだ帰っていないんだよ」

俺の言わんとしていることを察したようだ。いまし方まで曇っていた表情がもの凄く嫌そうな表情に変わっていく。心情が顔にでるのに年齢は関係ないようだ。

叔父上をあらかじめ確保しておかなかったのは俺の落ち度で、八つ当たりに近い気もするが善左衛門が叔父上に余計なことを頼んだのも事実だ。ここは諦めてもらおう。

「ということで、少々、軍事だけでなく外交と国主様への進言について相談に乗ってもらいたい」

目下、美濃は尾張を最大の敵としているが、幾つかの豪族や国人衆は近江の六角や浅井とも小競り合いを続けている。竹中家も近江と小競り合いをしている国人領主の一つだったりする。小競り合いのほとんどが近江からの一方的なもので嫌がらせの域をでておらず、本格的な戦には発展しそうにない。

理由は簡単だ。

近江の六角は三好《みよし》の対応に忙しい。浅井は六角からの支配を抜けだそうと虎視眈々《こしたんたん》と機会を狙っている。美濃の事情としては尾張の織田信長が手強いので兵力を近江に向けられない。

さらに先代の道三が娘婿である信長に宛てた『道三の遺言状』の存在があった。その遺言状は別名『信長への国譲り状』とも言われ、『美濃一国を息子の義龍でなく、娘婿の織田信長に譲渡する』と書かれている。父親である道三を討ってまで手に入れた美濃を隣国の大名に譲ると言うのだ。義龍としては面白くないどころの話じゃない。信長にしても義父の遺言と仇《かたき》の大義名分の下、美濃にちょっかいをだしてくる。

国主である義龍が信長を敵視するのも当然だ。

近江、美濃、尾張を取り巻くこのパワーバランスは、一見すると均衡を保っているように見えるが、歴史を知っている俺からすれば大間違い。放置しておくと史実通りに信長が今川に勝利してしまい、美濃の立場は悪化する。そんな未来を少しでも改善するための相談だ。

嫌そうな顔をしながらも資料に手を伸ばそうとする善左衛門を、穏やかな口調で制止する。

「いまそれに目を通す必要はない」

これから話をするために下調べをした情報をまとめたものだ。こうして目に見える形で積み上げられると話に説得力も増すだろう。もちろん、話の途中で必要となる資料は幾つかある。それらはその都度見せればいい。

俺は世間話をするような軽い口調で話を切りだす。

「なあ、善左衛門」

「何でしょうか」

「尾張の織田信長って強くないか？」

「少なくとも弱くはありませんな。弱ければ義龍様がとうに討ち滅ぼしています」

『何をいまさら』と言いたげな顔をしていた。

「織田信長は北畠《きたばたけ》をけん制しつつ今川からの侵攻を防いでいる。その間にも美濃へちょっかいをだしている」

俺の知っている限りでは、今川義元から見れば吹けば飛ぶような弱小大名のイメージだったのだが、決してそんな弱小なんかじゃない。隣に住んで初めて分かる隣人の恐ろしさ。

何といっても尾張国内を統一したのが大きい。せめて弟の織田信行《のぶゆき》でも存命なら内部から切り崩す手もあっただろう。いまの状況で内乱誘発は難しい。織田信安《のぶやす》が国主である斎藤義龍様の下にいるが果たしてどの程度利用できるものか。

「先代の斎藤道三様が娘婿に選ばれたくらいです。当然といえば当然です」

だよなー。何で弱いと思っていたんだろう、俺……。

尾張には津島《つしま》と熱田《あつた》がある。そもそも信長の父親である信秀《のぶひで》は朝廷に四千貫文も献金していたというし、石高以上に兵士を動員できるはずだ。

「これで近江の六角や浅井、甲斐の武田と同盟を結ばれたら美濃は詰むよな？」

実際に信長は来年辺りに妹の市《いち》を浅井長政《ながまさ》に嫁がせるはずだし、確か武田信玄にも贈り物などをしていた記憶がある。

やはり桶狭間の戦いで信長が勝利するのはまずい。東は松平元康との堅固な同盟で憂いがなくなる。あとは北畠を適当にけん制しておけば美濃に集中できる。

「さすがにそこまでのことができるほどではないでしょう。何と言ってもようやく尾張一国を統一したところです。それに一門の織田信安殿は斎藤義龍様のもとで所領を取り返さんとしております」

概ね歴史通りなのだが、既に微妙に違うところがある。例えば、美濃の国主である斎藤義龍がいまの段階で病状が悪化しており、かなり危ない状態だ。

俺の歴史知識も不確かな部分が多いし、明らかに歴史にないことが起こったり早めに起きたりしている。記憶にある史実をなぞって適当なところで自分に都合がいいように立ち回るというアバウトな基本戦略が崩れた。慎重に動かないと身動きが取れなくなる危険性がある。

「織田信安はさておき、義龍様の容態はどうだ？」

「芳しくありません。既に実権は嫡男の龍興様に移っている上、日根野《ひねの》様や斎藤飛騨守《ひだのかみ》様らが周りを固めております」

「西美濃三人衆は？」

「お三方とも義龍様のおぼえがよろしいので……」

曇った顔と濁らせた言葉が、龍興の側近たちから既に遠ざけられていることを仄《ほの》めかしている。

史実通り桶狭間の戦いで勝利した信長がそのことを知ったら、西美濃三人衆や俺のように龍興に遠ざけられている者たちへ内応工作をしてくるな。史実通り西美濃三人衆の内応が成功すれば義龍の存命中であっても美濃取りの戦を仕掛けてくる可能性がでてくる。

「このまま義龍様が回復せずに龍興様に完全に実権が移ったと仮定しよう。竹中の家は陽の目を見られなくなるな」

「その辺りはこれからの働き次第かと」

「いやー、無理だろ。どう頑張ったところで日根野や斎藤飛騨守をはじめとして、長井《ながい》、遠藤《えんどう》と龍興の周りには有象無象《うぞうむぞう》が集まってきている。私の入り込む余地はない」

「何を弱気なことを言われます。武家は手柄次第です」

「どうだろう、この際だから織田の領地を少し切り取るか」

桶狭間の戦いを利用すればできそうな気が少しはする。というか、最善でもそれくらいだ。それも竹中家単独では無理だ。どこかの勢力を味方に引き入れる必要がある。義龍様の下にいる織田信安あたりをそそのかして尾張勢の調略をしてみるか。

そもそも『茶室』で話し合った『信長を俺が討つ』とか『義元を拉致してくる』とか『義元を逃がす』などというのは、申し訳ないが実行不可能だ。

「何を言われます！　国主様の了解もなしにそのようなこと、できるはずがありません！」

国主ねぇ。気にしなければならないのは、正確には龍興の取り巻きだろう。

それに竹中家が斎藤家に被官したのは三代前。家中を見渡しても斎藤家に忠誠心を持っている者の方が少ないくらいじゃないのか？　俺に至っては斎藤家とさっさと縁を切りたいくらいだ。

「国主の義龍様はご病気だ。おそらく長くはない。それに織田から仕掛けてきたなら迎撃はしなければならない。追撃した結果、領地切り取りということなら問題ないだろ」

「先ほどから随分と織田家のお話をされていますが、我々としては浅井家も警戒すべき相手です。それに六角家も忘れてはなりません」

「浅井は遠からず六角と争うよ。先代の久政《ひさまさ》は暗愚だが息子の長政は優秀だ。それに今川だっていつまでも織田と国境で小競り合いなんてしていられないだろう。近々決戦があるはずだ」

浅井と斎藤とで不可侵条約を結ぶことができれば、浅井は対六角に集中するはずだ。俺としても浅井への備えを考えないで済めば、桶狭間まで出向くのは無理としても、味方さえいれば尾張の一部くらいなら切り取れるはずだ。信長が桶狭間の戦いで反撃できないほどに痛手を負えば切り取った領地も安泰だろう。信安を利用することを無理だとか決め付けずに前向きに検討すべきじゃないだろうか？

「またそのようなことを――」

「まあ、それはいいとして、だ。西美濃の情勢をもう一度詳しく教えてもらえないか？」

反論しようとする善左衛門を制してこの話題を打ち切ると、次の懸案事項へと話を切り替えた。

そして彼から西美濃の状況のレクチャーを受けながら当面の戦略について思いを巡らせる。

桶狭間の戦いで今川に勝利してもらう。

或いは最低でも松平元康を独立状態にさせない。桶狭間の戦いで信長が手に入れた最大の武器が松平元康という同盟者だ。これの阻止を最優先に考えよう。

次に六角と浅井だ。今年の夏に浅井が六角に勝利して頭角を現す。そして浅井と斎藤は敵対関係に発展し信長と同盟を結ぶ。放っておいたら最悪の未来だ。こちらも何らかの手を打ちたい。

先に浅井と不可侵条約を結ぶように義龍様へ進言しよう。斎藤と条約が結べれば浅井が六角に勝利するのは間違いない。上手くすれば恩も売れるし後々の同盟も可能かもしれない。

うーん、それでも足りない。

やはり信長の弱体化は必須だな。

織田信安を利用して尾張勢の調略。こちらもダメもとで進言しよう。

「――とまあ、西美濃としてはやはり近江との小競り合いに頭を悩ませております。そして今後戦に発展するのを警戒しております」

彼の説明に俺は大きくうなずく。

「ありがとう。早速西美濃の氏家《うじいえ》殿、安藤《あんどう》殿、稲葉《いなば》殿にお願いに上がるとしよう」

「またそのような無茶なことを――」

「諦めずにやれることをやろう。必要なら揚水機や水車の技術を渡してもいい」

そんな俺の言葉に目を白黒させて説教をする善左衛門をよそに、さらに思案を巡らせる。

西美濃三人衆同席で国主に進言できればベスト。

竹中家単独での進言は聞き入れられないだろう。国主の義龍が興味を持っても龍興の周辺にいる連中が間違いなく反対する。西美濃三人衆が一緒ならなおさらだ。

俺の進言は近江に頭を悩ませている西美濃勢にとっては魅力がある。それを邪魔する連中にいい感情は持たないはずだ。

西美濃勢が俺の思惑通りに動いてくれないまでも、同調してくれればそれで十分だ。

俺にとって一番足りないピース。兵力を持った味方ができる。そうなるといまさらだが桶狭間の情報を必死に集めていたのが悔やまれる。どうせなら尾張の情報収集にもっと力を注ぐべきだったな。

◆　◆　◆

美濃国内での竹中家の立ち位置や外交政策などの、いわゆる政治面は相変わらず問題が山積し、まるで見通しが立っていない。

だが、こと領内に関しては違った。

順調かと問われれば『順調だ』と即答できる。『茶室』以降、打ちだした政策はどれも予想以上の成果を上げていた。

ツルハシやスコップ、石鹸に代表される資金調達のための商品は予想以上の利益を上げている。寺社の権利も取り上げ、楽市楽座もそれっぽい感じでスタートした。商人とのパイプも不満はない。領内の商人に留まらず、堺の大店や南蛮商人との取引も順調だ。開墾政策のお陰もあり、領内で食い詰めていた者や他国からの流民も竹中領の農民として定着しそうだ。領内の野盗も一掃でき、治安に不安はない。さらに元野盗という罪人を大量に確保できたので、開墾や治水工事をさせる無償の労働力もある。

治安は安定し流通ルートは開け、着々と人と金が増えている。

だが、足りない。

もっと兵力が欲しい。

現在の竹中領の兵力は常備兵五十に加え、戦となれば領内からも三百は動員できる。総数三百五十の兵力では桶狭間の戦いを利用するなど夢のまた夢だ。

このまま桶狭間の戦いを迎えたら史実通り織田信長が勝ってしまい勢力を伸ばす。そうなると美濃は詰むな。織田信長をけん制するにしても手持ちの兵力では何もできない。兵力を持った味方を増やすにしても弱小では見向きもされないだろう。調略するにしても見返りが約束できない。

背に腹は代えられない。この際だ、売れるものは全て売ってでも兵士を雇うか……。

「殿ー！　殿ー！」

屋敷内に善左衛門の大きな声と慌ただしい足音が響いている。毎度のこととはいえ相変わらずよく響く声だ。しかし、今日はいつになく慌ただしい。何かあったのか？

俺の居場所は分かっているだろうから、まもなくその板戸が勢いよく開けられるはずだ。

予想した通り、俺の居室の板戸が勢いよく開け放たれた。飛び込んできた彼の瞳は大きく見開かれ息が荒い。明らかに心拍数が上がっている様子だ。

「大変でございます。すぐにお支度をしてください」

だから、何が大変で何の支度をすればいいんだよ。

俺は火鉢の前から動かずに湯漬けを手に座ったまま、開け放たれた板戸を恨めしそうに一瞥してから問いかける。

「落ち着きなさい。どんな大変なことが起きたんだ？　それに支度と言われても、私だってお前の考えを見通せる訳ではないんだ、戸惑ってしまうよ」

「安藤守就《もりなり》様がいらっしゃいました」

「はて、特に約束はしていなかったと思うが何の用だろうか？　使者の方には暖かい湯漬けでもだして少し待ってもらいなさい。私もこれを食べたら行くから」

西美濃三人衆の一人で有力勢力だ。俺がコンタクトを図ろうとしていた人物の一人でもある。土岐氏、道三、義龍と主君を渡り歩いている柔軟な思考と先見の明のある人物でもある。確か晩年は信長に追放されるんじゃなかったかな。

俺が落ち着き払ったもの言いをしたからか、善左衛門も幾分か落ち着いた様子で口を開いた。

「使者ではなく安藤守就様、ご本人です。それに真っ昼間から湯漬けを食べられるなど、殿くらいのものです」

本人だと？　何でそんな偉い人がこんなところにのこのこやってくるんだよ。

「では、白湯《さゆ》などを――」

俺の言葉を遮っていつもの響く声が発せられる。

「既に安藤守就様だけでなく、お付きの皆様にも白湯をお出ししてあります。殿はすぐにお支度をお願いいたします！」

「分かった。すぐに支度をするから、そう怒らないでくれ」

湯漬けを食べ終わったら領内の視察に出かける予定だったが、相手が俺の会いたかった人物のひとり、安藤守就とあってはそうは行かない。俺は急ぎ身支度を整え、善左衛門を伴って安藤守就殿が待っている部屋へと入った。

「お待たせいたしました」

「いやいや、こちらこそ事前に約束もなく訪ねてしまい申し訳ない」

部屋に入ると腰の低い初老の武将と従者らしき男が待っていた。

そして始まる無駄話。

「――――それにしても、竹中殿は噂に違《たが》わぬ美丈夫ですな」

会談が始まって十分余、安藤守就殿は終始機嫌よく美濃国内の噂話を聞かせてくれた。そしてとどめが俺の噂話だ。竹中半兵衛の噂なら『美丈夫』ではなく『青びょうたん』だろ。随分と俺を持ち上げるがいったい何が目的だ？

「三国一の知恵者とお聞きしていますが、弓馬にも優れているらしいですな」

知恵者の方は『茶室』と現代知識のお陰で恰好が付いているが、弓馬の方は先の野盗討伐の際にへたり込んだのもあり家中の信用はゼロだ。いまも隣に座る善左衛門が冷たい視線を向けている。

「そのような噂があるのは初耳です。しかも、過分な評価でお恥ずかしい限りです」

「何を言われる。最近ではそれに加え、領内の野盗を一掃する武断の一面ばかりか、領民を思いやる徳もある名領主ともっぱらの噂ですぞ」

どこの誰だよ、それ。

いくら相手が安藤守就殿とは言え、このまま無駄話に付き合ってはいられない。そろそろ本題に入ってもらうか。

「安藤殿、本日はどのようなご用件でいらしたのでしょうか？」

「うん、そうだな。何から話そうか」

そう言うと真っすぐに俺を見て話を続けた。

「ときに竹中殿、家中は落ち着かれましたか？」

突然声音が変わった。つられるように俺も居住まいを正して答える。

「お陰さまでようやく落ち着きました。とは言ってもいままでフラフラしていたので、いまになって毎日のように領内を視察しております」

「ハッハハハ、視察ですか。他国からも随分と人を集めているようだが、あまり派手にやると要らぬ詮索をされるのでお気をつけなさい」

うわー、バレているよ。よく見ているな。まさかうちの領内に密偵とか放っているんじゃないだろうな。

「まったくです。何事もほどほどがよろしいようですね。まあ、今回の件は私も家督を継いだばかりで、家中や領内の者たちにいいところ見せようと少し調子に乗りすぎたかもしれません」

適当に話を合わせて、忠告のお礼を付け加えた。

「何々、これも年長者の務め」

そう言って楽しそうに笑うとまた声音を変えた。ただし今度は妙に穏やかだ。

「ではそろそろ本題に入ろうか」

いまの忠告というかクギ刺しは本題じゃなかったのか。俺は冗談めかして警戒していることを仄めかす。

「本題……ですか？　いまのお話が前置きとなると、これは怖いですね」

「そう畏《かしこ》まらないでくだされ。今日は竹中殿によいお話を持って参りました」

きたきた。年長者が若年者を捕まえて『よいお話』というのは若年者側からすれば絶対に断れない悪い話なんだよなあ、俺の経験からすると。

警戒して黙っていると安藤守就殿は実に楽しそうに口を開いた。

「私の娘を嫁にもらってくださらんか」

「は？」

「え？」

突然のことに俺と善左衛門の声が重なる。そして、呆《ほう》けている俺たちのことを面白そうに見ながらさらに続ける。

「義龍様の了解は頂いてきている。何も心配することはない」

そうだ、思いだした！　安藤守就は竹中半兵衛の舅《しゅうと》だ。確か娘は得月院《とくげついいん》。半兵衛が歴史の表舞台で活躍したのが短かったのもあって、正室である得月院の資料もほとんどなかったはずだ。

俺よりも先に立ち直ったのは善左衛門だ。いきなり隣で平伏して叫びだした。

「おお！　何とめでたい。ありがとうございます」

我がことのように浮かれて、『日取りはいつがよろしいでしょう』などと口走っている。

平成日本では三十五歳で独身だった俺としては嫁さんがもらえるなんて夢のような話だ。それこそ跳び上がらんばかりの気持ちを抑え付けて、真意を探ることにした。

「安藤殿、私はまだ家督を継いだばかりの十七歳の未熟者でございます。しかもごぞんじのように『青びょうたん』と噂される男。御息女の婿にはおよそふさわしくないでしょう」

「本当にそうであれば、この短期間で領内の野盗を一掃するなど無理な話でしょう」

彼はそこで一旦言葉を切ると、まるですべてお見通しなのだと仄めかすように楽しそうに笑う。

そして口元に笑みを浮かべたまま続ける。

「それに新たに開墾した田畑を見せてもらいました。見たこともない農具を使って、もの凄い速さで開墾をしていましたな。それに川よりも高い場所に水を引く道具。おそらく、あの見慣れない堤も私の知らない面白い秘密があるのでしょう」

上機嫌で笑いながら『我が領内にも是非導入したいものだ』などと口走っている。

しっかりと偵察していやがった。まあ、娘婿の身辺調査とも言えないこともないか。だが、さすが西美濃三人衆の一人だ、侮《あなど》れない。

「安藤殿は『青びょうたん』を根も葉もない噂と一蹴《いっしゅう》されましたが、世間はそうも行かないでしょう。『青びょうたん』を婿に迎えたなど、ご迷惑になりはしないかと心配です」

西美濃三人衆の一人である安藤守就殿を舅とできるのはありがたい。戦力が一気に膨れ上がるだけでなく農業など実験施設を倍増できる。

彼が単独で動いているとも考えにくい。裏で稲葉一鉄《いってつ》殿と氏家卜全《ぼくぜん》殿、この二人と何らかのやり取りがされているはずだ。

西美濃三人衆を味方にできれば、戦力と実験施設はさらに膨れ上がる。

対織田戦略にばかり意識が向いていたが、まずは足元を固める意味でも上策かもしれないな、この結婚。

「何を言うか。来年には先見の明のある男よ、と私の噂が国内に広がっていることだろう」

安藤守就殿はそう言うとまた快活に笑いだした。

国主である斎藤義龍に話を通してある以上断ることもできないだろう。

「そこまでご評価頂きありがとうございます。このお話、謹んでお受けいたします。では、日取りなど細かなことを取り決めたいと思います。ですが、なにぶんこのようなことに不慣れでして──」

そこまで言うと、安藤守就殿が片手を挙げて鷹揚《おうよう》に言う。

「細かなことは後日取り決めれば良い。今日のところは娘の恒《こう》との結婚を了承頂いたということで十分としよう」

その言葉に、いままで俺の横で顔を輝かせていた善左衛門が辛抱できないといった様子で口を開いた。

「では、両家の繁栄を願って今夜は酒宴をご用意させていただきます」

満面の笑みでそう言うと隣室に控えていた小姓を走らせた。走らせる前に何を言い含めたのか知らないが、廊下を走る小姓の『お殿様ご結婚！　安藤様の二の姫様とのご結婚が決まりました！』と繰り返し叫ぶ声が次第に遠ざかって行った。

普段はとんと気が利かないくせにこういう時だけは気が回るな。

その夜は安藤守就殿一行を迎えての酒宴となった。

俺は安藤守就殿と酒を酌《く》み交わしながら、まだ見ぬ二の姫と桶狭間の戦いとに思いを馳せていた。

日取り、桶狭間の戦いと重ならないようにしないと。

◆
◆
◆

計画はとんとん拍子に進んだ。あの日、安藤守就殿の二の姫との結婚を承諾した酒宴の席で俺は思い切って西美濃の尾張と近江に対する戦略を舅殿に語った。

やはりというか、舅殿が興味を持ったのは近江の六角家と浅井家との関係だ。

六角家に従属している浅井家が反旗を翻すなどということを信じてくれるか心配したが、俺が国の内外を問わずに人材を集めているのを知っていたこともあってすんなりと話を信じてくれた。

同じ理由から尾張に対する今川家の動きも、半信半疑なところはあったが概ね信じてくれたようだ。

酒宴の席から三日後には西美濃の主だった国人領主や豪族の前で、安藤守就殿に語った尾張と近江の情勢とそれに対する戦略、国主である義龍様への進言内容を議題として論ずることができた。

そして今日、斎藤義龍様の下へ西美濃の主だった国人領主や豪族の代表者と共に赴いている。

史実通りに義龍様がこの時期に健在なら西美濃勢はこうもまとまらなかっただろう。人の病気や死を歓迎するようで気が引けるが僥倖《ぎょうこう》だ。

耳を澄ますまでもなく、容態の悪さをさらに印象付けるような会話が同行した西美濃勢の間でささやかれている。

「国主様の容態はどうなんだ？」

「十日ほど前にお伺いしたときは急用とのことでお会いできませんでした」

「果たして今日も我々とお会い頂けるか」

「私が七日前にお会いしたときは途中で意識を失われました」

「それほどか」

おい本当かよ。そんな状態でも国人領主や豪族と会うなんて立派というか、凄いな。遊び呆けている龍興に爪《つめ》の垢《あか》でも煎じて飲ませてやりたいくらいだ。

待たされること小一時間。代表の方々のみお願いします、との言葉に従って俺と西美濃三人衆を含めた八名が別室へと案内された。

俺たちが通された部屋は評定等を行う広間ではなく、義龍様の居室だ。二十畳ほどの広さの板張りの部屋で義龍様がいる上座と、俺たちが座る下座との間は衝立《ついたて》で隔てられていた。

衝立の向こう側からは喘息のようなぜいぜいとした息遣いが聞こえてくる。

俺は同席した西美濃勢からうながされ、代表して口を開いた。

「本日はお願いがあり参上いたしました」

「許す」

つらそうな息遣いと共に短い言葉が発せられた。

俺は衝立の向こうにいる義龍様へ深々とお辞儀をすると『失礼して』と話を切りだす。

「お願いは尾張と近江に対する策と備えでございます――――」

そこからは西美濃勢と話し合いをした内容を次々と伝えていく。

はじめは西美濃勢にとって最も関心の高い近江からだ。

六角と浅井との確執が大きくなっており、そう遠くない将来に浅井側から六角へ仕掛ける可能性が高い。そしてその中核が浅井長政であること。国力だけなら六角が圧倒的に上だが当主をはじめ人材が乏しく油断がある。翻って新当主の長政の下、意気の上がっている浅井が勝利する可能性が高いことを告げた。

続いて尾張の情勢に触れる。

今川が戦の準備を進めておりその相手が尾張の織田信長である可能性が高いこと。そして、信長もそれに備えて準備を進めているであろうこと。それを踏まえた上で、早々に浅井と不可侵なり同盟なりを結んで対六角へ専念させるのが得策であることを告げる。

「――――さらに今川の尾張侵攻に呼応する形で尾張に仕掛けることができれば織田信長は当方に兵力を割けません。上手くすれば信長を弱体化させて例の手紙を事実上無効とできます」

一旦言葉を切って衝立の向こう側の様子を探ろうと耳をすますが、相変わらず弱々しく苦しそうな息遣いが聞こえるだけだった。

反応を諦めて俺はさらに別の可能性を示す。

「恐らく信長は今川の侵攻をある程度予想しているでしょう。何もしなければ我々の動きを封じるために信長が近江に働きかけて美濃をけん制させる可能性もございます。そうなると私たち西美濃勢にとっては大ごととなります。是非とも先手を打たせて頂けませんでしょうか」

俺の話が終わるのを待っていたように衝立の向こう側から弱々しい声が聞こえてきた。

「竹中半兵衛、お前の話は分かった。龍興とも話し合って判断する。追って結果を報せるのでくれぐれも勝手な行動や無茶はするなよ」

この時代は信長が勢力を拡大して以降とは違う。各国人領主や豪族が割と自由に小競り合いをしていた。竹中の家にしても一度所領を失ったが、不破《ふわ》一族に勝手に戦を仕掛けて不破を追いだす形でいまの領地を手に入れている。それに対しても特におとがめはなかった。何事もなかったように配下の領主として認められている。

とは言ってもあまり勝手なことをされても困るので一応はクギを刺した、といったところか。

俺は安藤守就殿にうながされる形で義龍様へ答える。

「勿論《もちろん》でございます。ご決裁、お待ちしております」

無論、これは嘘だ。それはこの場にいる西美濃の主だった者たちも承知している。

龍興の周りにいる連中の反対を待つつもりはない。水面下で計画を進めておき、反対されたところで西美濃勢に協力を仰いで秘密裏に浅井と手を組む。

仮に美濃が浅井に仕掛けるとする。義龍様の容態を見る限り戦に赴くのは無理だ。そうなれば龍興とその取り巻きが主導となっての戦になる。彼らが幾ら戦をする気になったところで、相手が浅井では西美濃勢の足並みがそろわない限りまともな戦になんてなりはしない。

俺は改めて衝立へと視線を向けた。斎藤義龍様は衝立の向こう側でこちらからは見えない。だが聞こえてくる息遣いと話をする様子から容態が相当に悪化していることが分かる。これは思っていた以上に長くないかもしれない。

その後、部屋を退出すると先ほど待たされていた部屋へと戻り、義龍様との会談のあらましを待機していた代表者たちへ伝えた。

皆、一様に渋い顔をしている。

理由は二つ。一つは義龍様の容態が皆の予想以上に悪いということだ。もう一つはこの進言が龍興のあずかりとなってしまったことだった。

誰の顔からも同じような感情が読み取れそうだ。『この進言は龍興の取り巻きに潰される』。そんな空気を読んで俺も神妙な顔はしておいたが、内心はしてやったりと心のなかでガッツポーズを決めていた。

ポーズであっても、こんなところで一緒になって意気消沈している場合じゃない。やらなければならないことは山積している。

次は織田信安との接触だ。

「どうもいけません。私の悪い癖でつい好ましくない想像をしてしまいます。義龍様への進言が聞き入れられたときと退けられたときの両方を考えて準備をしましょう」

俺は意気消沈している西美濃勢を励ますように極力明るい口調で語りかける。

「進言を聞き入れて頂いたと仮定して、織田信安殿と少し会話をしておきましょう。進言が退けられたときは尾張だけでなく近江とも一戦あるかもしれません。戦の準備だけは怠らないようにしましょう」

「うん、婿殿の言う通りだ。どうだろう、織田信安殿との会談は氏家殿と稲葉殿。そして婿殿とこの安藤守就に任せてはもらえないだろうか。皆は戻って戦に備えて準備を進めて頂きたい」

進言が聞き入れられるとは思っていない者がほとんどだ。織田信安殿と会うのも時間の無駄と思っただろう。だが、安藤守就殿の案に反対するものはなかった。

登城するときは不安を抱えていたものの意気軒昂《いきけんこう》だった。だが、帰るときは見事なまでに肩を落としている。これで進言が退けられればこの落差が不満に変わる。後はそれが怒りに変わるきっかけがあればいい。問題はそのきっかけをどうするかだな。まあ、それはさておき、その前に織田信安をどうやってそそのかすかだ。

俺は西美濃三人衆と一緒に織田信安の下へと歩を進めた。

第六話　千客万来

斎藤義龍様への進言と織田信安との会談を終えた俺たち主従は途中で見つけた温泉に立ち寄り、一泊ほど余計に日数をかけて菩提山城へ帰ることとなった。

俺の領地に温泉があったとは驚きだ。『あの辺りに別荘でも作るか』などと明るい未来を思い描きながらの帰路だ。もちろん、温泉を気に入ったのは俺だけではない。善左衛門をはじめ、護衛として付いてきた家臣たちにも好評だった。

善左衛門なんて『隠居後はあの辺りに住みたいものですな』などと甘いことを言っている。

そんな上機嫌で戻った俺を待っていたのは来客と手ぐすね引いて待っていた家臣たちだった。

帰る早々、着替えをする間どころか白湯のいっぱいを飲む間もなく、俺は十名以上の家臣たちが待つ大広間へと赴くことになった。

上座に座った俺は改めて大広間にいる家臣たちを見回す。当たり前の話だが全員見覚えがある。そう全員が面倒な仕事を頼んだ者たちだ。そして待っていた家臣に交じって善左衛門がシレっとした顔で座っている。

「殿、お帰りなさいませ。お待ちしておりました」

俺が恨めしそうに彼を睨んでいると一番前に座った重光叔父上が切りだした。

「留守にしていてすまなかった」

俺は皆に向かってそう声をかけると叔父上に視線を移して静かに問いかける。

「皆からの報告が多数あると聞いている」

俺のその言葉に叔父上が『殿、我々の報告の前にお客様がお待ちです。そちらの対応を先にお願いいたします』とうながし、来客の名前を告げる。

「来客は島左近殿、蜂須賀正勝殿、百地丹波殿の三名です。こちらへ到着された順番もいま名前を挙げた順でございます。島殿は三時間ほど前、蜂須賀殿と百地殿はほぼ同じで一時間ほど前に到着されました」

さすが叔父上だ。早速時間に対する意識を変えてくれている。

俺が目下家中に浸透させようとしているものの一つが時間に関する意識改革だ。基本は何か行動するときと終わったときの時間を気に留めるよう指導している。

さらに一歩進めた改革として、何を行うにも『いつから始めていつ終わる予定なのか』『実際に始めた時間と終わった時間は予定と比べてどうだったのか』『予定とのズレは何が原因なのか』を明確にするよう改革中だ。本来なら時間だけでなく金銭や成果を含めての予実管理をしたいのだが、到底できない話だ。この時代の武士は時間だけでなく金銭面や結果に対してあまりにルーズすぎるので、身近なところからコツコツと行うことにした。

「分かった、到着した順番にお会いしよう。その三名はそれぞれ別室にお通しし、お待ち頂くように伝えなさい。会談の際には私が部屋を訪ねる」

叔父上と善左衛門に同席するよう命じて会談予定の部屋へと移動した。

◆
◆
◆

若いな。島左近と言うとどうしても年配のイメージを持ってしまうが、目の前にいるのは二十歳の青年武将。若いときは鬼左近と呼ばれるほどの猛将として名を馳せ、年齢を重ねてからは武勇と知略に優れた名将として後世に名を残している。

目の前に座っている青年は平伏すると落ち着いた様子で声を発した。

「この度は私のような牢人者《ろうにん》に仕官のお話を頂き感謝申し上げます」

俺は彼が顔を上げるのを待って話しかける。

「私の方こそ礼を言う。不躾《ぶしつけ》な誘いにもかかわらず、遠いところをきて頂き感謝する」

仕官の話を持ちかけはしたが正式に決定したわけではない。そのことを十分に承知しているのだろう、表情に緊張と不安が見え隠れする。

「美濃へは一人できたのか？」

牢人の身で生活に困窮しているが、それでも一族の者たちの面倒を見る気概と甲斐性がある青年だと使者から報告を受けていた。そしてそれもそろそろ限界に近いのも知っている。絶妙のタイミングだった。もう少し遅れていたら筒井《つつい》辺りに仕官していたかもしれない。

「共の者を一人連れて参りました」

「その者はいまどこにいる？」

「こちらの正門の外に待たせてあります」

質問の意図が分からないと言った様子と、何か不手際でもしたのかという不安とがない交ぜとなった表情を浮かべている。

「善左衛門、誰か使いをやって呼んできなさい」

その一言で正門に小者が走り、隣室で湯漬けをだす準備をするため女中に指示が飛んだ。その様子を呆気にとられて見ていた島左近に言う。

「さて、それでは本題に入ろうか」

「ありがとうございます。共の者にまでお気遣い頂き感謝申し上げます」

少し涙ぐんでいるな。石田《いしだ》三成に仕官した逸話から感激し易く、情にもろいのでは？　と予想していたが、大当たりのようだ。もう一押ししてみるか。不遇ないまなら効果は絶大だろう。

「貴殿が当家に仕官してくれれば、彼らは当家の陪臣《ばいしん》だ。粗雑に扱うわけがないだろ」

大きく見開かれた島左近の目を真っすぐに見据えて言う。

「いまは多くを約束はできない。だが、貴殿には将来一軍を率いる将になってもらいたいと思っている」

「将……、一軍、ですか？」

彼の顔に警戒の色が浮かんだ。いまの彼には何の実績もない。それこそ『一軍を率いて欲しい』などという言葉を聞くとは思っていないだろう。

「もちろん将来の話だ。当面は私の周りで領地改革の手伝いをしてもらう。それと最近はいろいろと不穏な空気が流れていてね」

俺は陽気な口調から急に神妙な口調へと変え、『口外無用に願いたいが』と前置きして声を潜める。

「近々、大きな戦がある。そこでは一軍とは行かないが部隊を任せるつもりだ。槍働きを期待している」

二十歳の青年武将、やはり槍働きと聞いて目を輝かせている。

続く『どうだ？　当家に仕えてくれるか？』との問いかけに、眼を輝かせていた青年武将はその目に光るものを浮かべ、ゆっくりと平伏すると穏やかな声音で答える。

「是非、竹中様にお仕えさせて頂きたく」

よーしっ！　島左近、ゲットーッ！　次に『茶室』が開催されたときには自慢できそうだ。俺は飛び上がらんばかりに興奮していることをおくびにもださず、何でもないことのように語りかける。

「ではこれからよろしく頼む。一族など引き連れてくる者は何人くらいいる？　それに合わせて住む屋敷をこちらで用意しよう。小者も必要なだけ現地で雇ってきなさい。必要な費用は支度金として用意しよう」

「は？」

彼の動きが止まった。放心しているようだ。

この様子だと声も上げずに涙を流していることにも気付いていなさそうだな。

「後で別の者を遣わすのでそれまでここで休んでいなさい。その者に先ほどのことと併せて必要なものを伝えるように」

予想以上の効果に満足した俺は、放心している島左近を一人置いて、次のターゲットである蜂須賀正勝の待つ部屋へと向かった。

◆　◆　◆

さて、蜂須賀正勝だ。彼は川並集と呼ばれる土豪で尾張と美濃の間をあっちに付きこっちに付きしている独立勢力である。つまり質や素行を別にすればある程度の兵力を有している。そんな即戦力となる男は、わざわざ訪ねてきたにもかかわらず不快な感情を隠そうともしていなかった。そう、部屋に入るなり俺の目に飛び込んできたのは不機嫌な顔をした強面《こわもて》のおっさんだ。

取り敢えず陽気に挨拶をしておくか。

「いやー、お待たせして申し訳ない。まあ、それ以上に私は貴方のことを待ちましたけどね。一ヶ月以上になるかな？」

俺のフレンドリーなセリフは見事に無視された。

無言だよ、いきなり険悪なムードだなあ。

まあ、喧嘩《けんか》する気や断る気ならここまで足を運ぶことはないだろうから、条件の吊り上げってところか？

俺は上座に座ると改めて挨拶をする。

「今日はよくきてくれた。当家へ仕えてくれる決心がついたのかな？」

「竹中殿は二枚舌を使われるのか？」

おっと、いきなり切り込んできたよ。報告通り、結構せっかちな人みたいだ。

「さて、何の話をされているのか分かりませんが？」

「臣従の勧誘と領民の引き抜きを同時に行うことを二枚舌と言わずして何と言うのだ！」

「引き抜き？　そんなことをした憶えはありませんよ」

「ご使者には少し待って欲しいとお返事した。それにもかかわらず我が領地の領民を大量に竹中の領地へ連れ帰っているではないか！」

おーおー、必死に礼儀を取り繕うとしているのは分かるが、それでもすぐにボロがでる辺りは土豪だな。

「蜂須賀殿、誤解があるようですね」

俺はなだめるようにそう前置きをして会話を続ける。

「織田家の領内にいる物乞いに幾ばくかの食料を分け与えたという報告は受けている。だが、領民の引き抜きなどは一切していない。この竹中半兵衛、天地神明に誓って嘘は言わない！」

最後は心外だとばかりに語気を強めた。その迫力に押されたのか幾分か弱腰な様子で蜂須賀正勝が聞き返す。

「本当ですな？」

「無論だ、誓おう。当家の家臣にと望んでいる者を騙すなど、私に何の得がある。それこそ風聞を悪くするだけだろう、違うか？」

嘘は言っていない。領民に竹中領での生活や税率を多少の誇張を踏まえて吹聴しただけだ。後は生活に困窮していた者たちが勝手に付いてきたり領内に移住したりしているだけである。

「『当家の家臣』だと？　斎藤義龍様からの誘いではないのか？」

蜂須賀正勝の目が大きく見開かれ、驚きの表情で俺のことを見ている。

そりゃあ驚くよな。斎藤道三の下に直接付いたこともある蜂須賀家をその斎藤家の家臣である竹中家の下にと誘うわけだ。小バカにした話と受け取られ、もしかしたら怒るかもしれない、と思っていただけに驚くくらいですんで良かった。

「ふ、ふざ、ふざけるなー！」

顔を真っ赤にした彼の怒声が轟いた。

今回の引き抜きが斎藤家からの誘いではなく竹中家からの誘いと知って、いたくプライドが傷ついたようだ。

そんな彼をなだめること、三十分余。

「――――という感じで国主である義龍様の健康が思わしくない。ここでもし何かあれば美濃は西と東で割れる。仮に今川家と西美濃勢が呼応したとしよう。織田が尾張を維持し続けるのは難しい。そして先ほど話した今川の侵攻だ」

一応、オブラートに包んだ上にぼかして話しているが、尾張と美濃の情勢、そしてこちらの言わんとしていることは伝わったようだ。いや、それ以上かな。話を聞いている最中の彼の反応を見ていた限りでは俺の話したこと以上に勝手に深読みをしているようだ。

　この時代、情報の価値が低いというよりも価値のある情報が入手できないという方が正しい。まずまともな情報が入ってこないのだ。そこへ、自国の内情だけでなく隣国とはいえ尾張の内情に詳しく、さらに遠方にある今川家とも共謀しようとしている俺がいる。果たして彼の目にどのように映ったのか。少なくとも途中からは押し黙って考え込むようにして俺の話を聞いていた。

　すっかり落ち着きを取り戻した蜂須賀正勝が意地の悪そうな笑みを浮かべて聞いてくる。

「話は大体分かった。俺が竹中殿や西美濃勢の思惑を斎藤龍興の側近や尾張の織田信長に漏らしたとしたらどうする？」

「困る」

「それだけか？」

　俺の答えがよほど予想外だったのだろう、強面のおっさんが口を開けたままポカンとしてこちらを見ていた。正直に言えば、織田に情報を流されても然程《さほど》困らないが、斎藤義龍に知られると滅茶苦茶困る。だが、内心の焦りを表にださないように殊更《ことさら》ゆっくりとした口調で力強く言い切る。

「ああそうだ。困るが私のやることは変わらない。西美濃勢をまとめ上げ、美濃を制し、今川家と力を合わせて尾張半国を制する」

　俺の言葉を吟味するように、再び黙り込んでしまった彼に向けて俺は話を続ける。

「貴殿にはいますぐこちらへの臣従を表明して頂かなくとも結構。美濃と尾張の情勢を見ながら決めてくれ」

「それでいいのなら、俺の方は構わない。だが、それでは竹中殿に何の利もないのではないか？」

「私には大きな利がある。近い将来美濃を制して尾張を脅かす。そうなれば貴殿は私の配下となるだろう。私にとっては遅いか早いかの違いでしかない。むしろ利がないのは貴殿ではないかな？　臣従が遅れれば遅れるほど我が家中での立場が悪くなるだけだ」

「ほう、大した自信だな」

「ああ、もう準備は整っているからな」

もちろん大嘘だ。準備を始めだしたところだ。それも次回以降も『茶室』が開催されることを前提とした準備だ。『茶室』の開催はあてにせずに計画を進めるつもりだったのだが、つい頼ってしまう。これで『茶室』が開催されなかったら別の手立てを考えないとならない。

俺の不敵な笑みとともの言いに何か感じるものがあったのだろう。彼はその外見通り豪快に笑うと『話に乗ろう！』、そう言い切ってさらに言葉を続ける。

「ただし、俺が話に乗ったのは当面はここだけの秘密だ」

失敗したら知らん顔を決め込むのかよ。したたかだなあ、戦国武将。

「分かった、それで構わない。代わりと言っては何だが、一つ頼まれて欲しいことがある」

興味深げに身を乗りだす彼に向けて俺は声をひそめる。

「尾張で噂を広めて欲しい。噂の詳しい内容や広める時期は追って知らせる」

信長にはせいぜい風評被害、もとい、情報工作で苦労してもらおうか。

「では、またくるのでしばらく部屋で休んでいなさい」

そう告げると、平伏した彼が口にした『かしこまりました』という承諾の言葉を背に、俺は百地丹波の待つ部屋へと向かった。

◆　◆　◆

蜂須賀正勝との会談で予定以上に時間を費やしてしまった。

百地丹波が到着した時間から考えると四時間近く待たせたことになる。戦国時代に転生してから一ヶ月近く、これまでこんな長時間待たせたこともなければ待たされたこともなかった。

俺は内心で『怒っていませんように』と願いながら百地丹波の待つ部屋の戸を開けた。

「百地殿、大変お待たせいたしました」

そう言いながら俺が部屋に入ると一人の男が部屋の隅で平伏していた。入る部屋を間違えていなければこの平伏している男が百地丹波のはずだよな？

俺は戸惑いを覚えながら男に話しかける。

「貴方が百地丹波殿で間違いありませんか？　顔を上げてください」

遅れた気まずさと相手の低姿勢に、つい俺も丁寧な言葉で話しかける。すると男は平伏したまま肯定の言葉を述べて顔を上げた。

この男が百地丹波か。眼光こそ鋭いものはあるが全体的に落ち着いた印象を受ける壮年の男性だ。俺は百地丹波に部屋の中央へ進むようにうながし、自分は叔父上と善左衛門を伴って上座へと進む。

腰を降ろしながら眼前にいる壮年の男を見た。

素破の頭領。表向きは土豪で、立場としては先ほどの蜂須賀正勝に近い。態度は正反対だがな。

なんだか無口そうだな。こちらから水を向けるか。

「私が竹中半兵衛だ。百地丹波殿、遠いところをよくきてくれた」

「滅相もございません。この度我ら伊賀の里まで使者を遣わせ、私をお呼びになったのはどのようなご用件でしょうか？」

低く落ち着いた声が響いた。

「使者からある程度のことは聞いていると思うが、この場で改めて私の口から説明させてもらおう――――」

百地は国主から認められていない貧しい土豪だ。国主からすると戦力を割けないのをいいことに不法占拠している輩となる。

さらに戦場での働き。

この時代、忍者という言葉はないが実際の戦場での彼らの働きは武士とは大きく隔たりがあった。夜襲や暗殺、諜報活動がほとんどで武士のように表立っての槍働きはしていない。

いや、させて貰えないというのが正しい。端的に言うと冷遇されており、国主や周辺の領主どころか一介の武士からも蔑《さげす》まれていた。

そこへ俺が提示した条件は彼らからすれば破格の条件だ。疑って当然だろう。

俺は念を押すように繰り返す。

「────百地殿をはじめとして一党を武士として迎えたい。待遇は他の武士と変わらない。だからといって百地殿の得意とする戦い方も否定しない。むしろそちらで役に立ってもらいたいくらいだ」

「我らの価値を認めてくださると……」

嗚咽《おえつ》こそ聞こえないが、言葉を詰まらせ目には涙を浮かべている。そして外からは押し殺したような嗚咽が複数聞こえてきた。

涙もろいな。百地丹波だけじゃなく配下も含めて……。

隠れて待っていたのはいいとしても、こんな簡単に居場所がバレるというのは今後に不安が残るな。俺の配下になるならメンタル面も含めて鍛えるように言っておこう。

「私は情報と情報操作、それらを含めた事前工作に重きを置いている。もちろん夜襲や兵糧の焼き討ちも歓迎する。戦をして敵味方合わせて二千人の死者を出すよりも兵糧の焼き討ちで解決できたなら、それは敵兵一千の首級をあげ、味方の兵一千の命を救ったのと同じ価値だろう」

「つまり、焼き討ちを成功させた者の手柄と考えてくださると？」

然程表情を変えることのなかった百地丹波が身を乗りだし、目を大きく見開いていた。

「違うな」

百地丹波の期待をたった一言で打ち砕く。失望を顔に浮かべた彼に向かって『あくまで一例の話だ』そう前置きをして穏やかな口調で続ける。

「兵糧の焼き討ちを成功させるにあたり、事前に情報が必要となるだろう。潜入の手引きや必要な物資の供給、兵糧の焼き討ちをし易いように手助けする者。どれほど多くの協力者が必要だ？　作戦の成功はそれら全てが結実したものだ。手柄の大小はあるだろうが関わった全ての者たちの手柄と私は考える。それは戦においても同じことだ。事前の情報収集や工作した者、手助けした者も正しく評価する──」

いま、百地丹波が望むのはこれまでの自分たちの苦労に共感し、やってきたことを認めてくれる者。そして今後はそれらを評価し彼らに豊かな生活を与える者だ。『人は己の望むことを信じる』、ユリウス・カエサルの言葉だったな。半ば茫然とした様子で涙を流している壮年の男。絵面としては見ていて楽しいものではないが男前な分蜂須賀正勝に泣かれるよりはましだ。

「百地丹波、一党をまとめて私の下へこい！　いますぐに十分な領地は約束できないが食べて行けるだけの金銭を用意しよう」

俺の勢いに気圧《けお》されたのか、涙を流している自分に気付いて顔を隠すためかは知らない。話の途中で百地丹波が勢いよく平伏し何かを伝えようと嗚咽交じりに声をだす。だがそれを無視して俺は話を続けた。

「いますぐ返事をする必要はない。二、三日私の領内を見てから里へ戻れ。少なくともいまの竹中領の領民たちと同じだけの生活は約束する」

事前に知らされているが、百地丹波一党の生活水準は低い。翻《ひるがえ》って俺の領地では食糧生産こそまだまだだが食料と物資は堺から流れてくる。加えて領民に金銭が落ちるように様々な政策を進めている。領民の暮らしは美濃国内でも相当に高い生活水準だ。

「それには及びません。既に竹中様の領内のご様子は道々拝見いたしました。我々からすれば夢のような暮らし振りです」

平伏している上に嗚咽交じりの声で聞き取りづらいと思っていたらいきなり顔を上げた。そして涙を流しながら俺が望んだ最良の答えがその口から告げられる。

「百地丹波とその一党、これより竹中様のために命をかけて仕えさせて頂きます」

俺は百地丹波に駆け寄るとその手を取る。

「よく決心してくれた！　領地は近日中に美濃の領内に用意する。もちろん屋敷も用意させよう。一族郎党を引き連れて移り住め。百地丹波、たったいまからお前は竹中家の重臣だ。そのつもりで明日の評定に参加しろ」

よし、これで大まかなピースは揃った。

尾張内部からは蜂須賀一党と織田信安。西からは北畠。東からは今川家が大軍で押し寄せる。そして止《とど》めは北から電撃戦を仕掛ける俺たち西美濃勢だ。これが噛み合えば織田信長とて堪ったものではないだろう。

さて、これで次回の『茶室』での話題は十分だ。いまから待ち遠しい限りだ。

いや本当、開催してくださいね、『茶室』。

第七話　一五六〇年三月『茶室』

きたー！　真っ白い空間！　そして俺の眼前にはOAデスクとOAチェア、そしてノートパソコンが置かれていた。俺は逸《はや》る気持ちを抑えてノートパソコンの画面を覗き込む。そこには『ようこそ、竹中半兵衛さん』の表示と『茶室』と書かれたボタンが表示されていた。

よし、『茶室』だ！

心拍数が速くなっているのが分かる。自分の鼓動が妙に大きく響いていた。画面の向こうに境遇を同じくする仲間がいることへの安堵と彼らに寄せる期待。

何よりも『茶室が開かれなかったら』という不安と恐怖が一気に消し飛んだ。

「良かった……」

独り言が漏れる。自分の目から涙が流れていたことに驚いて漏れた独り言だ。俺は涙を拭うのもそこそこに、半ばにじんだ視界で『茶室』と書かれたボタンをクリックした。

前回と同じようにクリックと同時に画面が変わる。

『竹中半兵衛さんが入室しました』の文字が表示される。これも前回と同じだ。そしてその下に『現在四名の方が入室中です』と表示され、俺を含めて四名の戦国武将の名前が表示されていた。

北条氏規、一条兼定、伊東義益、竹中半兵衛

良かった、無事だったんだ。少なくともこの三人は無事だ。そこに見知った名前を見つけた俺

は妙な安堵と連帯感に襲われた。

まだ何をしたという訳でもないのに彼らに対して戦友のような親しみを感じていた。そのことに妙なおかしさを覚えながらキーボードを叩いた。

竹中半兵衛：こんばんは？　でいいのかな？　皆さん、お久しぶりです。
北条氏規：こんばんは、竹中さん。いやー、無事にこうして再会？　できて良かった。
伊東義益：こんばんは。本当ですね、再会できて嬉しいですよ。
一条兼定：こんばんは。これで半分だね。あと四人！
竹中半兵衛：わたしも、皆さんと再会できてもの凄く嬉しいです。一人で頑張っている間もまた『茶室』が開催されることをずっと願っていました。
一条兼定：俺も、俺もそうだよ。すげー寂しかったー。
伊東義益：ははは、皆一緒ですね。
北条氏規：あれから一ヶ月間、戦国時代で生活してみましたけど、つらいですね。

（どうやら、戦国時代の厳しさを実感しているのは俺だけじゃないようだ。これなら桶狭間の戦いでの方針変更も切り出し易いし、納得もしてもらえそうだ）

そんな具合に再会を喜んでいると残る四名も次々入室してきた。

そして第一声というか、書き込みは挨拶と再会を喜ぶ声。それに続いて戦国の厳しさを嘆く声が続いた。

北条氏規：何だか皆さんのお話を聞いていると予想以上に国内がボロボロだったり、隣国が強かったりするようですね。まあ、うちもそれは一緒なのですが聞いているとうち以上に大変そうに思えます。

最上義光：そうそう、東北で一大勢力を築くはずの男だから結構楽勝かと思っていたんだけどまったく違った。血縁関係が複雑なんだよ。あっちの顔を立てればこちらが立たず、で頭が痛くなってくる。

伊東義益：私の方は家中よりも周辺の国が恐ろしいです。島津に怯えていましたが実際には相良《さが》《ら》や大友《おおとも》もいます。弱小と決めつけていた肝付《きもつき》も意外と侮れません。

安東茂季：ははは、いいね、外に目を向けられて。こっちは家中の取りまとめだけでいっぱいいっぱいだよ。

今川氏真：皆の話を聞いている限り、うちの国内はまとまっている感じだな。そんなことよりも戦の準備で毎日大変だよ。

北条氏規：今川さん、それって尾張侵攻ですよね？　うちも同盟の念押しをする使者が今川家からきた、と騒いだ後にいろいろ勘繰っていましたよ。

今川氏真：やっぱり分かっちゃうよね？　武田家にも使者が行っているんだけど尾張侵攻だって分かるよなー。

（まあ、戦の準備なんて普通に考えて分かるか。幾ら情報が入りにくい時代とはいっても隣国の情報だ、尾張の織田信長もそれらしい情報を掴んでいそうだな。それに米の価格も上がっているかもしれない）

竹中半兵衛：尾張侵攻の準備ってそんな大っぴらにやっているんですか？

今川氏真：やってるね。米なんかも毎日のように運び込まれてくるよ。

（やっぱりそうなのか）

一条兼定：そんなに目立つことして信長にバレないの？

伊東義益：バレているでしょうね。むしろ、信長が義元を引っ張りだしたって説だってあるくらいですから。

今川氏真：あーそれね。尾張との小競り合いがずっと続いていたみたいでさ、『今度こそ決着をつける』とか意気込んでたな、義元。

北条氏規：それって、もしかして信長の策略にはまって討たれたんじゃないですか？　今川義元。

安東茂季：え？　国力が違いすぎるでしょ。弱小の織田と東海一の弓取といわれる義元じゃ。

竹中半兵衛：いえ、信長は強いですよ。港町二つを抱える尾張の国力は十分に今川とやり合えます。この一ヶ月で如何に織田信長が強いか思い知りました。
安東茂季：そんなに？
竹中半兵衛：考えてみてください。弱かったら今川にちょっかいをだしませんし、小競り合いすら続けられません。北に斎藤、西に北畠、東に今川、西の北畠を工作で押さえて、斎藤をメインに戦争しながら今川と小競り合い。その間に尾張国内を統一したんです。絶対に強いですよ、信長。
最上義光：今川義元を偶然討ち取ったのではなく、計画的に引っ張りだして討ち取ったって考えて対処した方がよさそうだね。
一条兼定：やっぱり戦国時代のスーパー武将だけのことはあったんだね。
伊東義益：今川さん、義元を見殺しにしている場合ではないでしょ？

（伊東さん、ナイスだ）

竹中半兵衛：私もそう思います。今回、皆さんにご相談したかったのが桶狭間の戦いへの対応です。前回ノリノリで会話した義元拉致とか、私が義元を討つというのは現実味がありません。そもそも桶狭間は西美濃から遠すぎます。
今川氏真：義元が生きていると俺の思い通りに国を動かせないんだよねー。皆も俺が国主にな

今川氏真：った方がいろいろと便利じゃない？　それに俺は史実の今川氏真とは違って無能じゃないから滅ぼされたりしないよ。

（何を言っているんだ、もの凄く滅びそうな気がするぞ。それこそ徳川家康にも嫌われてサクッと暗殺されそうじゃないか。いやまあ、偏見だけどさ）

北条氏規：今川さんの、国主になって自由に国を運営したいって気持ちも分かりますけど、実際のところ国主交代なんてことになったら、武田や織田に付け込まれるんじゃありませんか？

最上義光：国主交代だけで付け込まれたりはしないだろうけど、桶狭間の戦いで有力武将や兵力を失ったらまずいよね。

（その通りだ。有力武将と兵力を失い、松平元康を独立させるきっかけを作った。さらにその後の対応も悪かった）

今川氏真：あのさー、義元ってワンマンなんだよ。北条さん、内政は何かできた？　武将の勧誘や引き抜きは？

北条氏規：え？　一応、前回皆で話し合った水車や揚水機は試作品を完成させました。それと開墾用のツルハシとスコップも作らせて開墾作業を進めています。武将の方は上《かみ》泉《いずみの》信綱《ぶつな》を家臣にできました。
最上義光：おお！　剣聖、上泉信綱を家臣にしたんだ、すげーっ！
伊東義益：これ以上望めないくらいのボディーガードですね、羨ましい。
竹中半兵衛：上泉信綱は羨ましいです。おめでとうございます。
今川氏真：ほらね、いろいろとやってるじゃない。俺なんてさ、何にもさせて貰えないんだぜ。もともとの氏真がよっぽどバカだったみたいで、まったく信用がないの。開墾すら自由にさせて貰えない。

（なるほど、史実の義元はワンマンだった可能性は高いな。加えてこれまでの氏真の愚行がたたったたか）

竹中半兵衛：それはお気の毒です。
安東茂季：そんなに大変なんですか？
今川氏真：もうさ、華々しく覚醒したところを見せたかったのに、何にもさせて貰えないから毎日ゴロゴロしているよ。部下も無能なやつしかいなくって手詰まりだね。

（恵まれていそうなんだが、内情は俺たちが考える以上に窮屈なのか？　或いは足掻《あが》くこともせ

ずに愚痴っているのか……、激しく後者な気がするのは気のせいであってくれ）

小早川繁平：それでも私よりはずっと恵まれているじゃないですか。私も何にもできませんが、裏庭で椎茸栽培始めましたよ。椎茸も山に入って自分で探してきました。

今川氏真：俺の方はその椎茸栽培すら、させて貰えないんだよねー。国主にさえなれば一気に改革して伸《の》し上がって見せるよ。

その後、ほぼ全員で今川さんの説得にかかったのだが『義元見殺し』は頑なに譲らない。当然、俺も今川さんの説得を試みつつ、他の人たちとの個別会話機能がないか画面をあれこれと操作したのだがみつからなかった。どうやら『茶室』では個別の密談は不可能なようだ。

竹中半兵衛：今川さんの意思は固そうなので義元の救出はしないということで、別の方向で桶狭間の戦いに介入して信長弱体の手段を考えませんか？　今川さんも信長が弱体化するのは歓迎ですよね？

北条氏規：竹中さんがそれでいいなら私は構いません。

最上義光：そうだね、この問題で最も影響を受けるのは竹中さんですからね。

今川氏真：いや、俺でしょう？　一番影響を受けるのは。

最上義光：そうですね。今川さんは当然として、それ以外ってつもりでした。

小早川繁平：まずは桶狭間の戦いについて話し合いましょうか。その後でいいので私の相談にも乗ってください。

竹中半兵衛：はい、ありがとうございます。相談の方はできるだけ協力するようにします。

一条兼定：ＯＫ　小早川さんとは近いし、知恵だけじゃなく協力もしたいよ。もっとも、俺も自分の足元固めるほうが先みたいだけど。

伊東義益：小早川さん、畑が自由になるなら種芋を届けますよ。その辺りも後ほど。

（種芋？　ジャガイモかサツマイモを入手したということか。早いな、伊東さん）

安東茂季：じゃあ、桶狭間の戦いへの関与をどうするか話し合ったら、次は小早川さんの相談。その後かな？　報告会はさ。

最上義光：報告会も楽しみですね。この一ヶ月の皆さんの成果、是非知りたいです。

桶狭間の戦いへの関与について話し合うこととなったところで、『茶室』の発言がピタリと止まった。

（まあ、皆自分と直接関わらない話だから遠慮はあるよな）

竹中半兵衛：今川さん、義元を見殺しにするのは決定としてそこまでの流れとその後の今川さんの予定している動きを教えて頂けますか？　構想が固まっていないなら途中の計画で構いません。

今川氏真：分かった。尾張侵攻作戦に俺が口をだすのは無理だから史実通りに進める。皆が言っていた松平元康を独立させちゃダメだっていうのも分かったから、俺はこれの阻止に動く。

（おお、意外とまともじゃないか）

今川氏真：留守の兵士のうち何人かを引き連れて桶狭間の戦い当日に、先に岡崎城《おかざき》へ入って松平元康を待つ。戻ってきた松平元康に敗戦の責任を取ってもらって首をはねる。

（おいおい、強引すぎないか？）

一条兼定：ちょっと、さすがにそれは無理があるんじゃいかな？　どうやって責任を押し付けるの？

今川氏真：そこは内応して敵を義元のところまで呼び込んだとか何とか。多少強引でも無理があっても首をはねちゃえばおしまいだよ。

（戦国武将だし多少の強引さは必要な要素かもしれないな。あれ？　義元どこへ行った？　まさか信長まかせってことはないよね？）

北条氏規：それで、その後はどうするんですか？　首をはねた後の処理とか。

今川氏真：首をはねた後の戦国時代独特の処理とか、細かいことは部下に任せる。俺は国力を充実させるために当面は現代知識を使っての内政に専念する。

（いろいろとダメだろう、今川さん。そもそも皆が聞きたいのはそんなことじゃないのでは？）

伊東義益：今川さん、それダメなやつですよ。史実の氏真が義元の報復戦を行わなかったのを理由に松平元康が独立したくらいです。ポーズだけでも報復の姿勢を見せた方がいいです。

最上義光：そうだな、いまのプランだと家中から腰抜けとか思われかねないよ。

今川氏真：そうかー、じゃあ、報復戦までは考えておくよ。それよりも竹中さんは何か意見ないの？　自分のことでしょう？

（これは義元が命からがら逃げおおせる可能性もでてきたな）

竹中半兵衛：では、美濃とその周辺の情勢、工作状況についてお話ししますね。まず、美濃ですが国主の斎藤義龍の寿命はそう長くありません。史実よりも早く他界すると思います。今年一年はもたないでしょう。

北条氏規：やっぱり史実と微妙に違っていますよね？　話の腰を折って申し訳ありませんが、現当主の氏政が昨日落馬で他界しました。もちろんこれは秘密にお願いします。

今川氏真：おお、北条さん風向きがいいね。あと二人だね。

（『あと二人だね』、ってあんまりだな）

北条氏規：いや、今川さん、そんなお気楽な話じゃありません。氏政の奥さんは武田信玄の娘です。三国同盟崩壊の引き金になるかもしれません。竹中さん、すみません。影響があってはいけないと思って先に話しました。

伊東義益：北条、武田、今川が三つ巴のように、それぞれの嫡男が国主の娘を正室に迎えての三国同盟ですからね。

竹中半兵衛：北条さん、ありがとうございます。いまのところ大きな影響はないと思います。では話を再開しますが、途中でも思うことあればどんどん発言お願いします。

（影響がないのはいまだけだろう。これはほどなく影響がでそうだな）

竹中半兵衛：百地丹波というよりも、百地三太夫《さんだゆう》といったほうが分かり易いかもしれませんね。百地とその一党、忍者を丸ごと配下にできました。それと蜂須賀正勝とその一党も配下にできました。

一条兼定：忍者？　すげー恰好いい。

今川氏真：忍者いいねー、俺も欲しいな。

北条氏規：百地丹波って上泉信綱以上に護衛に適していますよ、いや、羨ましいです。おめでとうございます。

最上義光：忍者、いたんだ。

安東茂季：東北にも忍者っているのかな？　何にしても、おめでとうございます。

伊東義益：百地丹波か、いろいろと情報操作してくれそうですね。

小早川繁平：なるほど、武将だけじゃなくて忍者とかも配下として考えられるんですね。参考になります。

竹中半兵衛：皆さん、ありがとうございます。

（予想はしていたが百地丹波、忍者への食い付きが異常にいいな。蜂須賀正勝が聞いたら怒りだしそうだな。百地丹波はむせび泣くな）

竹中半兵衛：この二人と美濃に身を寄せている織田信安を利用して尾張の武将に調略を仕掛けます。並行して忍者を使って北畠が尾張を狙っていると噂をばら撒《ま》いて、実際に北畠に見せかけた攻撃と尾張からの報復に見せかけた攻撃、小競り合いを演出します。

（ここまで、誰も何も言ってこない。どうやら俺の話に耳を傾けてくれているようだ）

竹中半兵衛：さらに織田から美濃のけん制に近江の六角や浅井と手を結ばれないように先に手を打ちました。内々ですが西美濃勢と浅井とで不可侵条約を結びにいっている最中です。これで浅井の戦力は六角に振向けられるので六角も浅井も美濃どころではなくなる予定です。桶狭間の戦いでは西美濃勢が織田信安と呼応して尾張に攻撃を仕掛けるので、信長が桶狭間の戦いで勝利しても大きく勢力を伸ばすことはできなくなると思います。

（俺の計画通りなら信長の力を大きく削ぐことができる。港を引き続き押さえられたままなのが悔しいが仕方がないだろう）

竹中半兵衛：その後は全員で織田と徳川の有力武将を勧誘しましょう。

北条氏規：ご馳走様です。ありがたく調略に向かわせて頂きます。
安東茂季：遠いよ、分かってはいたけど遠い。
最上義光：そうですね、ちょっと我々には織田と徳川の調略は無理そうです。
伊東義益：いえ、私は調略に配下を向かわせます。一人でも優秀な部下が欲しいですし、コレクション欲を刺激されます。
一条兼定：俺も、調略に参加させてね。ダメもとでやってみます。
今川氏真：これで義元が生き残ったらどうしよう。
小早川繁平：暗殺（ボソ）
今川氏真：それだっ！
小早川繁平：え？　冗談だったんですけど。本気で暗殺とか考えていますか？
今川氏真：そうだな、機会があれば暗殺しちゃってもいいかな。理想を言えば史実通り信長に討たれて欲しいよ。
伊東義益：この時代の暗殺だと、やはり毒殺が主流なんでしょうか？
最上義光：トリカブトとかヒ素、水銀辺りが思い浮かんだ。
安東茂季：ヒ素はバレないと聞きましたが、トリカブトとか水銀だと暗殺とバレそう。
小早川繁平：この時代ならアレルギーでショック死させるのが一番バレないかもしれませんね。
今川氏真：アレルギーでショック死か。それなら自然死だな。よし、義元が何のアレルギーか調査してみるか。

一条兼定：スズメバチに二回刺されると死ぬんじゃなかったっけ？
小早川繁平：アナフィラキシーショックですね。二回刺されたからと言って確実に死ぬわけではありませんが、アレルギーを調べるよりお早そうです。
今川氏真：スズメバチね。憶えておくよ。
伊東義益：話を膨らませておいて何ですが、そろそろ話を戻しませんか？
一条兼定：桶狭間の戦いの話が終わったところだよね？
竹中半兵衛：では、桶狭間の戦いは先ほど話した流れで進めましょう。『茶室』ですが最初の開催からちょうど一ヶ月。毎月の開催と想定すると、桶狭間の戦いまであと二回。再来月は直前となるので、次の『茶室』が桶狭間の戦いの準備を打ち合わせられる最後の機会になりますね。
伊東義益：ええ、次回『茶室』で最終調整をしましょう。再来月の『茶室』だと、本当の土壇場なので何ができるのか怪しいですが、それでもあと二回話し合いをする機会があるのは心強いです。
北条氏規：私も北条家と武田家との関係、それと三国同盟がどうなっているのか把握して『茶室』に参加するようにします。
竹中半兵衛：頼もしいです。よろしくお願いいたします。
最上義光：じゃあ、こんなところかな？　何も無ければ次は小早川さんの相談だね。
小早川繁平：皆さんのアドバイス通り、自分の周囲を把握することから始めました。まず家臣ですが一人いました。田坂頼賀《たさかよりよし》さんです。何でも親父の頃からの家臣で最後まで付いてきてくれているので信用できそうな気がします。

（生きていたのか、田坂頼賀っ。ここでも歴史が既に違っている）

一条兼定：良かったね、一人じゃなくって。これで少しは光明が見えたかな？

小早川繁平：一条さん、ありがとうございます。それ以外はやっぱり下男下女でした。ときどき訪ねてくる武将はいますが小早川隆景の配下です。どうやら私の状態を報告するためにきているようです。領地も捨扶《すてぶち》持っていうのでしょうか？　少しだけありますが下男下女への支払いと二人の家臣でカツカツです。

伊東義益：でも、領地があるなら作物は育てられますね。さっきも言いましたがジャガイモを手に入れたので何とかして渡したいですね。

小早川繁平：それで、できることから始めようと、椎茸菌を近隣の猟師にお願いして手に入れました。裏庭で栽培実験をしています。それと石鹸の作製に成功しました。

竹中半兵衛：いい感じじゃないですか、小早川さん。前回のときよりも可能性がありますよ。もっといろいろと調べていろいろなことをやりましょう。

小早川繁平：ありがとうございます。そこで、皆さんにご相談なのですが堺の商人を私のところに向かわせて頂けないでしょうか。取り敢えず、石鹸を売って現金を手に入れたい

小早川繁平：のです。
竹中半兵衛：構いませんよ、今度堺に部下を向かわせるのでそのときに頼んでみます。石鹸が手に入るということでそちらへ行かせるようにしましょう。
小早川繁平：おお！　ありがとうございます。竹中さん、感謝します。
最上義光：他には何かありますか？　小早川さん。
小早川繁平：いえ、もう何もありません。
今川氏真：それだけ？
小早川繁平：はい、これだけです。何にもできない環境なのでいまはこれくらいしかありません。
北条氏規：でも、前回に比べれば大躍進じゃないですか。次回はもっと良くなっていることを期待していますよ。
最上義光：じゃあ、次は内政関係での成功と失敗の話かな？　それとも剣聖や忍者みたいに調略の状況にしますか？
一条兼定：いつ『茶室』が閉じるか分からないから内政にしない？
竹中半兵衛：賛成です。内政の成否報告にしましょう。

一条さんと俺の意見が受け入れられ、次は内政へと話題が移った。
そして始まる自慢話。現代知識を活かしての内政無双のお話なので自然と全員のテンションが変な方向に上がっている。

北条氏規：という感じで、金鉱を発見しちゃいました。もちろん親父や兄、家中の主だったものには内緒です。

竹中半兵衛：え？　それ、大丈夫なんですか？　変な感じに疑われたりしませんか？

北条氏規：どうでしょうね？　親子関係と兄弟関係は良好なので許してくれそうです。もう一つくらい見つけたら報告する予定です。

一条兼定：うわー、いいな。何だか聞いているとすぐにもう一つくらい金鉱を見つけちゃいそうですね。

最上義光：伊豆は金鉱が複数あるからすぐに見つけちゃいそうだ。羨ましい限りです。うちにも産出量は少ないけど金鉱があったはずだし頑張ってみるか。

今川氏真：いいなー、金鉱あるところが羨ましい。

竹中半兵衛：いや、今川さん。今川さんのところも金鉱ありますよ。今回領地に金鉱無いのは私だけじゃないのかな？　もちろん産出量の差は大きいですけどね。伊豆が圧倒的に多い。

伊東義益：最大の金鉱って越後《えちご》でしたよね？　越後を奪うのは無理だろうなあ。

竹中半兵衛：軍神・長尾景虎《ながおかげとら》（後の上杉謙信《うえすぎけんしん》）ですからね。地理的な問題もあります。頑張れば最上さんが何とか行けるかも。

最上義光：勘弁して。どうせ頑張るなら他のところで頑張りますよ。ジャガイモ、カモーン！

伊東義益：ＯＫ。ジャガイモの種芋を手に入れましたよー。欲しい人は取りにきてください。
一条兼定：行くよー、行っちゃうよ、ジャガイモ貰いに。
小早川繁平：伊東さん、私もジャガイモお願いします。たった一人の家臣ですが向かわせます。
伊東義益：じゃあ、博多《はかた》あたりで受け渡しをしましょう。暗号とか決めて。
小早川繁平：分かりました、暗号は『山』『川』ですか？
伊東義益：それだとベタすぎるので『茶』『室』で行きましょう。
小早川繁平：了解です。『茶』『室』で。そうそう、私、硝石も少量ですが作りましたよ。
今川氏真：糞尿にまみれて？
小早川繁平：ええ、糞尿にまみれました。もう、周りからは気が狂ったと思われたようです。
最上義光：すげーっ！　私は部下にやらせました。
一条兼定：俺は部下経由で農民にやらせた。
竹中半兵衛：私も部下にやらせました。農民にやらせて情報が漏れるのが嫌だったので。
一条兼定：しまった！　情報が漏れるのを考えていなかった。今度から気をつけよう。
伊東義益：私も部下にやらせました。
安東茂季：俺も部下にやらせた。
北条氏規：私も部下にやらせました。本当、少ししか採れないんですよね。実用性皆無です。
竹中半兵衛：自作の硝石の他、輸入製品を扱っている商人から硝石を買ってそれなりの量の火薬を作製しました。

さすがに火薬の話題になると会話が弾む。その後しばらく火薬の製造に関する苦労話を装った自慢話が続いた。驚いたのは火薬の作製に手を出した六名全員が一回で成功していることだ。俺たちの成功事例もあるし、この分なら今川さんと小早川さんも一回で成功しそうだ。

一条兼定：小早川さんが椎茸栽培を裏庭で始めたって言っていたけど皆も椎茸栽培はやってみましたか？

伊東義益：やりました、椎茸。同じように裏庭の一画に椎茸栽培用の専用区画を作りました。そこで温度とか湿度、日当たりなんかを少しずつ変えて実験しています。

最上義光：私も伊東さんと同じような感じです。最初に菌を捜すのが大変でした。

竹中半兵衛：私はもう一歩進んで一部の領民にお願いして何箇所かで実験を兼ねて栽培を開始しました。どちらかというとぶっつけ本番での実用化の意味合いの方が大きいです。

北条氏規：そうか、この時期に本格的な栽培を始めないと、次は来年になってしまうんですね。私も明日には実験施設を拡大するようにします。

その後も農作物や試験的な二期作の話題でひとしきり盛り上がった後で、伊東さんが『ところで』と話を変えた。

伊東義益：磁器とガラスの方はどんな感じですか？　私の方は磁器まで手が回っていませんがガラスの方は幾つか試作品が出来上がってきました。

伊東さんの振った話題に次々と答えが書き込まれていく。
今川さんと小早川さんは誰もが予想したようにどちらも未着手だった。一条さん、最上さん、北条さん、安東さんは磁器の製造に着手したばかり。そして俺はガラスの製造に着手したことを伝えた。

今川氏真：何だ、磁器もガラスも誰も成功していないのか。
最上義光：いや、今川さん、そう言うけど難しいんですよ。何しろ試行錯誤しながらですからね。
北条氏規：そうですね、どうしてもさっき話題になった火薬の作製に力を注いでしまいますよね。
一条兼定：いやー、北条さんは金鉱の発掘に力を注いだんじゃないんですか。
安東茂季：そうそう、磁器やガラスだけじゃなくて他にもいろいろとやっているからね。
竹中半兵衛：磁器も大変なようですね。ガラスも苦労しています。
伊東義益：ガラスは私と竹中さんだけですね。ガラスの製造ができると南蛮貿易の貿易品としてだけじゃなく、それを利用しての瓶詰《びんづ》めが売れそうですからお互いに頑張りましょう。

（瓶詰めか。考えていなかった。単純に輸出品くらいの考えだった。瓶詰めにして売ればただの野菜が高値に変わる。場合によっては技術を売れるか）

竹中半兵衛：瓶詰めって十九世紀の発明品ですよね。瓶詰めに使えるだけのガラスとなると少し時間かかりそうです。

北条氏規：なるほど、瓶詰めですか。それは面白そうですね。我々も磁器を頑張るのでガラスの方、よろしくお願いします。

その後また磁器とガラスの話題とそこからの流れで輸出用の商品ラインナップの充実について話し合いをした。

南蛮貿易の有用性は分かっていても対価としての輸出品に頭を悩ませていたのは同じだ。そして、この辺りの商品ラインナップの充実も次回までの課題としてそれぞれが持ち帰ることになった。

俺は『茶室』の雰囲気が一段落したところで提案を切り出した。

竹中半兵衛：ところで、相談なんですが秋になったら米相場で一儲けしませんか？

俺のそんな一言に全員が即座に興味を示した。『茶室』の画面は言葉少なく続きをうながす文字が次々と書き込まれていく。

安東茂季：知識が必要とか？

竹中半兵衛：いえ、そんな難しい話ではありません。米の収穫に合わせて米を買い集めて高騰させる。隣国が米不足などで価格が十分に上がったところで米を放出。安くなったらまた買い集めて高騰するまで保管。高騰したら放出とこれを繰り返して適当なところでどこかの大名にジョーカーを引かせる。

伊東義益：なるほど。米を誰がどれくらい備蓄していて、いつ放出するかなんて誰にも分からないよね。

北条氏規：そうですね。ここの八名以外は分からないでしょうね。価格操作し放題な気がします。試してみる価値はあるのではないでしょうか。

最上義光：いいねー、それ。乗った。

伊東義益：相場操作とかちょっとあくどい気もしますが、それ以上にワクワクしますね。

一条兼定：俺も乗らせて。それって最初からジョーカーを引かせる大名は決めておく感じなのかな？

竹中半兵衛：そうですね。ある程度米の流れとか時期を決めてからの方がスムーズに進むと思う

　のでジョーカーを引かせる大名も当たりをつけておく必要があります。
安東茂季：やりましょう。上手いこと敵対する大名をはめられれば経済的に追い詰められる。
今川氏真：いいねー、俺が国主になったら是非参加させてよ。
小早川繁平：米相場を操作できるなら確実に儲かります。この時代の他の大名や商人じゃ太刀打ちのしようがありませんよ。たいして米を売買できませんが参加させてください。
竹中半兵衛：では、いつ頃やるかは桶狭間の戦いの次の『茶室』で話し合いましょうか。

俺の問いかけに全員が二つ返事で賛成してくれた。

（よし、これで秋以降はお金に困ることは無くなりそうだ。少なくとも困窮することは無いだろう）

その後、桶狭間の戦いや小早川さんへの商人の紹介、ジャガイモの受け取りなどをはじめとして話題となった事柄の再確認をした。

再確認の間も次々と補完事項が持ち上がる。余談も含めて次回、恐らく桶狭間の戦いの直前となる『茶室』までにやらなければならないことが山のように積み上がった。

こうして、第二回の『茶室』が終わった。

第八話 祝言

「殿、顔がだらしないです。もう少しキリッとしてください」

三月もそろそろ終わりに近づいている昼下がり、俺が真剣にもの思いに耽《ふけ》っていると善左衛門にたしなめられた。たしなめる彼の口元も綻び、心なしか声も弾んでいる。

そう、今日は嫁さんがくるというので俺は朝からにやけっぱなしだった。

「まあ、そう言うな。ここには俺とお前しかいないんだから」

平成日本で三十五歳まで独身だったことを考えると夢のようだ。領主らしく厳しい顔をしようと思ってもできない。自然と口元が綻ぶ。いや、自分でもにやけているのが分かるほどだ。

安藤守就殿の二の姫、恒姫との結婚が決まった。というか、明日の祝言へ向けて準備の真っ最中だ。

家中の者たちは当然だが、嫁いでくる安藤家からきている手伝いの者たちも忙しそうにしている。もちろん俺も妄想で忙し、もとい、桶狭間の戦いへ向けての構想で忙しい。

俺を筆頭に皆が忙しくしているにもかかわらず、時間を作って善左衛門がきていた。

「しかし、あっという間でしたな。安藤様がお話を持っていらしてから十日余、殿が乗り気なのは存じておりましたがここまで急がれるとは」

当たり前だ。こういうのは勢いが大切なんだ。お互いの気持ちが変わらないうちに既成事実まで持っていかないとな。それに安藤家の戦力は貴重だ。ここで手放す訳にはいかない。

突然、『やはりなかったことに』などとなったら目も当てられない。

この場合の『お互い』とは婿の俺と舅である安藤守就殿であって、当事者である恒姫の気持ちは関係ないあたりが戦国時代だよな。

もっとも、俺も恒姫の顔を知らないどころか、年齢も聞いていなかった。

安藤殿の『似合いの年頃の娘』との言葉から二歳くらい年下かな？　などと勝手に想像していた。歴史の資料でも姉さん女房とか年齢の離れている幼な妻とは聞いていなかったから、ビックリするような年上とか年下ということはないだろう。

竹中半兵衛が死んだ後も生き残ったけど、あんまり長生きをしなかった記憶があるんだが……、どんな人だったかなあ。いずれにしても竹中半兵衛同様、詳しい記録が残っていない人だったな。大体平成日本では本名も分かっていなかったはずだ。

史実では竹中半兵衛が隠棲していたから、その間もずっと一緒にいて苦労したんだろうな。ようやく陽の目を見て活躍しだしたと思ったら病死だ。平成日本ならともかく、戦国時代に旦那に先立たれて独り残された女性が幸せだったとは思えない。

真偽のほどは分からないが、嫁さんよりも舅の安藤守就の方を大事にしていたとかって逸話も残っているくらいだ。半兵衛に愛されていたとは思えない。旦那は自分よりも舅の方が大事で、その上、早死にしてしまう。何とも不憫《ふびん》な女性だ。

恒姫に思いを馳せるのを止めて、目の前の善左衛門に意識を向ける。用事があって訪れたはずなのに上機嫌で独り言を続け、一向に本題にはいらない。半ば上の空で聞き流していたが、それすら気付かずに浮かれている。

「これでお世継ぎができればお家も安泰ですな」

何が世継ぎだ。俺、まだ十七歳だぞ。十九年後の死を思いださせるようなことは言わないで欲しいものだ。それに家の方は、少なくとも桶狭間の戦いを乗り切ってからじゃないと安泰などという言葉は似合わない。

一人感激している彼に俺は必要以上に冷めた口調で問いかける。

「何か用があったんじゃないのか？」

「おお、そうでした」

膝をピシャリと叩くと急に居住まいを正して話を続ける。

「安藤守就様ご一行が到着なされました。恒姫様もご一緒です」

そういう大切なことはすぐに伝えろよ。

「承知した。すぐに恒殿に挨拶に向かうとしようか」

「殿、安藤様へのご挨拶が先です」

ちっ、気付きやがった。腰を浮かせかけた俺に『予想していましたよ』と言わんばかりのしたり顔が向けられていた。

「仕方がない、安藤殿の顔を見たらすぐに恒殿のところへ向かうとするか」

そう言う俺に『ともかく安藤殿のところへお願いいたします』、などと会話をしていると家臣の一人が駆け込んできた。

「重光様が急ぎのお話とのことです」

善左衛門と一瞬だけ顔を見合わせると、俺はすぐに通すようにうながした。

「祝言を明日に控えているところ申し訳ありません」

叔父上は部屋に入ってくるなりそう前置きをすると、俺の前に腰を降ろして本題を切りだした。

石鹸の売却で大量に金を入手できたことと、揚水機、水車の売却が決まったことを実に楽しそうに報告してくれた。横で聞いている善左衛門もほくそ笑んでいる。

「思っていた以上の収入がありました。これならかなりの数の兵士を雇えます」

そして最後に堺の商人の一人を小早川さんのところへ向かわせたことを知らせてくれた。

「ありがとうございます。感謝します、叔父上。兵士の雇用もそうですが、これで人材の勧誘や登用も捗《はかど》ります」

俺の礼の言葉に叔父上はニヤリと笑うと声を潜める。

「それと鉄砲ですが、二百丁には届きませんでしたが百五十丁確保できました」

上出来だ。桶狭間の戦いは豪雨の可能性があるので鉄砲はあくまで予備戦力の位置づけだが、それでも手持ちの五十丁余とあわせれば二百丁を超える。一気に四倍以上じゃないか。

この時代に二百丁を超える鉄砲を所持している勢力など他にはないはずだ。

「それで槍と新型の胴丸の方はどうですか？」

「それぞれ一千ずつ揃いました。さらに貸しだし用の具足も一千ほど揃いました」

信長が用いたという三間半の長槍と蛇腹の胴丸の製作。さらに貸しだし用の具足の調達も問題なしか、順調だ。

「織田と北畠との小競り合いも上手い具合に引っかかったし、近江への工作も順調だ。後は織田信安殿の工作の進捗だな」

今回の百地丹波とその一党の働きは大きい。伊勢（三重県）の北畠と尾張の織田。共に相手から小競り合いを仕掛けてきたように演出している。その工作を行ったのが百地丹波を統領として新たに組織した『忍者』だ。

さて、蜂須賀正勝の方はどうかな。予定では二、三日のうちに報告があるはずだ。織田信安の工作と併せてどこまで織田を取り込めるかで次の手が変わる。

俺が織田への内応に思いを馳せていると善左衛門が現実に引き戻した。

「そろそろ安藤様へご挨拶に行きましょう」

俺は領内で進めている開墾と椎茸栽培などの政策についてまとめておくように叔父上に頼んで、善左衛門とともに安藤守就殿の待つ別室へと向かった。

◆◆◆

本日何度目になるだろうか、部屋の中に安藤守就殿の笑い声が響き渡る。同席した俺と善左衛門はもちろん、安藤殿に同行した安藤家の家臣の二人も笑顔を引きつらせていた。

「いや、『三国一の婿殿よ』と稲葉殿にも羨ましがられてなー」

「それはまた過分なお言葉を頂いたものです」

上機嫌な安藤殿にそう返すのが精一杯だ。

それにしても、嫁ぐ娘に涙する姿でも見られるかと期待したが、俺の目の前にいるのは娘の結婚で浮かれている父親だ。

今回の西美濃勢の取りまとめと近江・尾張への工作で西美濃での俺の株は一気に上がっていた。さらに領内の施策の数々。そのほとんどは未だ外へ漏れていないが、販売を開始している石鹸と揚水機や水車、ツルハシ、スコップは西美濃勢の知るところとなっている。当然、多額の金銭が流れ込んできているのも知れ渡っている。そりゃあ、株も上がるだろう。

いつまでも上機嫌の安藤殿に付き合ってもいられない。俺は史実の半兵衛とは違う。舅よりも嫁が気になる。

「安藤殿、そろそろ恒姫殿にご挨拶をしたいのですが――」

「ほう、気になるか？　恒のことが気になるのか？」

俺の言葉を途中で遮り、ニヤリと笑うと満足そうにうなずいている。

何を言っているんだ、この親父。気になるに決まっているだろ。こっちは三十五年間独身どころか、結婚を諦めていたところに若い奥さんがそちらから飛び込んできたんだ。しかもまだ顔を見ていないどころか年齢も知らない。いろいろな意味で気になるに決まっているだろ。

もちろんそんなことは口にできない。

「ええ、もちろん気になります。ここにきて焦《じ》らすとは安藤殿もお人が悪い」

俺の柔らかな笑いを安藤殿が高笑いでかき消す。

「そうか、そうか。では恒のところへ行くとしようか」

そう言うと俺たちを先導するようにして部屋をでて行った。

◆◆◆

恒姫との顔合わせとそれに続く一通りの挨拶を終えたところで、俺と恒姫を残して全員が部屋から退出してくれた。気を利かせたように見せかけたつもりらしい。

隣の部屋に恒姫のお付きの侍女や両家の家臣たちが潜んでいるのは知っている。それどころか舅の安藤守就殿まで一緒になって潜んでいる。

先ほど白湯を下げにきた下女として働いている百地の手の者がこっそりと教えてくれた。くノ一、実に有能だ。

そんな聞き耳を立てている連中の居るところで恒殿と会話をする気になれなかったので、俺は彼女を伴って庭へでることにした。

俺も女性に対して口下手だが恒殿も無口なようで、俺の後二メートルほどの距離を取ってうつむいたまま付いいてきている。

俺が恒殿を振り返ったタイミングで風が彼女の頬を撫でた。

彼女が自分の顔を隠すようにして額に垂らされた前髪を晩春の緩やかな風が揺らす。その隙間から伏し目がちにしていてもわかる、大きな目と長いまつげが見えた。この時代の女性としては

背が高いのもあってか、年齢よりも大人っぽい印象を受ける容貌だ。

慌てて前髪に左手をやり、顔を隠す恒殿へ声をかける。

「恒殿、寒くはありませんか？」

「大丈夫です」

豊かな黒髪を後ろで束ねた十四歳の少女は遠慮がちにそう答えた。

三月も終わろうとする季節、陽射しのある場所は暖かい。だが、冷え性の可能性もあるだろう。

そう思って聞いたのだが、俺がバカだった。素直に『寒いので部屋に戻りたいです』とは言わないよな。

間抜けな言動を後悔している俺に、うつむいたままの恒殿が何とか聞き取れる程度の声でささやく。

「あの、竹中様、この度は申し訳ございませんでした」

「何かありましたか？」

「父が強引にお話を進めてしまったようで、そのう、私などと……、結婚することになってしまい、申し訳ございません……」

いまにも泣きだしそうな様子の恒殿が消え入るような声で言葉を紡《つむ》いだ。

顔合わせのときからあった違和感の正体はこれか。父親である安藤殿も『気立てがよく、気の利く利発な娘』だと褒めていたが容姿については一言も触れていなかった。

なるほど、恒殿の容姿はこの時代の美醜の感覚からすれば美しいとは言い難いのかもしれない。

色白でこそあるが、目鼻立ちがクッキリしていて彫りが深い。そして身長も十四歳で百六十センチメートル近くある。

先ほどから俺の視界に入らないように後ろを付いてきている。加えてうつむき加減だ。どこかオドオドとして距離を取っているのは恥ずかしいからかと思っていたが、自分の容姿を気にしてのことだったのか。

平成日本で三十五年間も生きていた俺の美醜の感覚からすれば美少女だ。十四歳という若い美少女を嫁さんにもらえると一人浮かれていたが、彼女の気持ちをもう少し気遣うべきだった。

三十五年間独身。別に独身主義でもなんでもなく単にもてずに独身だった俺からすれば美少女に話しかけるだけでも難易度は高い。だが、ここは俺が頑張らなければいけない所だというのは分かる。『ここで頑張らないで、どこで頑張るんだ！』、俺は自身にそう言い聞かせると、意を決し彼女に語りかけた。

「恒殿、私を見てください」

うながされるように顔を上げると彼女の隣へと移動した俺を見上げる。

「私は『青びょうたん』などと言われていますが結構背が高いのです」

そう、俺が持っていた竹中半兵衛のイメージと違って、意外と背が高く筋肉もしっかりとついている。加えて女性のような容貌。俺の感覚からすれば細マッチョのイケメンだ。

「貴女がとても小さく愛らしく見えます」

恒殿はポカンとした表情で不思議そうに俺を見ている。

まだだ、まだ足りない。頑張れ、俺。

「安藤殿は私を『三国一の婿』と言っていましたが、私こそ『三国一の嫁を手に入れた幸せな男』です」

「そんな、からかわないでください。私が三国一などであるはずがありません」

「恒殿、私が貴女のことを美しい、愛らしいと本心から思っているのです。貴女が否定しないでください」

「ですが、私はこんな顔ですし、そのう、背も……」

言葉が続かずに目を固く閉じた恒殿の肩を優しく抱き寄せると、彼女の顔を俺の胸にうずめさせる。驚いたのか恥ずかしかったのかビクンと身体を震わせたので、さらに強く抱き寄せて身動き取れないようにした。

「言ったでしょう、あなたの頭は私の肩をようやく超える程度です。他の誰と結婚するのでもない、私と結婚するのですから背のことは忘れなさい」

「ですが――」

彼女のささやくような声で絞りだされた言葉を遮る。

「その大きな目も長いまつげも私は大好きですよ。見た目も性格も、少なくともいまの私に見えている部分は歓迎するものばかりです」

それでも、彼女からは頑なな言葉が発せられる。

「他のことなら信じます。ですが――」

再び彼女の言葉を遮って言い切る。

「分かりました。いまはそれ以上何も言わないでください。三ヶ月で私の言葉を信じさせましょう」

「は？」

「私と一緒に暮らせば、私が如何に貴女のことを可愛らしいと思っているか、大切に思っているか分かります」

「こんな――」

彼女が発しようとした否定の言葉に力はなかった。それでもその言葉を最後までは言わせないように、力強く彼女を抱きしめて耳元でささやく。

「私の目には美しく可愛らしい姿が映っています」

平成日本では女性と話をする機会がそもそも少なかった。稀《まれ》に会話するときもいつも引け目を感じていた。いまの恒殿はあの時の俺と同じような気持ちなのかもしれない。

わずか十四歳の少女があの時の俺と同じような気持ちでいる。

引け目を感じる必要などないのだと、俺が分からせなきゃ。頑張れ、俺！

抱きしめていた腕の力を緩めると顔を真っ赤にして、いまにも泣きだしそうな表情で俺のことを見上げていた。この時代、『愛しています』と『大切にします』とどちらがいいのだろう？

調べておけばよかった。

「私は貴女を誰よりも大切にします。誰よりも愛します。約束します」

「はい、よろしくお願いいたします」

そう言うと彼女はボロボロと泣きだした。

うわっ、泣いてしまった。ちょっと、これどうしたらいいんだ？

いや、うろたえるな、俺。ここでうろたえちゃだめだ。

泣きだした恒殿を再び優しく抱き寄せ、そのまま俺の胸に顔をうずめさせる。泣き止むまでの数分間、俺は『これでいいのだろうか？』、そんなことを思い悩みながら無言で恒殿の髪を優しく撫でていた。

翌日と翌々日、柔らかな晩春の陽射しの中で二日間にわたって祝言が執り行われた。

『二日もかかるなんて聞いていなかったぞ』、俺のそんな抗議の言葉を取り合う者は誰一人おらず、祝言は粛々と行われる。

竹中家、安藤家は当然として、稲葉家、氏家家、そして、西美濃勢がこぞって祝いの挨拶に訪れていた。体調不良の斎藤義龍様の名代として使いの者はきたが、嫡男である龍興や彼に取り入っている連中は誰一人として訪れなかった。この様子だけ見たら美濃は既に真っ二つだ。

龍興の側近である斎藤飛騨守辺りが偵察を兼ねて何人か送り込んでくると思っていただけに拍子抜けだ。いろいろと悪戯《いたずら》心を満たす用意をしたのに……残念だ。今回の肩透かしの報いは近い将来受けてもらおう。

近江のけん制は浅井との不可侵と六角への調略で何とかなるだろう。問題はやはり尾張だ。信長からすれば真二つに割れた美濃はおいしく見えることだろう。いよいよもって、桶狭間の戦いを上手いこと利用して信長を弱体化しないと美濃は詰む。

新婚の俺たちにと用意された部屋に入ると、恒殿が夜着に着替えて待っていてくれた。

「旦那様、お待ちしておりました」

三つ指ついている！　胸元からわずかな膨らみが見える！　細く白いうなじが見える！

恥ずかしそうに頬を染めてはにかんでいる。

おおっ！　可愛い！　化粧を落としたすっぴん状態だけど可愛い。いや、俺の感覚からするとこっちの方がいい。

俺の周りにいた、生意気で高飛車で我がままな女じゃない。

いまほど戦国時代に転生して幸せを感じたことはない。

「すっかり遅くなってしまって、申し訳ありません」

祝いにきた人たちの相手だけでなく、今後の近江と尾張への対応について話し合いをしていて遅くなった俺は、どことなく後ろめたさを覚えて頭を下げた。

「いえ、大勢の方々に祝福していただき幸せです」

「これからよろしくお願いしますね」

その夜、俺と恒殿は仲良く床に就いた。

ふっふっふっ、次の『茶室』が楽しみだ。皆に自慢してやろう。そうだ、もっと自慢できるように、もっともっと仲良くしておこう。

横で恥ずかしそうにしている恒殿を再び抱き寄せた。

第九話　一五六〇年四月『茶室』

天井や壁どころか床すらない真っ白な空間。

その理不尽な空間にOAデスクとOAチェアが、まるで『浮かんでいるのか？』と錯覚するようにして存在していた。OAデスクの上にはノートパソコンとマウス。

よし！『茶室』だ！ 戦国の世に転生してから三度目の『茶室』。

そう思った途端、自分でも驚くほどの大きなため息が漏れた。前回ほどの不安はなかったが、それでも緊張していたようだ。安堵と疲れが一気に襲ってきた。だがこれで俺たち転生者の生命線とも言うべき『茶室』が一ヶ月に一回の割合で開催されることが分かった。

俺はOAチェアに座ると、ノートパソコンの画面を恐る恐る覗き込みながら、マウスに手を伸ばした。画面には『ようこそ、竹中半兵衛さん』の文字。その下にある『茶室』のボタンをクリックすると、『竹中半兵衛さんが入室しました』と表示された。

続いて、『現在八名の方が入室中です』との文字が表示され、今川氏真、最上義光、北条氏規、小早川繁平、一条兼定、安東茂季、伊東義益、竹中半兵衛と、自分を含めた見知った名前が画面を流れる。

「茶室だ。皆、無事だったんだ」

気が付くと声をだしていた。

小早川繁平：来たようですよ、竹中さん。ようこそ、竹中さん。一ヶ月振りですね。
今川氏真：桶狭間の戦いまであと一ヶ月余、下準備の方は進んでる？
一条兼定：よし！　今月も全員が揃ったー！
伊東義益：何はともあれ、全員無事だったことを喜びましょう。

（画面を皆のセリフが流れる。俺のことを心配してくれていたのか？）
あれ？　画面が滲《にじ》んだと思ったら頬を熱いものが伝う。

安東茂季：いやー、ホッとしたよ。白状しちゃうけど、茶室で皆の会話が流れるのを見たとき泣いちゃったよ。
北条氏規：実は、私もそうです。
最上義光：涙は出なかったけど、ウルッ、と来たのは内緒だ（笑）

（何だよ、安東さんや北条さん、最上さんと同じじゃないか）
頬を伝う涙を拭って、キーボードに指を走らせる。

竹中半兵衛：私が最後だったようですね。皆さん、ご無事で何よりです。実は私もいま、ウルッ

竹中半兵衛：ときてしまったところです（笑）

最上義光：おお！　お仲間だね。竹中さんも意外と涙腺が弱いようだ（笑）

北条氏規：これで三ヶ月連続です。『茶室』が毎月開催されるのは、間違いないと考えて良さそうですね。

小早川繁平：私もその考えに賛成です。

最上義光：本当、毎月開催されると思うとホッとするよ。

伊東義益：これで全国規模の戦略的な動きが可能になりますね。

一条兼定：内政も意見交換しながら、じっくりできそうじゃない？

竹中半兵衛：内政は少しずつ違った実験をして、その結果を八人で毎月検証できると考えれば、相当なアドバンテージですよね。

安東茂季：乱世を終わらせることができたら、世界最高の技術大国も夢じゃないな。

小早川繁平：将来は農作物の品種改良なんかもやりたいですね。

北条氏規：『三人寄れば文殊《もんじゅ》の知恵』と言いますが、八人いる訳ですからきっといい結果が得られるでしょう。

最上義光：何だか、このまま内政の話題に流れちゃいそうですね（笑）
でも、今回の話題はやっぱり桶狭間の戦いです。

安東茂季：最上さんや俺は、直接は何にもできないけどね。

最上義光：それでも知恵をだすのには協力しましょうよ。

安東茂季：その知恵が俺の場合一番心配なんだよー（苦笑）
一条兼定：それは俺も一緒。まあ、気持ちだけでも参加しようよ。
北条氏規：そうそう、気持ちって大切です。それで、今川さんと竹中さんの方からは何かありますか？
今川氏真：織田信長に代わって、俺が歴史の表舞台に躍りでてやるぜ！　手始めは、岡崎で待ち伏せて松平元康を討ち取る。残存兵をまとめ上げたらそのまま義元の弔《とむら》い合戦だ。尾張に攻め込んで信長を涙目にしてやるよ。竹中さん、協力しようぜ！

（うわー、無謀だ。俺も大概綱渡りな作戦を考えるけど、今川さんは俺の比じゃないな）

北条氏規：隣同士、これからも協力しあって行きたいので、ここで無理をして死んだりしないでくださいよ、今川さん。
今川氏真：大丈夫だって。こっちは織田信長の動きが分かっているんだから、それこそ先読みしたように、行く先々で叩くだけだよ。
伊東義益：意気込みはそれくらいにして、具体的な話を進めましょう。桶狭間の戦いがすぐそこに迫っていますが、今川さんも竹中さんも準備は順調ですか？
竹中半兵衛：ここが正念場ですからね。思いつく限りの手は講じています。ただ、それが上手く行くかどうか……。正直、不安しかありません。

今川氏真：俺も準備を進めてるけど、義元が邪魔して、思うように進められてないんだよ。思い出すと何だか腹が立ってきた（怒）

竹中半兵衛：今回の茶室でお願いできることは全部お願いするつもりです。皆さん、いろいろと知恵を貸してください。

一条兼定：竹中さん、逸る気持ちも分かるけど、あと一回あるよ、茶室。

最上義光：まあ、確かにあと一回あるよね。

北条氏規：次は五月ですから本当に桶狭間の戦いの直前です。準備期間もあるでしょうから、戦略的なことを決められるのは、今日が最後と思いましょう。

伊東義益：次回の直前は、『突発的な出来事に対する修正』しか、できそうにありませんからね。

今川氏真：俺の方も相談に乗って。家中の誰が有能なのかいま一つ分からないんだよね。具体的に、誰を義元から引きはがして俺の陣営に組み込めばいいか教えてよ。

安東茂季：今川陣営か。パっと思い付くのは岡部元信《おかべもとのぶ》とか、朝比奈泰朝《あさひなやすとも》かな。

最上義光：その二人は無理でしょう。

今川氏真：その二人なら知っているよ。何日か前に会った。

竹中半兵衛：岡部元信を引き入れられれば大きいですよね。無理と諦めずにやるだけやりましょう。あと、桶狭間で討ち死にする運命ですが、井伊直盛《いいなおもり》は勇猛な武将です。桶狭間でも先鋒の大将を任されるほどです。

今川氏真：ＯＫ、井伊直盛ね。
一条兼定：井伊なんとかって、徳川家康の家臣にもいた気がする。
北条氏規：よし、井伊直正《なおまさ》が徳川四天王の一人です。
今川氏真：よし、井伊直盛を狙おう。
最上義光：太原《たいげん》なんとか、という優秀な坊さんがいた気がする。
今川氏真：死んでるよ。
一条兼定：死んでいますね。
安東茂季：もういないから。

その後しばらく、今川陣営の有力武将や誰を味方に引き入れられるかの話し合いが進む。
しかし、これといった妙案は出てこなかった。
その後も、松井宗信《まついむねのぶ》、蒲原氏徳《かんばらうじのり》、鵜殿長照《うどのながてる》、久野元宗《くのうもとむね》、関口親永《せきぐちちかなが》といった桶狭間の戦いで討ち死にする武将を中心に名が挙がった。そしてなぜか、本多忠勝《ただかつ》や酒井忠次《さかいただつぐ》、榊原康政《さかきばらやすまさ》、石川数正《いしかわかずまさ》といった松平元康配下の武将たちも次々と候補に挙がっていた。

今川氏真：結局のところ、誰が味方になってくれるか分からない、ってことか。もう、片っ端から声をかけるしかないな。
北条氏規：今川義元を怒らせない程度でお願いしますね。

伊東義益：松平元康配下の武将の名前が挙がっていましたが、接触は慎重にお願いします。
今川氏真：大丈夫だって、任せて。
一条兼定：後は、北条さんと伊東さんの言うように、今川さんの祖母の寿桂尼《じゅけいに》さんにお願いするのが、正解じゃないかなあ。
今川氏真：祖母《ばあ》ちゃんか。あの人はいい人だよ。目が覚めたらさっそく祖母ちゃんのとこへ行くことにするよ。
北条氏規：ところで、竹中さんの方はどんな感じですか？
竹中半兵衛：織田信長を油断させて美濃への警戒心を薄れさせることと、伊勢に兵力を少しでも割かせる工作をしている最中です。後は尾張以外の国に美濃へ攻め込まれないよう、外交で周辺を固めているところです。
小早川繁平：うわっ、聞くだけで大変そうですね。
竹中半兵衛：結構、胃の痛い日々ですよ。この調子だと胃潰瘍《いかいよう》で早死にしそうです。
最上義光：早死にしないように、織田信長の配下になる道を選ばなかったのにね。
一条兼定：まあ、世の中ってそんなものだよね。
伊東義益：織田信長は東に今川、北に竹中さん、西に北畠、南は海か。南に戦力を割かなくてすむわけですね。
竹中半兵衛：九鬼《くき》水軍が健在なら味方に引き入れて、尾張近海を荒らさせるのですが、肝心の九鬼家がいまは風前の灯火ですから、海から南を脅かすのは諦めました。

最上義光：そこで伊勢の北畠を躍らせるターゲットとしてロックオンしたんですね。
小早川繁平：織田信長の次は伊勢の北畠ですか。
伊東義益：北畠から引き抜けそうな人材を、いまから調べておいた方が良さそうですね。
一条兼定：伊東さん気が早い（笑）
安東茂季：伊勢の北畠と（メモメモ）
一条兼定：俺も調べておこうっと。
最上義光：それで竹中さんの方は、東に武田、北に朝倉、西に六角と浅井、南に織田信長。さらに美濃の斎藤龍興寄りの勢力がドンッと控えていると。大変そうだな。
竹中半兵衛：外交面は、表向きは近江の六角と手を結んでいるように見せかけて、実は浅井と手を結びます。陰ながら武器の支援もするつもりです。
一条兼定：六角と浅井の両方と同盟なり不可侵なりは？
竹中半兵衛：今年、十六歳の浅井長政が六角義賢《よしかた》を討ち破ります。
北条氏規：そうか！　野良田《のらだ》の戦いだ！　もう一つの桶狭間の戦いと言われるやつですね。
伊東義益：浅井長政が歴史の表舞台に躍りでる戦か。
竹中半兵衛：結構な無理をして浅井長政に協力しているので、そう簡単には裏切られないと信じたいです。
一条兼定：『信じたい』なのね。弱気だな。
小早川繁平：西の六角と浅井は対処できたとしても、北に朝倉、東に武田ですか。

安東茂季：北の朝倉は弱小っぽいから安心として、武田は三国同盟で後顧の憂いがない分、恐ろしいのかな？

竹中半兵衛：武田信玄が恐ろしいのは当然として、越前《えちぜん》の朝倉も軽視できる大名じゃありません。我々の歴史知識だと織田に敗れたボンクラですが、実際に隣にいると脅威です。

安東茂季：織田信長に対してもそんなことを言ってなかった？　竹中さん。

竹中半兵衛：そういえば、そんなことも言っていましたね。やっぱり弱小とか言われても戦国大名。誰も彼も恐ろしいです。

北条氏規：織田信長を調べさせました。親の信秀の代から周囲の大名と比べても、経済力で頭一つ抜けています。

北条氏規：手強いですか？

伊東義益：手強いでしょうね。

最上義光：この季節なら長尾景虎がいつ攻め込んできてもおかしくないから、武田信玄も軽率な動きはしないでしょ。

北条氏規：同盟国のこちらにもどこかに戦を仕掛けるような話は来ていません。今川義元の尾張侵攻がありますから、下手に兵を動かすと同盟に亀裂が生じる可能性もありますし、美濃に攻め込むことはないと思います。

竹中半兵衛：武田も朝倉も恐ろしいですが、当面の敵は織田信長です。桶狭間の戦いに便乗して織田信長を大幅に弱体化しないと未来が危ういです。

今川氏真：情けないなー。信長を食うくらいの覇気で挑もうぜ、竹中さん。
伊東義益：外交と脅威の弱体化か。うちだとやっぱり大友や相良、竜造寺《りゅうぞうじ》、肝付と手を組むしかないのかなあ。
最上義光：島津とは手を組まないの？
伊東義益：島津は目下、最大の仮想敵国です（苦笑）
安東茂季：島津と敵対！　度胸ありますね、伊東さん。私だったら島津とは手を組んで、油断したところを背中かバッサリ、のパターンだな。
最上義光：それ、実際には無理でしょう。いっそのこと、島津対九州の諸大名連合軍＋一条さんで戦ったら？
一条兼定：え？　俺も島津と戦うの（驚）
伊東義益：本当なら、そうしたいです。それでも五分の勝負ができるか不安ですよ。
竹中半兵衛：相良はすぐに火がつきそうですが、大友や竜造寺からすれば対岸の火事みたいなものでしょうからね。
一条兼定：島津と戦う未来がチラチラ見えだしたぞー。
今川氏真：竹中さん、根本的な疑問なんだけど、桶狭間の戦いに便乗するって、竹中さんの勢力だけ？　美濃の斎藤家は口説き落とせそうなの？
北条氏規：え？　尾張や近江と近い西美濃の勢力と同盟して尾張に攻め込むのでは？　勝手にそう思い込んでいました。

竹中半兵衛：桶狭間の戦いに合わせて、稲葉山城を奪取します。
一条兼定：強攻策？　それとも史実に沿った騙し討ち？
最上義光：竹中十六騎か。
竹中半兵衛：騙し討ちの方です。実際に稲葉山城を見ましたが、あれを強攻策で落とすのは相当の兵力と時間、犠牲が必要です。
伊東義益：確かに史実では十六人で稲葉山城を落としていますが、本気でそれをなぞるんですか？　成功する保証なんてありませんよ。
竹中半兵衛：史実をなぞるつもりです。それ以外に稲葉山城を落とせる見通しが立ちません。それに、成功する保証がないのは稲葉山城奪取に限ったことじゃありませんから。
一条兼定：それは分かるけど……、やるんだ。
竹中半兵衛：やります。もちろん成功させるための準備も進めていますし、勝算もあります。
北条氏規：織田信長が桶狭間に出馬したタイミングで稲葉山城を謀略で落として、美濃を平定ですか？
竹中半兵衛：いえ、稲葉山城を落としたら、その足で尾張に侵攻します。理想は信長が桶狭間に出発する日、同日の夜に稲葉山城を落として、その夜のうちに尾張に攻め込みます。
伊東義益：信長の兵が桶狭間に割かれている間に尾張の一部を切り取るのか。でもそれだと、信長は桶狭間で勝利するから、戻ってきた織田軍と戦いにならないかな？

（史実通りなら鳴海《なるみ》城に岡部元信もいるから、挟撃くらいはできるとは思うけど、先ほどの今川さんの人材スカウトの件もあるから当てにはできないな）

竹中半兵衛：織田信安や蜂須賀正勝の人脈を利用して織田信長陣営への調略を仕掛けています。さらに百地丹波の手勢、忍者ですが、彼らを使っての調略も並行して行っています。

一条兼定：何だか凄いことやろうとしてない？

最上義光：史実の稲葉山城奪取と史実にもない尾張の切り取りを一連の作戦でやるんだから、間違いなく凄いことですよ。

安東茂季：おお！　何だかワクワクしてきた。

小早川繁平：十六人でしたっけ？　十七人でしたっけ？　稲葉山城奪取で『今孔明』とか言われるんですよね？　それなら今回の作戦が成功したら何て呼ばれるか！　凄いなー。

（いや、安東さん、ワクワクって。こちらは命懸けなんだけどなあ）

一条兼定：穏やかな人生を送りたいと思って頑張っていても、そういう華々しい話を聞くと刺激されちゃうよね。

北条氏規：ちょっと興奮してきますね。私も桶狭間の戦いに絡みたくなってきました。

伊東義益：北条の後継者が空白のいまなら、無茶ができるかもしれませんよ。いや、無茶をし

伊東義益：てでも功績を上げましょう、北条さん。
北条氏規：北条氏康に相談してみます、伊東さん。
最上義光：うわっ！　この二人、早速影響されちゃってるよ（笑）
竹中半兵衛：実際にそれをやろうとしている本人は、凄いことどころか、綱渡りの心境ですけどね。
今川氏真：竹中さんも北条さんも張り切るのはいいけど、俺の邪魔はしないよう頼むよ。
竹中半兵衛：はい。というか、こちらは稲葉山から北尾張に攻め入るので精一杯です。邪魔のしようがありませんよ（笑）
どちらかと言うと、今川さんが松平元康を討ち取ったり、織田信長を翻弄《ほんろう》したりしてくれるのを期待しています。
北条氏規：私も邪魔するつもりは毛頭ありません。端っこの方で武功が上げられれば十分です。

その後、ボロボロになった信長陣営の『誰を引き抜くか』という話題でひとしきり盛り上がった後、様々な道具や農作物の話題が続いた。

小早川繁平：お願いがあるのですが、砂糖ってどなたか売ってはいただけませんか？
一条兼定：砂糖？　どれくらいの量？
小早川繁平：多ければ多いに越したことはないですが、少量でも構いません。

一条兼定：手に入ったら届ける、でいいよね？
伊東義益：砂糖は貴重品なので手に入るか分かりませんが、もし手に入ったら小早川さんに届けさせますよ。
小早川繁平：お二人とも感謝します。ありがとうございます。
竹中半兵衛：ちょっと話題を変えますが、朗報です。ガラス、成功しました。
一条兼定：なんと！
伊東義益：これで、瓶詰を輸出できる！
竹中半兵衛：成功といっても、品質はかなり悪いです。いろいろと不純物が混ざっているようで色も悪いですし、強度足りません。
今川氏真：強度が足りない？　それはすぐに割れちゃうってことかな？
竹中半兵衛：簡単に割れるほど弱くはありませんが、瓶詰に利用できるほど高い強度でもありません。それこそ、船旅の最中に嵐でも来たら衝撃で割れそうです。
北条氏規：でも、大きな一歩ですよ。
伊東義益：夢が広がりますね。
一条兼定：簡単に生産できる輸出品ができれば外国からいろいろなものや技術が輸入できる。
安東茂季：砂糖って普通に琉球《りゅうきゅう》で採れないのかな？
竹中半兵衛：採れると思いますよ。
伊東義益：採れます。琉球経由でやって来る商人から砂糖を仕入れるようにします。

最上義光：一条さんや伊東さんのところだったらサトウキビの栽培できないかな？
北条氏規：できるかもしれませんね。
今川氏真：仮にできなかったとしたら、島津を攻め落とした後で琉球を手に入れられれば砂糖も簡単に手に入るようになるな。
伊東義益：今川さん、その構想は遠い将来の話ということでお願いします。
最上義光：ともかく、商人を通じて手に入れられる外国の植物はできるだけ手に入れて、その中から有用なものをさがしましょう。
竹中半兵衛：最初から対象を決めて輸入するよりも、思わぬ植物が手に入るからそっちの方が楽しそうですね（笑）
一条兼定：やっぱりロマンは必要だよね（笑）
小早川繁平：ロマンもいいですけど、私は目の前の現実に挫けそうです。椎茸の原木、半分くらいが腐ってしまいました。
安東茂季：保湿の失敗じゃないかな？　俺も湿気を与え過ぎた原木が幾つか腐ったな。
最上義光：ヤバイ。開墾作業に夢中で椎茸栽培がどうなっているのか、まったくチェックしてなかった（笑）
今川氏真：俺も椎茸栽培はこっそり始めた。原木を城に持ち込む訳にいかないから、幾つかの農村に分けて進めている。
北条氏規：お！　今川さんも農業進出ですね。

今川氏真：一応、村長に命じて原木の観察レポートださせてるんだけど、これが要領を得なくて大変。桶狭間の戦いが終わったらこっちもテコ入れしないとならないよ。
伊東義益：観察レポートはいいアイディアですね。私も真似てみよう。
一条兼定：こっちも椎茸栽培の半分くらいは各農村に任せっきりだな。開墾作業や治水工事なんかもあるし、仕事の半分くらい村巡りだな（笑）
小早川繁平：村巡りか、それも大変そうですね。今川さんのようにレポートに切り替えたらどうですか？
一条兼定：村巡りも楽しいよ。俺が行くと歓迎してくれるし、可愛い村娘もいるからね。
最上義光：国主の一条さんが村に来れば、そりゃあ、歓迎するでしょう（苦笑）
北条氏規：それよりも、可愛い村娘はその後どうしているんですか？
一条兼定：お？　それ知りたい？

その後、一条さんの『側室探し、領内村巡り』に端を発した側室探しの話に花が咲いた。
（恒殿との結婚の件、今回は伏せておこう。ロマンの中の嫁さんや側室の話で盛り上がっているところに、『数えで十四歳の美少女を嫁さんに貰いました。ええ、つい三日前のことです』とは言えない。彼女のことは次回の茶室で、桶狭間の戦いのどさくさの中で報告することにしよう）

第十話　西美濃騒乱

祝言から十日余、恒殿とイチャラブの日々を過ごしているのだが、そろそろ周囲の目と態度が厳しくなってきた。その辺りの空気を俺以上に恒殿が敏感に感じ取って、そろそろ仕事を優先するようにと進言してくる始末だ。それでも頑なに部下に仕事を丸投げにしていたある日、甘い生活を打ち砕く報せが届いた。

斎藤義龍様死去。

俺の知っている歴史よりも早く死亡するとは思っていた。先月会ったときの様子からとてもじゃないが年内は持たないと思っていた。だが、桶狭間の戦い前に死亡するとは予想外だ。早いよ、死ぬのが早すぎるよ、義龍さん！　などと文句を言っても何一つ好転しない。

「本日未明、国主である斎藤義龍様が死去されました。竹中様には急ぎ北方《きたかた》城へお越しください、とのことです」

俺は顔面蒼白でそう告げた安藤守就殿からの使者に向かって短く『承知した』と伝えると、島左近と百地丹波、善左衛門、他十名ほどの護衛を伴って安藤守就殿の居城である北方城へと馬を駆けさせた。

顔面蒼白だったのは使者だけではない。

竹中家の家中も国主の突然の死去に騒然とし、その意味の大きさが分かる者たちは誰もが顔を青ざめさせていた。

斎藤義龍死去。この情報が織田信長に伝われば目前に迫っている桶狭間の戦いで、織田信長側は対美濃への備えを薄くすることができる。間違いなく今川へ戦力を振り向けるだろう。そうなると信長が勝利を収める可能性もでてくる。

まずい。それだけは回避しないと。

俺は馬を駆けさせながら百地丹波へ確認をする。

「北畠と尾張の小競り合いの演出状況をさらに踏み込んだものにしたい。北畠の兵士に偽装した一団を俺の指定した時期にけしかけさせることは可能か？」

北畠と織田との小競り合いは上手いこと演出できている。双方とも出兵した覚えは無いのにお互いに攻め込まれていると信じ込んでいた。

「可能です」

「よし、では北方城での話し合いの後で詳しい話をしよう」

短く答えた百地丹波へそう告げると、続けて島左近へ向けて新たな指示を出す。

「左近、明日の北方城での会議に俺と善左衛門と共に出席しろ」

左近が護衛の一人のつもりで付いてきているのは知っていた。左近の戸惑いの表情が一瞬目の端に映るが、すぐに気を取り直したようで小気味よい返事が聞こえる。

「承知いたしました」

いい機会だ。今日の会議で左近を竹中家の侍大将として西美濃勢に周知させよう。

問題は西美濃勢の中でも気弱な連中への対処だ。義龍が死去したからと、ここまで進めてきた対尾張戦の準備を無駄にしてはいけない。

◆　◆　◆

北方城での会議前日。斎藤義龍様死去の報せが届いてすぐに久作と島左近、百地丹波を呼び寄せた。叔父上と善左衛門にも同席してもらった。居室に俺を含めた六人が集まり、ヒソヒソと小声で行われる話し合い。ロウソクの灯りに照らし出される五人を改めて見やるが、絵図は悪巧みをしているようにしか見えない。

一般的には単なる密談であって悪巧みなどではない。我ながら歪んだものの見方をするなと自嘲する。議題は一つ、稲葉山城からの人質の要請への対応。これを利用させてもらう。

用件を察しているのだろう、緊張した様子の久作へ向けて重々しい口調で語りかける。悪意はないが雰囲気作りは大切だ。

「久作、斎藤飛騨守より再三再四要請のあった稲葉山城への人質をお前に頼みたい」

「かしこまりました。すぐに用意をいたします」

ゆっくりと目を閉じて涙を堪えている様子を演出しようとした途端、久作の迷いのない答えが返ってきた。この時代の人質だ、俺が斎藤家を裏切れば即座に殺される。そして斎藤家を裏切る用意が進んでいた。それを知っていての即答だ。

竹中久作、若干十三歳。そして竹中半兵衛である俺の実弟だ。

つい二月ほど前に竹中半兵衛として意識を覚醒させた俺には、久作と共にすごした幼少の記憶などない。それでも俺の無茶苦茶な頼みを迷いなく受け入れる潔い姿勢に胸を打たれた。

この場で涙を流していないのは久作だけだった。

涙もろい叔父上と善左衛門はハラハラと涙を流している。それればかりか仕官して間もない島左近と百地丹波まで涙を隠そうとしていない。仕官したときのことを思いだすとこの二人も涙もろい部類に入るような気がする。そんな彼らを冷静に観察しているはずなのだが、俺の胸の内と目にも熱いものが込み上げてきた。どうやら俺も自分で作りだした雰囲気に酔っているようだ。

俺は雰囲気に流されるまま、身を乗りだして久作の手を取る。

「久作、安心しろとは言えない。だがお前をむざむざ見殺しにしたりはしない」

俺のその言葉に久作が堰《せき》を切ったように涙を流し、既に涙していた他の四人から嗚咽が漏れる。

稲葉山城への人質、俺が石鹸の製造販売を開始してほどなく斎藤飛騨守の名前で要請があった。ただ、この時点では人質がだせないなら『金銭で目こぼしをする』との添え書きがあった。

早い話が金で解決してもいいよという、賄賂《わいろ》の要求だ。

ところが、竹中家領内の開墾作業と揚水機や水車の設置が進むと話が変わってくる。人質と人質の生活費との名目での多額の金銭の要求が同時にあった。

生活費などは大名の人質なみの額だ。

そして安藤守就殿の娘、恒殿との結婚が決まるとすぐに三度目の要請。そして四度目の要請は結婚して十日後に訪れた。ヤツからの使者が人質と金銭を要求する書状をもって現れた。お祝いの言葉一つなく人質要請だ。大体、義龍様でも嫡男の龍興の名でもなくヤツの名で人質を要請するのが気に食わない。

腹は決まった。史実よりも早いがヤツには消えてもらおう。いや、ヤツを筆頭に日根野、長井、遠藤といった抵抗勢力も一掃する。ついでに稲葉山城も頂く。

「まず、お前の生活費としてヤツの要請した金額の倍を用意しよう。最初だけでなく継続して毎月支払う旨の書状も用意する」

いい金蔓《かねづる》となればヤツも無茶はしないだろう。久作の身の安全を買うと思えば安いものだ。

「兄上、それでは」

「まあ、待て。まだ続きがある」

俺は泣きながら抗弁しようとした久作を押し止めてさらに続ける。

「稲葉山城には既に百地丹波の手の者が十数名入り込んでいる。下男下女から雑兵までと幅広い。万が一のときはその者たちの手を借りて脱出しなさい」

すかさず百地丹波が『万事、抜かりなく』と準備が完了していることを短く伝える。

「兄上、ありがとうございます!」

だから、まだ話は終わっていない。というか、もう少し声を落としてくれ。何よりも、密談の真っ最中なんだがなあ。

そんな彼の横では善左衛門が俺に涙を見せないように肩を震わせて顔をそむけている。酷いな、お前も話の全容を知っているのにこんなところで釣られて泣いたりするなよ。

「いや、久作。まだ続きがある。というよりもこれからが話の本番だ。泣いたり大声をだしたりせずに聞いてくれ」

今回の作戦、善左衛門と久作の二人に多少なりとも演技を要求する配役にしたことを少しばかり後悔しながら先を続ける。

「私の指定した日に病気になった振りをしなさい。同時に随行させた家臣を私の下へ走らせて、お前が病気であることを私が知っても不自然でない状況を作る」

大任であることを理解したのか、大きくうなずく。既に泣いてはいないばかりか、目には力強い光が宿っているように思えた。

「報せが届き次第、私は多額の薬代と見舞金、見舞いの品を持って稲葉山城へと向かう」

この薬代も見舞金も斎藤飛騨守へと渡るものだ。よもや断られることはないだろう。

「見舞いの品の中に武器と人を隠す。既に紛れ込んでいる百地丹波の手の者と呼応して城内より火の手を上げ、城門を開く。後は内側から稲葉山城を制圧するだけだ」

既に百地の手の者を紛れ込ませている分、史実よりも成功する確率は高いはずだ。

「そ、そこまでご計画されているのですね。さすがです、兄上！」

この場で計画の全容を知らないのは久作だけなので、驚くのは分かるが相変わらず大げさなやつだ。史実どおり、安藤守就殿の手勢も城下の制圧に借りだす手はずとなっている。史実での成功を少しばかり時期を早めてトレースする作戦だ。さらに今回は忍者という大きな加点要素もある上、史実で堀尾吉晴が案内したという裏道を使って部隊を城内に突入させる。失敗する可能性は少ないはずだ。

それでも史実での成功を知らないと、無謀な策にしか思えないだろうな。史実を知っている俺でさえ、話をしていて背筋に冷たいものが流れる。

そのことは考えないようにして、自信満々に計画の説明をする俺のことを、久作を筆頭に全員が尊敬の目で見ていた。彼以外の四人はこれに先駆けて二度ほど打ち合わせをしているのだが、毎回同じように顔を輝かせている。

先般、この計画の話をしたときの舅殿の輝くような笑顔を思いだしてしまった。

この四人に同席した舅殿も、密談だというのに高らかに笑うと、まるでもう稲葉山城を落としたかのような口調で『さすが私が見込んだ婿殿だ』などと口走っていた。

眼前にある五人の輝くばかりの笑顔。無茶な作戦であっても信じて付いてきてくれるのは上に立つ者としては嬉しいのだが、皆の笑顔を見ているとその笑顔の明るさに反比例するように俺の胃がキリキリと痛む。竹中半兵衛って肺を患ったのではなくて、胃潰瘍で死亡したのではないだろうか。少なくとも上手く事が運んでも、この調子で進む限り俺の死因は胃潰瘍か心労からの心不全になりそうだ。

◆◆◆

北方城にて急遽行われることになった西美濃勢による緊急会議。主催は安藤守就殿、稲葉一鉄殿、氏家卜全殿の西美濃三人衆。

西美濃勢の主だった領主がまだ到着していないのもあるが、三人は押し黙って周りの者たちに好き勝手に発言をさせていた。

飛び交う危惧と不安、そして恨み言の数々。それらが集まった西美濃勢の口から絶えることなく聞こえてくる。

「これで我々西美濃勢は龍興様の側近連中の捨石にされるぞ」

「斎藤飛騨守たちは近江の六角や浅井との争いを軽く見ている」

「痴《し》れ者どもが！」

龍興の側近連中は確かに問題だ。だがもっと大きな問題がある。ほぼ内諾まで運んだ浅井との不可侵条約。これを白紙撤回させてはだめだ。対尾張への構想の一角が崩れる。

「そんなことよりも近江浅井家との互いに攻めないとの約束事はどうする？」

「そうだ。義龍様がいないいま、斎藤飛騨守や日根野、長井、遠藤といった側近の連中が我々の行動を非難するのは間違いない」

「まったくだ、連中への対処の準備をした方が良いかもしれない」

「場合によっては近江浅井との交渉はなかったことにするしかあるまい」

何とも情けない。突然のことに浮き足立っているのは分かるが、いまさら斎藤飛騨守たちに擦り寄っても使い捨てにされるのが分からないのか。

それに近江浅井との交渉を無かったことにすれば浅井も敵に回す。こちらが播《ま》いた種だ。連中からの協力は難しいだろう。仮に協力してくれたとしても戦費負担はもちろんのこと、戦に勝っても西美濃勢に得るものは無い。どうやらそれすらも判断できないほどにうろたえているようだ。

そんな実りの無い会話が続くなか、次々と国人領主たちが集まってきた。集まれば不安から愚痴の吐き合いとなる。

そんなうろたえて好き勝手話をしている領主たちに向けて安藤殿が口を開いた。

「本日集まってもらったのは他でもない、国主である斎藤義龍様の死去に伴う我々西美濃勢の今後の身の振り方についてだ。意見のある者は言ってくれ」

安藤殿のストレートな言葉に場が静まり返る。

こうなると先ほどまでの愚痴とは違う。正式な意見となると皆が尻込みをし、それぞれが譲り合うようにして視線を交わしていた。それでも、一人が話しだしてからは早い。先ほどまで好き勝手に話していた内容が次々と言葉にされる。だが、先ほどの愚痴や短慮な意見を聞いていた俺からすると特に目新しい意見はなかった。

皆が述べる意見を適当に聞き流しながら、島左近に向けてささやく。

「どうだ？　何か思うところはあるか？」

「この雰囲気によろしくありません」

「足並みが揃っていないように見えるのか？」

「それ以前の問題です。下手な発言をしては龍興様への反意に捉えられかねないと、戦々恐々としているのが伝わってきます」

まあ、早い話が龍興の側近である斎藤飛騨守にビビッているのだ。

無理もない。先日までは龍興へ逆らったところで西美濃三人衆が働きかけ、義龍様が龍興との間を取り成してくれると思っていた。取り成してくれる人物がいなくなったばかりか、龍興の側近連中を抑止することさえできなくなったのだ。

不用意な発言をすれば最悪は謀反人、逆賊との汚名を被せられる可能性がある。いや、このままだと目障りな領主たちは謀反人として処罰されるだろう。その筆頭はヤツに嫌われている俺だ。だが、座して謀反人の汚名を着せられ、殺されるのを待つつもりはない。

俺は安藤守就殿へ目配せをして発言の了解を得ると、一際大きな声で列席する領主たちに向けて語りだした。

「皆さん、斎藤義龍様が亡くなられたからといって、少しうろたえすぎではありませんか？」

俺の挑発にすぐさま何人かが反応する。

「竹中殿、口が過ぎますな」

「若造が口を慎め」

「商人の真似事をしている青びょうたんが何を言うか！」

その後も何名かの国人領主たちが俺をたしなめるような言葉や単なる罵倒の言葉をなげかけた。この場にいたほぼ全員が最年少である俺の挑発に色めきたったが、実際に暴言を吐いたのは五名ほどといったところか。

俺は『言葉が過ぎたのはお詫びいたします』と、神妙に頭を下げた後で続ける。

「私、竹中半兵衛。ここまで、皆様のお話に耳を傾けておりました。何も思い悩むようなことは

ございません。既に矢は放たれているのです。何しろ近江浅井との約束は既に結ばれています。さらに尾張への工作も織田信安殿を通じてほぼ完成をみています」

そこで言葉を切って室内を見回すと幾つもの厳しい視線が突き刺さった。続いて愚にも付かないセリフが発せられる。

「そんなことは言われるまでもなく分かっている！」

そりゃそうだ。分かっているからこそうろたえているんだよな。

「近江との盟約と尾張への工作をどうやってなかったことにするかで頭を悩ませているのが分からんのか！」

その二つをいまさらなかったことにできないのも分からないのか、こいつらは。

このままでは時間の無駄どころか、状況が見えていない連中のせいで、歓迎できない方向に話が傾きかねない。

既に後戻りできない状況にあることを叩き込むか。

「ここで浅井家との不可侵条約を白紙撤回しようものなら、浅井家との関係は以前の敵対関係よりも悪いものとなりましょう。当然、工作を仕掛けた尾張の織田家は言わずもがな、です。稲葉一鉄殿、氏家卜全殿、安藤守就殿の西美濃三人衆を筆頭に私を含めた西美濃勢の相当数が腹を括っています――――」

斎藤龍興へ与することはもうできない、後戻りなどしようものなら斎藤龍興と西美濃勢の両方を敵に回すだけのことだ。それらを言外に語る。後戻りすることのデメリットの何と大きなことか。翻って突き進んだ場合のメリットは計り知れない。

近江六角家を浅井家と共同で切り取ることができる。尾張についても織田信安はもちろんのこと、今川家と手を結んでの尾張攻略がもたらす利益について語った。

「竹中殿の語りようでは尾張や近江の攻略がいいことずくめに聞こえるが、龍興様は健在だ。尾張や近江に色気をだしていては背後を突かれるだけではないのか？」

大勢の領主たちが俺の言葉に耳を傾けるなか、一人の領主が異を唱えた。

要は斎藤飛騨守に逆らって近江や尾張に向かえば、国主である斎藤龍興の名のもと彼らに背後を突かれることを懸念している。

「生き残るためには斎藤飛騨守を黙らせる必要があるかもしれませんね」

俺の発言に居並ぶ領主たちが息を飲んだ。

「竹中殿、それは不味いのではないか？」

「別に謀反を起こすつもりはありません。龍興様の動きを封じる手段の一つとして、私の弟を稲葉山城へと向かわせる準備を進めています」

大嘘だ。ここは史実に倣《なら》って少数精鋭で稲葉山城を落とす。舅の安藤守就殿を含めた西美濃三人衆、稲葉一鉄殿と氏家卜全殿を筆頭に西美濃の幾つかの豪族が既に同調している。

「はて？　斎藤飛騨守殿から人質として弟殿を差しだすように言われたと聞いておりますが？」

一人の領主が口を開いた。

「それは事実です。ですが、人質として稲葉山城に向かわせるのは建前です。本当の目的は龍興様の動きを封じることです」

「どうやって封じるというのだ？」

探るような口調。他の領主たちも俺の言葉を待つように押し黙っている。

さて、どこまで本当の話をするか……。

安藤守就殿に視線を向けると力強くうなずく。側に座っていた稲葉一鉄殿と氏家卜全殿もうなずいた。これはどこまで話すかは俺に任せると言うことだよな。

史実の竹中半兵衛に倣って稲葉山城を少数で落とす、というのは稲葉一鉄殿と氏家卜全殿にも話していないし、ここで話すわけにもいかない。

「斎藤飛騨守たちは我々西美濃勢を侮っています。その証左に彼らの兵力の大半は領地にあり、本人はわずかな兵を引き連れただけで稲葉山城にいます。我々西美濃勢が協力し合えば、彼らの隙を突いて稲葉山城を落とすことも可能だと考えております」

「バカなことを――」

俺は反論する男の言葉を遮って続ける。

「あくまで稲葉山城を落とすこともできる、我々はそれだけの力があるという話をしたまでです。彼らの顔色を窺《うかが》う必要はありません。西美濃勢が協力し合えば、龍興様も我々の言い分を聞いてくれるでしょう」

押し黙って考え込む領主たちを見回して話を再開する。

「我々の現状を改めて申します。近江の浅井と結び尾張の織田に調略を仕掛けている以上、後には引けません。我々西美濃勢は浅井と共闘して六角を攻め、織田の領地を切り取るしか道はないのです。国主である斎藤龍興様もその側近連中も力は貸してくれません」

「まさに婿殿の言う通りだ。側近たちを恐れていては浅井と結んだことを理由に、我々西美濃勢は滅ぼされるのを待つだけだ」

「座して滅びるのを待つのは性に合わんな。手始めに尾張を攻め、この稲葉一鉄の力をヤツラに見せつけてやろう」

「私も稲葉殿に賛成です。浅井と盟約を結んで何が悪い。東の連中の戯言《ざれごと》など知ったことか！」

吐き捨てるような氏家卜全殿の言葉が室内に響いた。

西美濃三人衆の言葉に他の西美濃勢の心が動くのが手に取るように分かる。西美濃に領地を持つ以上、西美濃三人衆を敵に回して生き残るのは難しい。

「近江にしろ、尾張にしろ、義龍様の下で進めていたことです。龍興様の代になったからと言って即座に変更できるものではありません。それは取り巻きたちも分かっているでしょう」

分かっていてもそれを認めるとは思えない。あれこれと難癖をつけてくるのは簡単に予想できる。

「稲葉山城の詳細な情報は弟を通じて入手いたします。尾張攻めの頃合いも機を逃さないよう皆様にお知らせできるでしょう。皆様には時期を合わせて尾張へ出兵願います。織田信長に勝利して斎藤龍興様に我々の力を見せつけましょう。そうすれば、いつまでも斎藤飛騨守を頼りにしていてもだめなのだと分かってくださるでしょう」

「なるほど。それは確かにそうだな」

「しかし、彼らも黙っていないだろう」

「黙っていないのなら武力で黙らせましょう。織田信長に勝利した我々に腰抜けの彼がどこまで強気ででるか、むしろ楽しみでなりません」

「竹中殿の言われることは理解した。しかし、先ほどから尾張を攻めるのが前提なのは何故ですかな？」

「浅井と盟約を結んでいるのに浅井を出し抜く形で近江を攻めるわけにはいかないでしょう」

「浅井と共闘すればよろしいでしょう」

「浅井が六角を攻める準備が整うのを待っていては我々の首が飛びます。それこそ斎藤飛騨守あたりに稲葉山城に呼びつけられて斬首、ということになりかねません」

俺の説明に『納得した』と短く答えると他の領主が口を開く。

「それでも龍興様が納得しなかったらどうする？」

低く落ち着いた声が耳に届いた。どこの誰かはしらないが、鋭い眼光を真っすぐに俺に向けていた。まるで、龍興に刃を向ける気はあるのか、と聞かれている気がする。

「そのときは土岐様に泣きつきましょう」

冗談めかした俺の言葉に場が静まり返った。

土岐氏は美濃の本来の国主だ。それを斎藤道三が追いだして斎藤家が美濃を乗っ取った。本気で土岐氏に泣きつくつもりはないが、斎藤家に義理立てする必要がないことを言外に告げた。皆が一言も発せずに互いに顔を見合わせるなか、ゆっくりと彼らを見回して言う。

「斎藤龍興様と斎藤飛騨守を筆頭とした側近連中への対処は私と安藤守就殿で行います。最悪の場合、私、竹中半兵衛が責任を取ります」

責任を取って斎藤龍興と側近たちを討つ。

俺の心のつぶやきを理解している者はいないだろうが、先ほど語った『稲葉山城を落とすことができる』という俺のセリフが胸中を去来している者は多数いそうだ。

そして『責任を取る』という俺の言葉にその場にいた領主たちがしぶしぶと納得した。ここで反論しても代案を求められるだろうというのは彼らも分かっている。代案がないから納得したというのが正しい気もするが、ともかく斎藤龍興と側近たちへの対処はこれで俺に一任された形となった。

これで稲葉山城攻略の理由ができた。

続けて尾張について触れる。

「今川が戦の準備を進めています。相手は尾張の織田信長。今川家は二万人以上の軍団を引き連れての侵攻となるでしょう」

手の者が集めた情報を総合するとそう結論付けられる。はっきり言い切ると西美濃三人衆をはじめとした国人領主たちは静かになって俺の話に耳を傾けた。

「これに呼応する形で北畠が尾張へと侵攻します。こちらは小規模の侵攻なので織田を討つというよりもけん制の意味合いでの援軍です――」

俺は今川家とは連絡を取り合っていることを明言した。そこに加えて北畠の援軍。さらに今川と北畠、尾張への調略。まるで俺が織田信長包囲網を構築しているかのように聞こえるよう、脚色しながら状況の説明をした。

要は織田信長を攻めることで斎藤龍興への発言力が増すばかりか、相応の見返りがあると思わせ、腹を括る背中を押してやった。

◆　◆　◆

久作を稲葉山城へと送りだした翌日、人材の登用に関して残念な報せと待望の報せが届いた。

残念な報せは山中鹿之助の勧誘失敗。現時点で跡取りではないのでいけるかと一縷《いちる》の望みを持っていたのだが見事に振られた。次男ではあるが既に武将として頭角を現しており将来を期待されているらしい。距離もあるしこれ以上時間も人員も割けないので諦めよう。

そして俺のところに待望の報せが届いたのは、山中鹿之助の勧誘失敗の報せからわずか一時間ほど後だった。

明智光秀、一族を率いての臣従。しかも当人は一族よりも一足早く、使者と共に到着していた。久作と入れ替わるようにしての登場。さようなら久作、よくきた光秀ということで、俺は到着早々に明智光秀と会うことにした。

明智光秀との会談は普段は評定に利用している大広間を使うことにした。こちら側の出席メンバーは俺と叔父上、善左衛門の三名。

その大広間に叔父上の声が響く。

「殿、こちらが明智光秀殿にございます」

「この度はお取立て頂きありがとうございます。率いております一族に先駆けて参上いたしました」

「明智光秀、顔を上げなさい」

うながされると、光秀はゆっくりとした動作で居住まいを正した。

俺の目の前には歌舞伎者《かぶきもの》で派手好きな男はいない。教養豊かな文化人の空気を漂わせる、三十三歳という歳の割には落ち着きのある青年武将がいた。年齢の割に髪の毛が薄いのは苦労したからだろうか？　気になったがそこは触れないでおこう。

俺が部下にと最も望んだ武将であり、その人物像が一番気になっていた武将でもある。ルイス・フロイスには謀略が得意で忍耐にも富んでおり、計略と策謀の達人として評されている。

少しの時間、光秀を観察した後で、

「光秀、明智城を取り返せるかは分からない」

そう切りだすと多少の緊張こそあったものの落ち着いた様子だった光秀に動揺が窺《うかが》えた。

「仮に取り返せたとしても、それをお前に任せるかも約束はできない。それでも私に仕えてくれるか？」

俺は尾張と美濃を手中にしさらに勢力を拡大するつもりだ。重臣として迎えるのだから明智城などという小さなものにこだわって貰っては困る。

さらにいうなら――。

俺の思考を中断させるように光秀の力強い答えが返ってくる。

「この光秀、明智城にも明智郷にも未練はございません。竹中様の下で新たに頂戴する領地を我が領地として励むつもりでございます」

俺の横で顔を強ばらせている二人とは対照的に、光秀は決意のこもった視線を真っ直ぐに俺へと向けていた。明智城や明智郷を取り戻すということは龍興に謀反すると言っているようなものだ。それをこの席で突然口にすれば、叔父上と善左衛門もさすがに顔を強ばらせる。だが、その意味を分かってなお、光秀は俺に仕えると言い切った。

「よく言った！　頼もしく思うぞ、光秀。約束通り、俺の抱える直轄地の三分の一を知行として与える」

俺の言葉を合図に叔父上が光秀の眼前へ目録を差しだすと、彼は中身を確認するどころか受け取ることもなく再び平伏をした。

「大変ありがたいお話ではございますが、何の功績もない、城を追われた者を厚遇で取り立ててはご家中の不和の原因となりましょう。手柄を立ててから改めて知行を頂きたいと思います。厚かましいようですがそれまでは食べていけるだけの金銭を頂けませんでしょうか」

光秀が無欲だの清廉だといった歴史的な記述はない。

さて、『この言葉の裏には何があるのだろう？』と少しばかり思いを巡らせるが、俺の頭ではろくでも無いことしか思いつかない。そんな俺に叔父上が小さく咳をして先をうながす。

「光秀殿、家中への気遣い感謝する。では、代わりといっては何だが相応の金銭を用意する。それで急ぎ戦仕度を整えろ。手柄を立てる機会はすぐそこまできている」

「承知いたしました」

短く返答する光秀の表情が固くなる。さて、その内心はどんなものか。近江との戦を想定しているのではなく、美濃への謀反を予想しているのかもしれないな。

そんな風に思いながら声をかける。

「戦は複数発生する。半月以内だ――」

桶狭間の戦いまであと半月ほど。桶狭間の戦いに便乗して尾張の三分の一を手中に収める。そして稲葉山城の奪取。

気のせいかハラリと光秀の髪が落ちた気がするが、そのまま続ける。

「そこでのお前の軍略、戦働きはもとより、戦の後の調略や次の戦へ備えての策謀にも期待をしている」

「必ずご期待に応えてご覧に入れます」

そう言い平伏する彼の顔を上げさせ、小一時間ほど光秀のこれまでの身の上を含めた苦労話と彼の得意とする分野について、雑談を交えながら本人の口から聞くことができた。

明智光秀と会話すること小一時間。いまこうして会話をしていても疑問は尽きない。

多方面にわたる豊かな知識。機転が利き機知に富む。忍耐強さと実行力も備えている。それらはこうして会話をしていても伝わってくる。

史実では、美濃を追われた身でありながら和歌などに通じ教養も高く、朝廷や将軍家にも出入りをしていた。そんな文化人・教養人としての側面とは別に策謀や謀略を得意とし、信長配下のときには外見も歌舞伎者のように派手であったという。

将軍家に仕えていたときは教養がある文化人として細川藤孝《ほそかわふじたか》などと友誼《ゆうぎ》を結んでいた。信長配下では歌舞伎者のように好んで派手な恰好をする。同一人物とは思えない変わりようだ。

俺の目の前にいる光秀は腰が低く穏やかな青年だ。少なくとも俺の目にはそう映る。

いまも言葉を発しながら頭を垂れていた。

「――――こうして再び美濃へ戻れるとは思ってもおりませんでした。こうして美濃の地を踏めたのも竹中様のお陰でございます」

俺は彼のそんなセリフを適当に受け流して、ひとつの質問を投げかける。

「ところで光秀、歌舞伎者や派手な恰好を好む連中をどう思う？」

「さて、意図するところが見えませんが……、他者に侮ってもらうつもりなら、ある意味成功かもしれません。ですが他にもっと良いやり方があるので私は思慮の浅い者と考えます」

本当に俺の質問の意図が分からないといった様子で小首を傾げている。

なるほど、いまの光秀を見る限り歌舞伎者や派手な恰好を好むとはとても思えない。そうすると織田信長に仕えてからの行いか。

平成日本で光秀について調べたときの疑問。将軍家に仕えていたときと信長に仕えていたときとは別人に思えるほどの違い。

信長に影響されたのか……、或いは仕える主によって自分を変えていたのか。主の目に留まるように、望む姿を映しだす鏡のように自分を変えていた可能性もある。はたまた、髪の毛が少なくなったので歌舞伎者の恰好をして目をくらませたのか。

俺の眼前にいる男はどうだ？

まだ分からないが、わずかな言葉のやり取りの間に謀略を好むことが感じられた。俺たち三人とのやり取りを見ていて、おれ自身が謀略を好む反面、主従の間や信用した者との間に隠しごとを嫌うのを見て取ったのか？

だとしたら恐ろしいほどに洞察力があり頭が切れる。頼りにもなるが信長を裏切ったことを知っているだけに恐ろしくもある。

恐ろしい男なら警戒を怠らなければいい。歴史を知っている俺なら信長のような失敗はしないはずだ。

第十一話　一五六〇年五月『茶室』

今回、『茶室』に入ってすぐに挙がった議題は目前に迫った『桶狭間の戦い』だった。いまが五月末。史実通りなら六月半ばに今川義元が織田信長に討たれる。

もう待ったなしの状態だ。

そんな状況の中で俺が画策した皆の言うところの『信長包囲網』を説明した。実際には包囲網というほど立派なものではない。張りぼてで囲っただけの詐欺みたいなものだ。

竹中半兵衛：西美濃勢の主導で近江の浅井家と不可侵条約を締結しました。実際の戦までは少し時間がかかると思いますが、これで浅井家と六角家が睨み合う形になりました。
北条氏規：これで織田信長は近江と接触する意味が薄くなったわけですね。少なくとも積極的に浅井や六角と接触して北畠をこれ以上刺激したくないでしょう。
竹中半兵衛：そうなってくれることを祈るばかりです。
最上義光：『茶室』に入室してすぐに北畠の話があったみたいだけど詳しくお願いします。
竹中半兵衛：はい、聞いていない人もいるのでもう一度説明します。尾張の西は北畠と織田で小競り合いになっています。こちらの思惑通りに事が運んでいます。
今川氏真：小競り合いって何を仕掛けたのか？

竹中半兵衛：北畠の手勢に見せかけた小規模の攻撃を織田へ、織田の手勢に見せかけての小規模の攻撃を北畠へ五回ずつ繰り返しました。

今川氏真：それだけ？

竹中半兵衛：二回目の北畠への攻撃の直後に信長側に扮したうちの手の者が、伊勢の村落を襲って手に入れた物資を手土産に『すべて今川と斎藤の計略だから』との書状を渡しています。それと併せて多額の賠償金の即時支払いを北畠に約束してきました。当然、賠償金は未払い。貢物も伊勢の村落を襲って得たものであることを忍者が触れ回って北畠はカンカンになって信長に報復中です。

小早川繁平：それを知ったときの信長の顔が見てみたいですね。

今川氏真：信長、ザマー（笑）

一条兼定：見てみたいよねー、見られないのが残念だ。

竹中半兵衛：北畠の家中では今川と斎藤に罪をなすり付けようとした、として信長への風当たりは相当強まっているようです。

最上義光：身に覚えの無いところで評判が（ゲラ）

北条氏規：風評被害（笑）

伊東義益：さすが竹中さん。こちらも頑張った甲斐があります。村上武吉《むらかみたけよし》を筆頭に村上水軍を口説き落として尾張近海を荒らし回っています。もちろん、水軍には伊東と一条さんのところの兵士が一緒です。

一条兼定：そのお陰で思わぬ実入りもあったけどね。海賊行為って儲かるわー。
最上義光：村上水軍なんてよく味方にできたね。瀬戸内海の海賊だし、近いといえば近いか。
小早川繁平：伊東さん、一条さん、どうやったのか、後学のために教えていただけませんか？
伊東義益：金銭で雇い入れました。石鹸の儲けが吹き飛びましたが海賊行為での収入もあるので、それほど大きな損失になっていないのが救いですね。いまは主従の関係までは至っていませんがいずれ取り込むつもりです。
小早川繁平：お金ですか？　やっぱり世の中お金がないと何にもできませんよねー
一条兼定：うちは伊東さんのところの作戦に便乗させてもらっただけ。尚《なお》、妹の喜多《きた》姫が輿入れ準備に取りかかりました。
最上義光：何という裏取引（苦笑）
安東茂季：まるで妹を売ったようじゃないか。
竹中半兵衛：村上水軍での海賊行為か、頼もしいです。これで織田信長を少しでも弱体化できればいいんですけどね。
北条氏規：この信長包囲網はかなりいいところまで行けるんじゃないでしょうか。少なくとも大幅な弱体化は望めると思いますよ。
小早川繁平：凄いじゃないですか、竹中さん。桶狭間の戦いだけで織田信長をかなり追い詰められそうですね。
竹中半兵衛：どうでしょうね。実際にはその日になってみないと何が起きるか分かりません。そ竹中半兵衛：れに相手は戦国のスーパースター織田信長です、油断は禁物でしょう。

安東茂季：今回の竹中さんの功績は大きいね。桶狭間にでてこられなくても信長包囲網を作っちゃったからね。

最上義光：本当だ、今頃信長は歯噛みをしているんじゃないのかな。

竹中半兵衛：信長包囲網って、そんな大それたものじゃありませんよ。特に西側の北畠は張りぼてというか、偽りのものです。

伊東義益：謙遜しなくてもいいじゃないですか。桶狭間の戦いで信長を追い込められたなら、最大の功労者は竹中さんですよ。いやー、刺激になりました。

竹中半兵衛：村上水軍を取り込んだ伊東さんにそう言われると恥ずかしいです。

伊東義益：今回の件は一条さんにも協力してもらいました。上手く行ったら共同の手柄です。

一条兼定：伊東さん、嬉しいことを言ってくれるね。俺は伊東さんの指示で動いただけでほとんど何もしていないんだけどね。

最上義光：竹中さん、それで肝心の美濃の方はどうなんですか？

竹中半兵衛：近江は西美濃勢主導で浅井家と不可侵条約を締結したので浅井と六角が睨み合う形になります。加えて先ほどお話しした美濃国主である斎藤義龍の死去です。

美濃国主死去は当然のように戒厳令が敷かれた。国主の死亡は他国に付け入る隙を与える。まして美濃の次期国主である龍興は若年だ。それこそ今川が尾張に迫っていることを知らない連中からすれば、宿敵ともいえる織田信長には何としても知られたくないことだ。

竹中半兵衛：斎藤義龍死去の情報を織田信長にリークしてあります。これで信長が美濃に持っていた脅威はかなり薄らいだはずです。実際に百地丹波の手の者と蜂須賀正勝に調べさせた限りでは、美濃方面への備えを薄くしてその分を今川と北畠に向けたようです。いまのところ思惑通り進んでいると言っていいでしょう。

安東茂季：これに伊東さんと一条さんの村上水軍が嫌がらせをすると。

伊東義益：東からは自分から仕掛けたとはいえ、予想以上の大軍を今川義元が率いている。西は北畠とのいわれのない小競り合いに兵力を割かざるを得ない。南は海で安全なはずなのになぜか正体不明の海賊が横行。宿敵であるはずの北の美濃だけが心のオアシスか。気の毒に（笑）

北条氏規：この状態で美濃の国主死亡は嬉しい報せですね。きっと歓喜したんでしょうね、信長。

最上義光：信長としては義龍の死亡は天の配剤に思えたでしょうね、気の毒に（ゲラッ）

小早川繁平：何だか八方塞がりのところにぽっかりと逃げ道ができて、罠とも知らずに飛び込んできた憐れな獲物に思えますね。

北条氏規：憐れな獲物には違いないですが、兵力を持った獲物です。いまの戦力なら桶狭間の戦いで今川義元を討つ史実は変わらないかもしれません。

今川氏真：これで義元が戦死してくれて、徳川を討てれば言うことなしだな。

最上義光：そこ、今川さんの仕事ですからね。しっかりお願いしますよ。

今川氏真：任せてよ。皆のアドバイス通り、秘密裏に兵士を引き連れて岡崎城へ向かう。そこで松平元康を討つ。

北条氏規：今川さん、兵士はどの程度確保できましたか？

今川氏真：足軽を含めて二千ちょっとってところかな。岡崎城に入るし松平元康は騙まし討ちするようなものだから多すぎるくらいだと思うよ。

北条氏規：そうですね。いや、分かりました。歴史も既に変わっていますし、当日は乱戦になるはずなので松平元康以外、敵だけでなく味方も含めても岡崎城へくるかもしれません。よく確認してから攻撃してくださいね。

今川氏真：ＯＫ、ＯＫ。大丈夫だって。それと井伊直親《なおちか》と蒲原氏徳《かんばらうじのり》の二人を俺の手元に置くのに成功したよ。

竹中半兵衛：凄いっ！　今川さん、それは凄いですよ。

（特に蒲原氏徳は今川家の有力武将で桶狭間の戦いで死亡するはずの武将だ。それを助けたのは後々活きてくるに違いない。それに井伊直親か。これは素直に羨ましい）

北条氏規：蒲原氏徳は今川家でも前線指揮官ができる武将ですね。戦慣れした武将が側にいるのは心強いです。

最上義光：井伊直親とか羨ましい。井伊直政が生まれるな。それに井伊直虎《なおとら》がいるはずだ。

一条兼定：戦国のリアル女武将だね。捜しだして側室にするというのもロマンだ。

その後、しばらく話が横道にそれた後、桶狭間の戦いの最終確認を行った。そして次に人材の確保と内政の話へと移る。

（さて、どのタイミングで恒姫の自慢をしようか）

そんなことを考えながら伊東さんの結婚準備の話に耳を傾けると、ほどなく、結婚準備の話から今川さんの人材確保の話題へと移った。

北条氏規：今川さんの井伊直親と蒲原氏徳を今川義元から引き離して手元に置けたのはファインプレーですね。

今川氏真：サンキュー。武田への警戒と尾張遠征の援軍を兼ねてってことで何とか二人だけだけど引き剥《は》がせたよ。

竹中半兵衛：その二人を引き剥がせたのは大きいですよ。

最上義光：動きがあって羨ましいです。私の方は武将というよりも無名の人たちを雇い入れて内政に力を注いでいます。竹中さんを見習って椎茸栽培の拡張をしました。

安東茂季：うちもそんな感じですね。兄の愛季の顔色を窺いながら無名の小物たちを雇ってコ安東茂季：ツコツ内政です。やっぱりと言うか、何と言うか、東北地方で石鹸を大量に売り捌《さば》くのは難しいですねー。

最上義光：商売もそうですが、人材の確保が思うように行きません。

小早川繁平：人材ですかー（遠い目）。有名どころを配下にできる人たちが羨ましいです。

一条兼定：北条さんが上泉信綱。竹中さんが百地丹波と島左近だよね？　羨ましい。こっちは人材の確保ができない。商売は割と上手く行っているから金銭で言うことを聞かせるしかないかなー。

竹中半兵衛：そうですね。こんな雰囲気のところ言い難いのですがあれからまた人材が増えました。明智光秀です。斎藤利三《としみつ》も付いてきました。

最上義光：何だってー！　明智光秀！　すっごく羨ましい。

小早川繁平：超有名人じゃないですか。それに斎藤利三をオマケのように……、贅沢な。

今川氏真：明智光秀かー、裏切られないように気をつけないと（笑）

竹中半兵衛：ありがとうございます。まったくです。裏切りには注意して用いるつもりです。まだ登用したばかりですが軍事に内政にと活躍してくれそうな感じです。

伊東義益：竹中さん、おめでとうございます。いやーよかった。この雰囲気なら言えそうです。滝川一益《たきがわかずます》を一族ごと登用しました。ええ、もちろん金銭です。

竹中半兵衛：まさかの滝川一益！　村上水軍といい、素晴らしい成果ですね。心強いです。

伊東義益：ありがとうございます。竹中さんにそう言ってもらってほっとしました。ちょっと後ろめたかったので。
竹中半兵衛：いえいえ、人材の登用は早い者勝ちですよ。気にしないでください。
一条兼定：うわー、二人とも凄いな。俺も山中鹿之助に声をかけようかなー。
最上義光：さすがにそれは無理でしょう。
小早川繁平：そうですね、やる前から結果が見えていますよ。
竹中半兵衛：実は山中鹿之助に声をかけました。皆さんのご想像通り見事に振られました。
今川氏真：竹中さんがそんな無謀なことをするとは。俺でも無茶だと思うよ。
北条氏規：同じく無茶をしました。正木憲時《まさきのりとき》を一族の半分ほどまとめて登用です。まさかくるとは思いませんでした。もちろん、金にものを言わせています。
安東茂季：ええー、里見《さとみ》との関係大丈夫なんですか？
北条氏規：駄目でしょうね。

(北条さんらしくない軽さだ。でも、正木憲時を一族の半分まとめて登用か……。里見は頭にくるだろうが弱体化が進んで歯噛みするだけだろうな)

一条兼定：里見と揉めることになって北条氏康に怒られたりしないの？
北条氏規：まだ他にも声をかけているのでそれ次第のところはあります。ですが、今回の一連の成果は褒められこそすれ怒られることはないと思っています。

今川氏真：というと、調略でいい所まで行けそうってこと？
北条氏規：ですね。もちろん取らぬ狸の皮算用になる可能性も十分秘めています。
小早川繁平：北条さん、何だか簡単にあしらうつもりに聞こえますよ。
一条兼定：そうだね、隠し玉とか持っていそう。白状しちゃいないよ。
北条氏規：いやいや、本当に隠してなんていません。いろいろと仕掛けてはいますが果たしてどれが成功するか。成功の目処《めど》が立ったらここで報告します。それよりも家督争いに発展しそうでそちらの方が悩ましいです。

（家督争い？　氏政死去の影響か）

今川氏真：順当に行けば北条氏照じゃないの？
最上義光：北条氏邦が何か言ってるんですか？
竹中半兵衛：氏邦はトラブルメーカーのイメージありますね。
北条氏規：氏照は大石《おおいし》氏に、氏邦は藤田《ふじた》氏にそれぞれ養子に行っています。どちらも北条家に戻って家督を継げばその子どもは大石氏なり藤田氏の次期当主となって北条家との繋がりが強くなります。

（なるほど、気の長い話だが北条家の当主の息子が自分たちの家の当主となれば権勢を振るえる

可能性が出てくるな）

一条兼定：なるほど、それで氏照派と氏邦派を名乗って、その実は大石派と藤田派に分かれて内紛の可能性がでてきたと。

北条氏規：いえ、そこまでは発展していません。というかさらにここに私が絡んできます。私はどこにも養子にでていないので北条家の人間です。加えて未婚。

安東茂季：未婚ってのはマイナスじゃないの？　後ろ盾になる舅の一族がいないんだから。

伊東義益：そうでもないでしょう。ここで北条さんに娘を嫁がせて北条の跡取りにできれば北条家の中でも一歩リードできる。

北条氏規：えーと。話が飛んでいますね。家督は氏政の死去で一旦先代の氏康が預かる形となっています。氏康は健在なのですぐに代替わりの問題に発展することはなさそうです。取り敢えず世継ぎを誰にするかと言った程度です。まあ、それでも十分に争いの種にはなりそうなんですけどね。

竹中半兵衛：なるほど、それで思うように動けなくなってしまった、と言うわけですか。

北条氏規：ええまあ。それもありますが、もっと恐ろしい話が持ち上がりました。氏政の奥さんは武田信玄の娘なんですが、この兄嫁と私を結婚させせようとする勢力がでてきたんです。

（うわっ、それは恐ろしい）

最上義光：うわー、嫌だなー、それ。

伊東義益：その勢力の考えは分かります。武田との結びつきをそのままに家中の争いを最小限に留めようってことですね。分かるけど、嫌だな。

一条兼定：ご愁傷様です。

竹中半兵衛：お気の毒さまです。

（恒殿との結婚や新婚生活ののろけ話ができる雰囲気じゃなくなってきたな）

今川氏真：まあ、何ていうかさ、強く生きなよ。正室は正室で必要と割り切って、側室に生き甲斐を見出すってのもありじゃないかな。

小早川繁平：北条さん、私から見たら結婚できるだけ幸せですよ。私なんていまの軟禁生活からどうやって抜けだすかで頭がいっぱいです。下には下がいるんですよ。

北条氏規：いやいや、ちょっと待ってください。小早川さんの前でこう言うのも気が引けますが、兄が死んだからってその嫁がシフトしてくるとか勘弁してください。何か知恵とかありませんか？　竹中さん、ほらっ。

（いや、ほらっ、とか言われてもなあ）

今川氏真：その兄嫁を武田に送り返すわけには行かないの？

北条氏規：それも画策中です。ですがその場合、武田とは完全に敵対関係に戻ります。親父の氏康が納得するかどうか。

最上義光：それが分かっていて画策しているってことは、北条さんのなかでは兄嫁との結婚は何があってもＮＧってことですね。

北条氏規：ええ、絶対にありません。

竹中半兵衛：頑なですねー。まあ気持ちは分かりますが。

北条氏規：竹中さんも他人事じゃないでしょう？　戦国武将としては適齢期だしこれから政略結婚でどんな娘がやってくるか分かりませんよ。

（あれ？　北条さんから振ってきたな）

竹中半兵衛：実は先日結婚しました。

伊東義益：何ですって？　報告してくださいよー。おめでとうございます。

北条氏規：おめでとうございます。羨ましい。

竹中半兵衛：相手は安藤守就の二の姫で恒姫、十四歳です。これが平成日本風の美少女なんです竹中半兵衛：よ。二重で彫りが深くて目が大きく、まつげが長いんです。しかも色白で気立てがいいんですよ。
伊東義益：誰もそんなことは聞いていませんよ（笑）
北条氏規：自分ばっかり幸せにー（苦笑）
安東茂季：いいなー、羨ましい。俺も平成日本風の美少女を側室にしたいよー。
一条兼定：平成日本風の美少女かー、いいなあ。そんな美少女がいたら村娘でもいいから側室にしちゃおう。
最上義光：家中が荒れる原因ですよ。
竹中半兵衛：領内の若い娘を無理やり連れて行く領主って、風聞が悪すぎますね。
伊東義益：でも、この時代なら側室とかは普通ですよね？
竹中半兵衛：あれ？　知らないんですか、伊東さん。一条さんの妹を正室に迎えておきながら他の女に手をだして家を傾けるんですよ、史実の伊東家は。
伊東義益：え？　何ですか、その不吉な嫁は。
一条兼定：伊東さん、俺の妹だからね。繰り返して言っておくけど、伊東さんの正室は俺の妹だからね。
伊東義益：そうでした。申し訳ありません。
竹中半兵衛：まあ、伊東さんは側室とか持たずに嫁さん一筋のほうが生き残れそうですね。
小早川繁平：いいなあ。嫁さん羨ましいです。これで独身は私だけか。

北条氏規：小早川さんも気の毒なのは分かりますが、いまの私は眼前に不幸が迫っています。
一条兼定：武田信玄の娘でしょう？　舅としては願ってもない強力な後ろ盾になりますよ。
北条氏規：後ろ盾としても怖すぎます。そんなことよりもどこかに手頃な娘はいませんか？
最上さんのところはどうです？　親戚に年頃の娘が大勢いるでしょう？
最上義光：いやまあ、それは沢山いますけどね。どうやって婚姻までもって行きますか？　何だか無理そうな気が凄くするんですけど。
北条氏規：金鉱の採掘と石鹸でお金ならあります。礼金は弾みますよ。
最上義光：どんな娘さんが好みですか？　言ってください。探しだしてみせます。
北条氏規：ありがとうございます。最上さんならそう言ってくれると信じていました。
安東茂季：うわ、金で嫁を買ったよ。
伊東義益：まあ、金も魅力のうちです。何と言ってもいまの状況では仕方ないでしょう。
北条氏規：嫁探しと言っても単純な話ではなくなっています。武田との関係悪化を招きかねないので、その対策を皆さんにも協力して頂いて進めたいと考えています。
安東茂季：それは桶狭間の戦いの後でも大丈夫？
北条氏規：できれば同時進行でお願いします。

北条さんの話では、伊豆で発見した金鉱を氏康へ献上することと、北条幻庵《げんあん》を味方に引き入れることで婚姻の延期は成功。ただし時間稼ぎの域をでていない。兄嫁シフト案が再浮上するまでに北条氏康が納得する嫁を探しだして結婚する以外、抜本的な解決はない。

そこで問題になるのは北条と武田との関係。

北条としても武田と事を構えるのは歓迎しない。ならどうするか。事を構えてもいいくらいに武田を弱体化させるというのが北条さんのだした結論だ。要は『信長と家康、涙目作戦』に加えて『信玄涙目作戦』を並行して行うこととなる。個人的には継続して信長をメインターゲットとして滅亡まで持って行きたいところだが止むなしだ。

その後、北条さんを中心に『信玄、涙目計画』の話し合いが行われた。

北条氏規：では申し訳ありませんが、武田弱体化への協力をお願いいたします。
今川氏真：まあ、何にしても武田義信《よしのぶ》がまだ健在でよかった。
伊東義益：それに竹中さんが以前言っていた相場操作や塩の供給を止めることで、経済的にどれだけ追い詰められるかの実験にもなります。
竹中半兵衛：北条さんのモチベーションが上がるなら我々にとってもプラスになります。喜んで協力します。
北条氏規：ありがとうございます。本当に助かります。
最上義光：では私は親戚筋から十三歳前後で胸は小さくてもいいから平成日本風の美少女、これを探しだして養子縁組すればいいわけですね。
北条氏規：はい。ただ、気の強い娘は願い下げです。それと血筋よりも外見を優先してください。身分は問わないので農民の娘でも構いません。

（身分を問わないので農民の娘でも構いません……。そこだけ聞くと度量が広いように聞こえるが実情は真逆だ。ストライクゾーンが非常に狭い。これまでの言動からは想像もつかないくらいに女性に関しては狭量だ。北条さんの意外な一面を知ることができた）

最上義光：身分を問わないと言われても、さすがにそうはいかないでしょう。

北条氏規：養子縁組すれば大丈夫でしょう。年齢はもっと下でも構いません。そうですね、十歳くらいまでならなんとか。

小早川繁平：え？

最上義光：え？

竹中半兵衛：え？

今川氏真：ロ？

安東茂季：え？

伊東義益：え？

北条氏規：誤解しないでくださいね。何にもしませんから。年頃になるまで側において教育するだけですからね。本当ですよ！

一条兼定：紫《むらさき》ちゃんか。

最上義光：紫ちゃん？
竹中半兵衛：源氏物語《げんじものがたり》に出てくる『紫の上』のことじゃないですか？
小早川繁平：幼女を引き取って自分好みの女性に育てるって、あれですね。
安東茂季：平成日本でやったら犯罪だけど、戦国時代にやったら合法。しかも大名なら複数でも可（ゴクリ）
最上義光：ああ、なるほど。言われればそうですね。ある意味男のロマンではあるけど……
伊東義益：北条さんのロマンはさておき、桶狭間の戦いと信長への嫌がらせに加えて武田への弱体化工作と、随分と忙しくなりますね。まあ、私がやるのは織田信長への嫌がらせくらいかな？
一条兼定：武田の武将を調略するというのもできるんじゃない？　武田に限らず甲斐信濃《しなの》の武将に声をかけるか。それと平成日本風の美少女を領内で探そう、うん。
最上義光：ほどほどにしないと家臣に怒られますよ。土居宗珊《どいそうさん》を手打ちにしちゃだめですよ。
一条兼定：え？　土居宗珊は優秀だよ。あれこれと一生懸命働いてくれるいい人だよ。たまに怒られるけどね。家中で真っ向から俺のことを怒鳴れるのって、あの人くらいじゃないのかな？
竹中半兵衛：その土居宗珊さんを手打ちにしてから凋落《ちょうらく》が始まります。大切にしてください。
一条兼定：怖っ！　アドバイスありがとうございます。大切にするよ、土居宗珊さん。

その後は内政と軍備の状況についての雑談が続いた。

竹中半兵衛：内政は椎茸栽培をさらに拡大したのと石鹸ですね。後は順調に田畑の改修と開墾作業を進めています。それと武器です。三間半の長槍と新型の胴丸。クロスボウと複合弓もまとまった数を揃えられました。スリングを利用した投石部隊も大規模化しました。というか、武将も含めて全員にスリングを持たせています。

小早川繁平：凄いっ！　軍備が本格的ですね。まあ、桶狭間の戦いを利用して織田信長を追い詰める主軸を担っているんだから当たり前と言えば当たり前ですね。

伊東義益：いや、驚きました。頼りにしていますよ、竹中さん。でも、武将がよく投石なんて承諾しましたね。あとで詳しく教えてください。

今川氏真：鉄砲はどう？　結構な数を集めてたよね。

竹中半兵衛：はい、鉄砲はいまのところ二百丁を超える程度集まりました。

北条氏規：二百丁は凄い数です。この時代で一番数を揃えているのではないでしょうか。

竹中半兵衛：恐らくそうだと思います。桶狭間の戦いへの便乗戦でも存分に使うつもりです。やはりどうやっても桶狭間には参戦できません。今川さん、申し訳ない。

今川氏真：ＯＫ、ＯＫ。大丈夫だって。松平元康の首は俺がはねてやるよ。

最上義光：相変わらず軽いなあ。松平元康を討つのも目的の一つですが、最大の目的は織田信長を弱体化して封じ込めることですからね。

一条兼定：そうやって、弱体化した織田信長から人材を一人また一人と引き剥がす、と。

北条氏規：相手は松平元康です。戦上手でも知られているくらいの武将です。退路だけは確保してください。万が一の追撃を考えて北条からも小規模の軍勢を派遣しています。桶狭間には到着できませんが途中までは行けます。危険だと思ったら死に物狂いで遠江に向かってください。

安東茂季：北条が軍を？　氏康と義元はよく納得したな。

伊東義益：どうやったんですか？

北条氏規：氏康には発見した金鉱を献上して納得してもらいました。今川義元は寿桂尼様経由でお願いをしたら、まあ、渋々了解してくれました。参戦して手柄を立てても褒美は不要との約束もさせられましたけどね（苦笑）

竹中半兵衛：これで万が一の場合でも今川さんの生存確率が上がりました。

今川氏真：一応、礼は言っておくけどさ、もう少し信用して欲しいよなー。

伊東義益：まあまあ。万が一の保険です。頼りは今川さんですからね。頼みますよ。

一条兼定：俺のところは四国の足場固めの真っ最中かな？　周囲と戦って勝てる見込みができたら、反抗勢力を叩き潰して長宗我部を配下にしようと目論んでいるよ。内政は皆と同じように椎茸栽培と田畑の改修と開墾。それと、竹中さんと伊東さんのアドバイス通り、石鹸の販売で得た利益を中央の公家や将軍家にばら撒いて、本家一条が口だしできないようにするつもりでいる。

小早川繁平：私は相変わらずの椎茸栽培と石鹸の製造です。それと硝石を作っています。あ、伊東さん、ジャガイモありがとうございます。ジャガイモの栽培も始めました。
一条兼定：あ、俺もジャガイモ栽培始めたんだ。忘れていたよ。
伊東義益：どういたしまして。お安い御用ですよ。私も内政は前回同様です。ジャガイモの栽培と椎茸栽培を大幅に拡大したくらいですね。後は皆さんと同じで田畑の改修と開墾。竹中さん同様に鉄砲も買い集めました。現在九十丁ほどです。これも石鹸の販売が成功したからですね。
一条兼定：石鹸の販売は大成功だね。伊東さんと竹中さんの案に感謝。
最上義光：最初に貿易品として海外に販売して、海外から逆輸入してブランド力をつける。その上で貴族や大名、商人などの富裕層に高値で販売。頃合を見て我々が国内への販売も独占するというやつですね。
安東茂季：いやー、いいですねー南の方は（棒）
最上義光：まったくです。南蛮貿易の恩恵を受けられるのはいつになることか。

その後、話を重ねるごとに拡大していく『信長と家康、涙目計画』と『信玄、涙目計画』を中心に内政や商売、軍備、南蛮貿易で有効と思われる商品の開発などについて目が覚めるまで話し合いを続けた。

第十二話　稲葉山城、攻略

斎藤義龍の逝去から一ヶ月余。俺は稲葉山城攻略作戦の途上にあった。

俺とくつわを並べて進む善左衛門が稲葉山（岐阜県の金華山《きんかざん》）山頂にそびえる城を仰ぎ見て感嘆の声を上げる。

「やはり大きいですな」

「ああ、大きいだけじゃない。攻め難い城だ」

稲葉山城、見るからに堅牢な城だ。四方は切り立った崖、まともに攻めてもそう簡単には落ちないのは容易に想像がつく。さすが斎藤道三が手を加えただけのことはある。俺の記憶が正しければ力攻めで落とされたことはなかったはずだ。

史実では竹中半兵衛が策略をもって城の内部から切り崩し、『竹中十六騎』と呼ばれる十六名の精鋭と共に、わずか十七名で奪い取った。さらに、城下の抑えに舅である安藤守就の軍勢二千人を動員しての稲葉山城奪取作戦だったと言われている。

今回はそれを真似る形で稲葉山城を攻略する。

史実と違い斎藤龍興や他の家臣、兵士たちを追いだすわけではない。斎藤龍興はもとより、主だった側近の首級を上げるのが目的だ。当然それなりの人数を城内に突入させる。

久作の見舞いに行く者たちは二十五名。史実よりも数が多いのは大量の清酒や土産の品物があるからだ。土産の品物の目録は既に提出してあり、この人数が城内に入るのも了承を得ている。さらに百地丹波配下の忍者が城内に十数名入り込んでいる。これに史実では堀尾吉晴《ほりおよしはる》が案内したという稲葉山城へ通じる裏道から叔父上率いる竹中隊百余名が突入する。

総勢百五十名弱。三間半の長槍と新型の胴丸、複合弓を装備した完全武装の兵士が、清酒で泥酔し武装もままならない者たちを城の内部から奇襲する。斎藤飛騨守あたりの嫌がらせで土産品の検分でもされない限り成功する。そして城下には舅殿率いる二千の兵士。この布陣なら取り逃がすこともないだろう。

「そろそろだな」

俺がそうつぶやくと、護衛兼荷運びとして同行している右京と十助が顔を強ばらせて稲葉山城を見上げる。

「さすがに緊張するな」

「あれをこれから落とすんだよな」

「上手く騙せるだろうか……」

「騙せなかったら、俺たちは揃ってお終《しま》いだな」

二人のやり取りを聞いていた善左衛門が意地の悪そうな笑みを浮かべて言う。

「何だ、お前たち。怖くて震えているのか？」

「怖くなどありません！　幾ら善左衛門様でも怒りますすよ」

「そ、そうですよ。今日は槍働きだけでなく演技もしなければなりません。そちらで少し不安になっていただけです」

十助は素直だな。

「何だ、二人とも震えているのか？　そんなことでは怪しまれるだけだ。いまさら二人くらい抜けても大丈夫だ。引き返すか？」

内蔵助伯父上がからかうように声をかけると、善左衛門が示し合わせたように追い討ちをかける。

「杉山《すぎやま》殿、この二人では怪しまれる以前に稲葉山城の大きさを見て震え上がったと門番に小ばかにされるのが落ちでしょう。かえって一緒のほうが敵の目を欺けます」

さすがにこれには右京も十助もプライドを傷つけられたのか『武者震い』だと必死に抗弁している。そして抗弁する二人と適当にあしらう年長者二人とのやり取りが、俺たち一行にとってよい具合に緊張感を解《ほぐ》してくれた。

そんな彼らに向けて俺は苦笑交じりに声をかける。

「心配しなくても成功するよ。準備は全て終わって、後は結果をだすだけだからな」

史実よりも三年何ヶ月か早い稲葉山城乗っ取り。この早さが吉と出るか凶とでるかは分からないが、準備は万全だ。少なくとも打てる手は全て打った。

条件は史実よりも揃っている。

「信じております」

「必ず成功します」

強がる二人を面白そうに見ながら善左衛門が言う。

「二人とも寺に夜襲をかけた日、我々三人と殿とで領内の視察をしていたときのことを憶えているか？」

首を傾げる二人から俺へと視線を移す。

「あのとき殿は、策略を用いれば十七名でも稲葉山城を一晩で落とせると言われた。それこそ世間話をするような気軽さで、な」

十助と右京が何かを思いだしたように大きく目を見開く。

「そうです。まるで、何でもないことのように言っていました」

「殿の頭のなかには、あのとき既に稲葉山城を落とす策があったのですね！」

二人の目が憧憬の眼差しに変わる。

「そんなこともあったかな？　忘れてしまったよ」

もちろん憶えている。

あのときは万が一の情報漏れを恐れて具体的なことには触れなかった。戯言《ざれごと》として煙《けむ》に巻いたつもりだったのだが……、憶えていたのか。

「何と、そのようなことがあったのか」

内蔵助伯父上が驚きの声を上げると、俺に視線を移す。

「そのときに口にしたと言うことはもっと以前から考えていたのでしょう。殿の深慮遠謀に驚嘆いたします」

士気を上げたいのかもしれないが、そんなに持ち上げないでくれ。面と向かってそんなことを言われるともの凄く居心地が悪い。

「さすがは竹中様、素晴らしい知略です！　光秀感服いたしました」

明智光秀が片膝を突くと、他の者たちもそれに倣って次々に褒めそやす。百地丹波と島左近の二人は平伏する始末だ。

仕方がない、ここは状況を利用するとしよう。

「どんなに大きな城も内側からの計略には弱いものだ。今回、私がそれを証明してみせる。数日後には私たちは語り草になっているよ。もちろん、よい意味での語り草だ」

そんな大言壮語としか受け取れないセリフと共に同行している面子《めんつ》を見回す。

善左衛門、内蔵助伯父上、右京、十助といった史実の竹中十六騎の面子。さらに島左近、百地丹波、明智光秀、斎藤利三といった新たに加わった者たちも含めて、皆が驚きと畏敬のこもった目で俺のことを見ていた。

そんななか、内蔵助伯父上と善左衛門が軽い口調の会話を交わしながら足の止まった一行をうながす。

「いやはや、竹中の家はとんでもない男を当主としたものだな。何とも頼もしい限りじゃないか」

「まったくですな。城内に入り込んでいる者たちも首を長くして待っていることでしょう」

「では稲葉山城を頂戴しに行くとしようか」

二人の高笑いが収まるのを待って、『皆に稲葉山城の奪取など手始めでしかない』、との意識を改めて植えつける。

「稲葉山城を落としたら返す刀で尾張の半分を切り取るからな。今日からしばらくは忙しくなる！　そのつもりで頼むぞ！」

しばらく、か。そんな時間はかけられない。尾張の北半分を十日以内に決着させ、美濃の後始末に備えなければならない。俺は自身の言葉に内心で苦笑する。

織田信安が行っている尾張国人衆の調略。蜂須賀正勝も何やら手柄を立てるべく隠れて動いている。引き続き百地丹波配下の忍者に行わせている織田信長配下の武将への調略。色よい返事がきている者もいるが、土壇場で手のひらを返しかねない連中もいる。

慎重にならないとな。

そして最大の懸念事項は今川さんだ。ここで今川さんを失うのは大きな痛手となるだけじゃない。『茶室』のメンバーが欠けるのは心情的にも嫌なものがある。何とか援軍をだしたいのが本音だが距離がありすぎる。今川さん、頼むから慎重に動いてくれよ。

思考の淵に陥っていると背後から島左近の声が聞こえた。

「殿、そろそろ稲葉山城の城門が見えてまいりました」

「全員、準備はいいな？　俺の合図があるまでは低姿勢で臨むように。いいな？」

現実に引き戻されてすぐに全員に訓示をするように声をかけた。敵はこちらを侮っている。特に斎藤飛騨守には前触れで、多額の薬代と慰労のための酒と食料を持って行くと伝えてある。

俺たちが到着するのを、首を長くして待っているのは何も俺が潜り込ませた手の者だけじゃない。ヤツもその一人だ。ヤツが史実通りの嫌なやつであることは前に稲葉山城を訪れたときに分かっている。遠慮も同情もするつもりはない。貧乏くじを引いてもらおうか。

◆　◆　◆

城門を潜ると、門番の他に数人の兵士を引き連れた斎藤飛騨守が待っていた。底意地の悪そうな笑みを湛えた彼に挨拶をする。

「本日は弟の見舞いに参りました。見舞いの品の他、龍興様への献上の品、貴殿を筆頭とした城を守備する皆様への慰労の品々も持参しております」

「その大荷物は何だ？」

俺の挨拶にも応えず、偉そうに聞いてきた。

人の話を聞けよ。いま、見舞いの品だと言っただろうが。もっとも、城を乗っ取るための武器や防具も隠してあるがな。

「貴殿には事前にお話を通してあったと思いますが、これらは見舞いの品と──」

「ここは国主である龍興様の居城である。不審な物を持ち込ませるわけには行かない。検分するぞ！」

俺の言葉を遮って高圧的な口調でそう言い放つと、雑兵《ぞうひょう》が示し合わせていたかのように武器を満載した我々の荷車に駆け寄ってきた。この野郎、事前に話を通しておいてこれかよ。ある程度の嫌がらせは予想していたが、ここで荷物を検《あらた》められるとはな。

背筋に冷たいものが流れる。見回せば、右京や十助たちだけでなく、善左衛門と内蔵助といった歴戦の猛者まで顔を強張らせていた。

まずいな。このまま荷物を検めさせるわけには行かない。

俺の家臣を突き飛ばすようにして乱暴に荷物を開けようとする守備兵との間で口論が始まった。

「いきなり何をする、無礼だろう！」

突き飛ばされた右京を庇《かば》うように善左衛門が城門の守備兵の前に立ち塞がる。その行動に守備兵がいきり立つ。

「何だ、お前。その目つきは！」

「荷物を検めるのであれば我々が開けるので、それを確かめれば済むことではないか！」

善左衛門の一歩も引かない様子に、残りの守備兵たちが数で押し切るように詰め寄ってきた。

「どけ！」

「邪魔をするな！」

農村からかき集められたような雑兵が、俺の一門衆である善左衛門に対して取っていい態度じゃない。それを分かっていながら斎藤飛騨守はニヤニヤとした顔で成り行きを見ている。明らかにこの状況を楽しんでいやがる。何とも子どもじみた嫌がらせをするじゃないか。

「やかましい！　どけ！」

揉み合いをしていた兵士の一人が善左衛門を突き飛ばした拍子に、荷物の一つが荷馬車から転げ落ちた。幾つもの陶器が割れる音が響き、落下した荷物を中心に地面に黒いシミが広がる。そして仄かに漂う日本酒の香り。

それを見ても兵士は怯むことなく、自分が突き飛ばした善左衛門に向かって言い放つ。

「何だ、その目は？　お前たちが大人しく調べさせていればこんなことにはならなかったんだ！」

俺の引き連れてきた手勢に緊張が走り、右京や十助といった若い者たちが殺気立った。突き飛ばされた善左衛門に至っては抜刀しかねない勢いで兵士を睨みつけている。

皆、なかなか演技が上手いじゃないか。落下して割れたのはダミーの荷物。もともと落ちやすくしていたものだ。

俺は内心でほくそ笑みながら、それが顔にでないように気を付けて口を開く。

「雑兵！　たったいまお前が割った清酒は龍興様への献上品だぞ！　何ということをしてくれた！　この責任、どう取るつもりだ！」

斎藤飛騨守の指示ということで強気にでていたようだが、所詮は雑兵、龍興への献上品を破損したという事実と国人領主である俺の剣幕とにたじろいだ。

「な、何を言っている。わ、私じゃないからな。その男がやったんだ、その男が悪いんだ」

善左衛門に罪を押し付けるつもりか？　通用すると思うなよ。斎藤飛騨守に助けを求めて縋《すが》るような視線を向ける雑兵に追い打ちをかける。

「責任はその命であがなってもらう！　全員、抜刀！」

雑兵が悲鳴を上げて腰を抜かす。その向こうで斎藤飛騨守が顔面蒼白で震えていた。まさか、俺たちがここまで強硬な態度にでるとは思っていなかったようだ。

こちらは俺を含めて刀を佩《は》いている者は全員抜刀している。その数十五名。対する斎藤飛騨守側はヤツ本人と門番、検分役の兵士を含めても五名。応援を呼ぶ間もなく一瞬で片が付く。

「ま、まて、竹中。いや、竹中殿、少しは落ち着いてくれ」

蒼ざめる彼に視線を向ける。

「これが落ち着いていられますか。一門衆に乱暴を働かれた上、龍興様への献上品を傷物にされたのです」

「確かにやり過ぎたようだ」

「このまま検分を続けさせてはどのような被害がでるか分かったものではありません！」

「そ、そうだな。検分は竹中殿の家中の者たちが荷を開き、こちらの検分役の者が確認するというのでどうだろう？」

額に冷や汗を浮かべた彼が予想以上に早く譲歩してきた。

だがもう少し揺さぶらせてもらうぞ。

「龍興様の前で検分頂くというのは如何でしょう？　既に提出させて頂いている目録通りですが、献上品を検分する様子をご覧頂くのも一興かと思います。献上品だけでなくお礼や慰労の品々の検分に立ち会われるのも後学のためではないでしょうか？」

「そ、それはダメだ。龍興様もお忙しい身だ。何よりも突然そのようなことをお願いしては申し訳ない」

嘘つけ。龍興の前でお礼の品が検分されたら不味いからだろ。知っているぞ、お礼の品があったことを龍興に報告していないのを。もっと言えば、俺が支払っている久作の生活費も正確な金額は報告されていない。かなりの額がこいつの懐に消えていた。その辺りのことを知られるとまずいよなー。

「分かりました。ここは我々だけで検分するとしましょう。ただし、もしまた不手際があれば今度こそ容赦するつもりはありません」

「もちろんだ」

ヤツが兵士たちに検分を再開するよう目配せする。だが、当の兵士たちは互いに譲り合うようにしり込みをしていた。

さて、次は兵士たちだ。俺は配下の者たちに検分に協力するよう命じると、検分役の兵士たちを睨み付けて語気を強める。

「繰り返すが、荷のなかには龍興様への献上品もある。万が一のときは当事者である兵士本人に責任を取ってもらうからそのつもりでいろ！」

俺の言葉に兵士たちの動きが止まった。脅しは十分に効果があったようだ。固まっている兵士を横目に、たったいま落下した荷物を善左衛門が開いて見せた。なかからでてきたのは盛大に割れた酒瓶とわずかに残った清酒。

俺は、顔を蒼ざめさせて動きを止めた兵士たちを睨みつけると、斎藤飛騨守へ視線を移す。

「龍興様への献上品だけでなく、貴殿へのお礼の品と城内の皆様への慰労の品も用意してあります」

割れた酒瓶と地面にしみ込んだ清酒に視線を向けて、皆の意識をそちらへと向けさせて、さらに続ける。

「慰労の品は酒と食べ物です。斎藤飛騨守殿の提案に従って、我々が荷を開けるので兵士の皆さんはそれを検分するというのでよろしいですね？」

不満げな表情の斉藤飛騨守に向けて、『慰労の品には先日貴殿へお贈りした清酒もございます。もちろん、個別に貴殿の分もご用意してあります』、小声でそう付け加えると表情が和らいだ。

弱味と利益の相乗効果だろう、あっさりと承諾した。

そんな彼にあらかじめ用意した清酒の酒瓶を差しだし、それが何日か前にヤツへ贈った清酒であることを耳打ちした。そしてささやく。

「数はまだまだ用意してございます。もちろんご迷惑をおかけした気持ちを上乗せした薬代もあります。薬代だけでなく」

視線を運んできた荷物に向けてさらに声をひそめる。

「貴殿への心付けの品々もあちらの荷物のなかにございます」

ヤツからすれば人目に触れさせたくない荷物だ。

俺の言葉にヤツは小さく首肯すると大きな声で兵士たちに指示をだす。

「そうだな。龍興様への献上品に何かあってはいかん。お前たちは触らずに確認だけしろ。それと、竹中半兵衛」

兵士から俺へと視線を移す。

「そろそろ夕食の時間でもあるし、検分は手早く済ませるようにしろ」

「はい、承知しております。すべてを開けるのではなく幾つかを選んで検分頂くようにします」

俺の言葉に無言でうなずくヤツの姿を見ていた兵士たちは、夕食までに検分を済ませるよう手早く作業に移った。

武具の類は二重底の下に隠してある。

製造に成功したばかりの清酒も大盤振る舞いするために大量に持ち込んだ。夕食の席で振舞えば泥酔は間違いないだろう。俺は形だけの検分を続ける兵士と清酒の瓶を抱きしめてニヤついている斎藤飛騨守を、口元に笑みが浮かばないように注意しながら眺めていた。

◆　◆　◆

城門で斎藤飛騨守の手勢と一悶着あったが、それ以降は特に問題もなく計画が進んでいる。城門の守備兵を脅かしたのと、ヤツに賄賂を渡したのが功を奏したようだ。

俺は顔を蒼ざめさせて伏せっている久作に、

「どうした、本当に具合でも悪くなったのか？　これから一仕事して貰うつもりだったが、お前はここで休んでいるか？」

と緊張を解すためのジョークを飛ばし、部屋の中を改めて見回した。

久作のために用意された部屋は八畳ほどの部屋と六畳ほどの部屋の二間だけだった。これにお付の者たちの部屋がどこかにある。

「ご、ご心配をおかけ致しました」

彼が額に汗を浮かべて、絞りだすように声を発した。

「随分な生活費を取っている割には粗末なものだな。部屋も狭すぎる。見舞いにきた者たちが廊下に溢れでてしまったじゃないか」

部屋を見渡してそう言う俺に久作が病の床から困ったような顔つきで言う。もちろん俺の疑問というかクレームに対しての答えではない。

「この度は直々のお見舞い、ありがとうございます」

この部屋に通されてから小一時間が経過しただろうか。本日、何度目かになるセリフを彼が口にした。

「斎藤飛騨守のやつ、許せないな。この部屋と待遇もそうだが、先ほどの件もそうだ。わざと兵士たちに取らせた、うちの家臣への傲慢な態度。さらには献上品に傷をつける可能性も考えない思慮の浅さ」

予定していた演技など一切せずに悪態をつく俺とは裏腹に、久作をはじめとした家臣たちは顔色が悪い。どうやら斎藤飛騨守の一派が聞き耳を立てていると危惧しているようだ。

「殿の斎藤飛騨守様への対応で十分留飲が下がりました」

善左衛門が話を打ち切ろうと、額に汗を浮かべてささやく。

「あのときのヤツの顔は傑作だったな。顔面蒼白とはまさにあのことだろうな」

『お前たちもそう思うだろ？』と皆に同意を求めたが、返ってきたのは乾いた笑い声と伯父上のささやくような諫言だけだった。

他の者たちには教えていないが、部屋の周囲に斎藤飛騨守の手勢がいないことは百地丹波の部下が確認済みだ。いまこの部屋のなかで平然としているのは俺と百地丹波の二人だけだった。

こちらが演じた型通りの演技に安心したのか、表立って張り付いていた監視役も隠れて様子を窺っていた者も、わずか三十分ほどでいなくなっていた。

「今夜の一番手柄は斎藤飛騨守の首を挙げた者にしようか？」

軽いジョークを飛ばして快活に笑う俺とは対照的に、周囲は引きつった笑みを浮かべている。最も笑顔が硬いのは光秀だ。

「殿、ここまでは事が上手く運んでおりますが、『百里を行く者は九十里をもって半ばとせよ』とのコトワザもございます。ここは慎重になられた方がよろしいかと……」

顔が蒼ざめている。気のせいか額に光るものが見えるな。気苦労が絶えない性質なのか、俺の配下になって日が浅いので要領が掴めていないのか。理由は分からないが光秀の顔色が一番悪い。

つい声をかけたくなるな。『光秀、心から笑えよ』とか。いや、言わないけどな。

「北尾張の切り取りが終われば、この稲葉山城へ居城を移す。あまり汚したり、派手に壊したりするなよ」

「あ、兄上、それはさすがに……」

久作が途中で言葉を失い、額ばかりか目にまで光るものを浮かべた光秀と蒼かった顔を真っ赤にした善左衛門が、ささやくように抗議の声を上げる。

「殿、言葉を選ぶようにお願いいたします」

「もう少し口を慎んでくだされ！」

「そうなれば、久作、菩提山城はお前に任せる。内蔵助伯父上を付けるので相談して領地を治めてみせろ」

久作と伯父上の二人は一言も発することなく、蒼い顔でコクコクとうなずいている。

菩提山城を譲る話も内蔵助を久作に付ける話も初めてしたのに文句の一つもなく、すんなり受け入れてくれた。やはり何事もタイミングは大切だ。

「伯父上でも分からないことがあれば遠慮なく私のところに相談にきなさい」

顔を引きつらせている者たち相手にそんな他愛のない会話をしていると、板戸の向こうからフクロウの鳴き声が聞こえたような気がした。視線を巡らせると、百地丹波が板戸をわずかに開けて何やら会話をしている。

いまの鳴き声は合図か。どうやら、そろそろ頃合のようだ。

久作の病状を心配する振りをしている俺の傍へくると百地丹波がささやく。

「一般の武士や兵士は食事と一緒に清酒を口にし、その大半が酔っているとのこと。守備兵にも食事で振舞われました。清酒も遅れてですが振舞われ、守備兵も清酒を飲んでいる真っ最中です――」

さらに続く報告では斎藤飛騨守、長井利道《としみち》、日根野弘就《ひろなり》、日比野清美《きよざね》なども供回りを含めて泥酔しているらしい。国主である斎藤龍興は食事を終えて居室に戻っており、供回りはわずかだそうだ。

「合図と同時に織田信長の不意打ちだと城内に触れ回る手はずも整っています」

そう言って平伏する百地丹波の手を取る。

「よくやってくれた！　これで逆賊斎藤飛騨守とその一味だけでなく、土岐名を騙る大罪人、斎藤龍興も仕留めることができる」

今回の稲葉山城奪取計画の全貌を知っているのは竹中家と西美濃三人衆、そして西美濃勢の一部の者たちだけだったりする。今夜の尾張攻めに加わっている西美濃勢でも半数以上が知らない隠密作戦だ。さて、北尾張攻略が終わった段階で斎藤龍興とその側近勢力が討たれ、稲葉山城が陥落したと知ったときの彼らの反応がいまから楽しみだ。

北尾張攻略後の妄想を振り払い、眼前の稲葉山城攻略に意識を戻した俺は部屋の中にいる家臣たちを見回して指示する。

「武装して斎藤飛騨守とその一味、そして斎藤龍興を討つ！　泥酔している者であっても容赦するな、非戦闘要員以外は全て討ち取れ！」

真っ先に動いたのは百地丹波。すぐに板戸へと駆け寄ると外に控えていた配下の者に指示を飛ばす。

「殿のご指示を聞いたな！　捕虜にすることは考えるな！　敵を逃がさないことを最優先させ

ろ！　武将と兵士は全て討ち取れ！　首にはこだわるな！　ここで獲った首の数は手柄にはならない！　殿の御恩に報いよ！」

百地丹波の言葉が終わると十数名の人影が姿を現した。

史実のように綺麗に奪取したいのはやまやまだが、最優先事項は斎藤龍興とその側近たちの首級だ。特に斎藤龍興を逃すわけには行かない。西美濃から稲葉山城までを一気に勢力下におき、短期間で美濃を掌握するためにもここで斎藤龍興を討つ。東美濃を中心とした国人衆たちの拠りどころをなくさなければならない。美濃国内の統一に必要な戦は二回。それで済ませる。それ以上かけていては織田信長が息を吹き返しかねないからな。

「百地丹波配下の忍者が先導する！　その者たちに付いて非戦闘要員以外は片端から討ち取れ！　非戦闘員には降伏勧告をしろ。受け入れない場合は非戦闘員であっても討ち取れ。稲葉山城の異変を絶対に外部へ漏らすな！　並行して織田信長の不意打ちだと触れ回れ！　行けー！」

俺の号令一下、二十五人の武将と百地丹波配下の忍者たち十数名が一気に駆けだした。忍者に先導された十助と右京の指揮する突撃部隊が戸板を蹴散らして城内を駆け抜ける。戸板の壊れる音と突撃部隊の己を鼓舞する喊声《かんせい》と織田信長の奇襲を知らせる偽の声が轟く。さらに守備兵たちの混乱と恐怖を孕《はら》んだ喧騒が響き渡り、城内は阿鼻叫喚《あびきょうかん》に包まれた。

先ほどまでの青ざめた顔はもうない。竹中の兵士たちは誰もが昂揚して頬を紅潮させていた。

二ヶ月前に行った悪党たちと破戒僧たちの住んでいた寺の襲撃がフラッシュバックする。

泥酔させて油断したところを、完全武装の一団で一気に叩く。こう言うと酷似しているが状況はこちらの方の難易度が高い。何しろ浮浪者上がりの悪党や戦闘経験のない僧侶ではなく相手は武士と兵士だ。さらにあの時とは比べものにならないほどに兵力差がある。

普通ならこんな戦いは挑まないよな。いや、こんなこと計画しない。この状況よりもさらに不利な作戦を成功させた史実の竹中半兵衛っていうのは本当に凄い男だったと感心するよ。

「構えー！　撃てー！」

善左衛門の号令に続いて鉄砲の音が城内に響き渡る。

郭《くるわ》から本丸へと向かってきた兵士たちへ向けての射撃。知らない者が見れば、触れ回っているデマのように、進入してくる織田軍への射撃に見える。実際は本丸の異変に駆けつけてきた兵士を射殺している。

「伯父上、裏手の部隊へ突入の合図を！」

すぐさま火矢を上空に向けて放った。続けざまに三射、夜の闇を炎が切り裂く。呼応するように裏手からも火矢が放たれ、夜空で火矢が交錯した。それを合図に裏手に無数の松明が灯《とも》り喊声が上がる。

喧騒と混乱のなか、急速に城内の守備兵士が減っていく。予想通り一方的な展開だ。俺は城内の様子を観察しつつ慎重に進んだ。

突然、室内奥の板戸が歪んだと思ったら、板戸の割れる音に続いて武装した兵士が飛び込んできた。兵士は俺と目が合うと奇声を発しながら刀を振り上げて突進してくる。

動きがこれまで接触した兵士とは違う。

素面《しらふ》の兵士かよ！　俺は振り下ろされる刀を横飛びにかわして、そのまま板の間を転がった。転がりながら距離を取って立ち上がろうと目論むが、そうはさせてもらえない。板の間を転がる俺を追って次々と刀が突きだされ、振り下ろされる。

全身の毛穴から汗が噴きだし、心臓が早鐘のように脈打つ。

刀と刀が激しくぶつかり甲高い音が妙に耳に響く。振り下ろされ突きだされる刀が俺の鎧《よろい》や胴丸をかすめ鈍い音が交じる。防戦一方の最中、勢いよく突きだされた刀が鈍い音を残して胴丸に弾かれた。その瞬間、背筋が凍り付く。

改良型の鉄製の胴丸じゃなかったら死んでいたかもしれないな。

いや、ビビっている場合じゃない。死にそうなのはいまも変わらない。右から左から振り下ろされる刀、それに加えて剣術もへったくれもなく突きが休むことなく繰りだされる。

まずい、まずい、このままじゃジリ貧でそのうち殺される。殺されないまでも怪我はするな。

「冗談じゃねー！」

転がりながら刀を振り回すと兵士の脛《すね》をかすめたが、片手で適当に振り回していただけなのでわずかに手傷を負わせる程度でしかなかった。俺もそう簡単に死なないが敵兵士もそう簡単には死んでくれない。

実戦って負傷者こそでても意外と死なないのかもしれないな。

別に余裕があるわけではないのだが、そんなことが頭に浮かぶ。瞬間、敵兵士が転んだ。そして俺の手に残る手応え。どうやら滅茶苦茶に振り回した刀が敵兵士のつま先を切り裂いたようだ。

右のつま先から凄い量の血が出ている。

それでも負傷したつま先で尚も追撃を再開した。

まだ切りかかってくるのかよ！

敵の武装が槍でなかったのが不幸中の幸いだ。怪我を覚悟で部屋の外へと転がりでれば何とかなるか？　外へ転がりでれば少なくとも室内を転がるよりも距離が取れる。俺は突きだされる刀を転がって避けるとそのままの勢いで外へと転がりでた。

転がりでた勢いで強《したた》かに背中を打った。だがそれでも何とか距離が取れた。俺だって戦国に転生してから毎日の稽古《けいこ》は欠かしていない。それ以上に竹中半兵衛が武芸に励んでいたおかげでそれなりに刀も弓も使える。恐怖は感じるが不思議と頭が冴え身体が動く。

あの雑兵、返り討ちにしてやる！

俺を追いかけ回した兵士に向き直ると、大上段に構えた刀を振り下ろすところだった。

何て凄まじい踏み込みと突進力だ！　お前、つま先を斬られていたんじゃなかったのかよ！

振り上げた刀がかろうじて斬撃を受け止めた。

金属同士がぶつかる甲高い音が響き、続いて擦れあう不快な音が耳を打つ。同時に刀を握った両手に異様な力が加わった。俺は上背を利用してつばぜり合いで相手を押し返すが、交差する刃の向こう、鬼の形相《ぎょうそう》で何かを叫ぶ兵士の迫力に一瞬動きが止まった。硬直したその瞬間、目の端に槍を手にした敵兵士の姿が映った。

しまった！　新手か！

全身の毛穴が開き、汗が噴きだしたような錯覚を覚えた。音が消える。視界が狭まる。迫る敵兵士の動きがスローモーションのように感じた。

手にした刀に下から押し上げるような力が加わり、視界が大きく傾く。槍を持った兵士が迫り、地面が近づく。つばぜり合いをしていた兵士の顔に怯えと笑みが浮かんでいた。

俺を呼ぶ声が幾つも聞こえるなか、強かに背中を地面に打った。一瞬呼吸が止まり、すぐに痛みが襲ってきた。

斬られたのか？　いや違う！　つばぜり合いで押し切られ、足をもつれさせて倒れたんだ。

起き上がろうとする矢先、突っ込んできた敵兵士から槍が突きだされる！　避け切れない！

せめて鎧に当たってくれ！

そう願った瞬間、横から突きだされた槍が向かってきた敵兵士の脇腹を貫いた。敵兵士が苦悶の表情を浮かべて血を吐く。

「殿、ご無事ですか？」

「左近、右だ！　右からくるぞ！」

数瞬前まで俺とつばぜり合いをしていた兵士が刀を突きだしているのが見えた。

俺の声とほぼ同時、再び突きだされた島左近の槍が刀を突きだした兵士を正面から突き刺す。

瞬く間に二人の兵士を討ち取った。

さすが鬼左近だ。

「すまん、助かった」

「殿は私の側を離れないようにお願いします」

「そうするよ、頼む」

そう答えながら周囲に目を向けると、少なくとも俺の目の届く範囲の戦闘は終息に向かっていた。もともと、短時間でケリが付く予定の稲葉山城奪取作戦。この様子ならほどなく制圧できるだろう。

俺が島左近の後ろに付いて周囲を観察していると百地丹波が素早く駆け寄ってきた。

「重光様の別動隊が裏手からの侵入に成功いたしました。城下を抑えている安藤様の軍勢から、一隊をこちらに割いてくださったようで城内へなだれ込んでおります」

「ご苦労、よくやってくれた」

「未だ討ち取れていない目標はありますが、概ね予定通りに進んでおります」

「稲葉山城が落ちたことを知られるのをできるだけ遅らせたい。引き続き落ち延びる武将がでないように警戒に当たってくれ。隠れている連中も探しだして仕留めろ」

「承知いたしました。では、護衛に手練れを三名ほど潜ませます」

百地丹波のその言葉と共に三名の若い忍者が音もなく現れた。

おおっ！　心強い。いや、最初からこうしておくべきだった。これは反省点として次に活かそう。

「三人とも、よろしく頼む――」

俺が残った三人の護衛にかけた声が島左近の声にかき消される。

「殿、斎藤飛騨守です！」

視線を島左近の睨む先へ向けると、足取りの覚束《おぼつか》ないヤツがいた。

「討ち取れー！　捕らえようなどと思うな、確実に討ち取れ！」

『ヒッ』という小さな悲鳴に続いて、恐怖に顔を引きつらせながらも、精いっぱいの虚勢を張った斎藤飛騨守の叫び声が響く。

「た、竹中！　青びょうたんがっ！　お、おのれ、おのれ……　この、この逆賊がー！」

睨みつけているところ悪いが、お前の相手は俺じゃない。

「俺には百地丹波の残してくれた護衛が付いている。左近、お前がヤツを討ち取れ！　手柄にしろ！」

「承知いたしました！　護衛の三人は殿の側を離れるなよ！」

そう言い残すと足元のふら付く斎藤飛騨守に向けて槍を突きだす。武装をしていない喚く酔っ払いと完全武装で突撃する猛将。決着は一瞬でついた。

「島左近が、斎藤飛騨守を、討ち取ったー！」

そう叫ぶ彼の槍先は酔って顔を真赤にした斎藤飛騨守の背中から左胸を貫いていた。

周囲に歓声が上がる。

「手を止めるな！　手柄首にまだいる。一人も討ち漏らすな！　城外へ落ち延びようとする者は非戦闘員であっても手心を加えるな」

稲葉山城が落城した事実を国内外に知られるのを極力遅らせる。そのためには非戦闘員といえども、一人として逃がすわけにはいかない。とはいえ、城の出入り口は舅殿の手勢が十重《とえ》二十重《はたえ》に固めているので、取り逃がすことはないだろう。

城内は俺の率いた部隊に外に配置した重光叔父上率いる竹中の軍勢と舅殿が割いてくれた部隊が合流し、一方的な戦いの様相を呈していた。

「殿、お怪我はありませんか？」

返り血を浴びた叔父上が声をかけてきた。

「私なら大丈夫。護衛もついているので心配には及びませんよ」

泥だらけの俺のなりを一瞥して苦笑する。

「ご無事で何よりです。くれぐれも護衛の側を離れないようにお願いします」

駄目だ、バレている。奇襲作戦の最中だというのによく観察しているよ。

俺が叔父上に苦笑いを返すと、今回最も討ち取りたかった人物の名前が轟いた。

「大罪人、斎藤龍興を討ち取ったー！」

誰の声だろう？　遠くで今回の最大のターゲットである斎藤龍興を討ち取ったとの声が上がった。本当なら勲功第二位だな。

続く声が殊勲者の名を知らしめる。

「明智光秀殿が斎藤龍興を討ち取ったー！」

斎藤飛騨守に続いて斎藤龍興が討ち取られたことが、兵士たちにより城内へ瞬く間に拡散する。

主君である斎藤龍興が討たれた事実が知れ渡ると、城内のあちらこちらで降伏する者たちが相次いだ。

終息に向かう城内の状況を眺めていると槍を肩に担いだ善左衛門が歩いてきた。

「殿、主だった者は討ち取りました。城内に抵抗する者はありません」

「降伏した者たちのなかで当家への臣従を申しでた者と非戦闘員は牢に閉じ込めておけ。北尾張切り取りが終わり次第、俺が直接話をする」

ここまでは計画通りだ。

尾張切り取り後も美濃国内の平定が待っている。無用の敵を作る必要はない。臣従は大歓迎だ。勢力ごと取り込めるならそれに越したことはない。討ち取られた者の一族も女や子どもの無事が確認できれば寝返る者もでるだろう。

「お見事です！　殿のご計画通りに事が進んでおります。神算鬼謀とはまさにこのこと。あのとき……寺に巣食っていた野盗討伐に向かうとき、既に殿の目にはこの光景が映っていたのですな」

そう言うと感慨深げに城内を見回す。

「買い被り過ぎだ」

あのときは何も見えていなかった。ただ漠然と稲葉山城を落とす必要があると思っていただけだ。今日のこの光景があるのは『茶室』と紛れもなくお前たち家臣のお陰だ。特に善左衛門、お前は本当によくやってくれた。

「買い被りすぎですか……」

そうつぶやいて小さく笑うと、突然涙ぐむ。

「本当にご立派になられましたな」

「こんなところで泣くな。まだ終わっていないぞ」

「殿の目にはどこまでの未来が映っているのでしょうな。どのような未来をご覧になっているのでしょう……」

涙を溢れさせたと思うと、夜空を振り仰いでボロボロと涙を流しだす。

「殿の目に映る世界を想像するだけで、年甲斐もなく胸が躍ります。今度この老骨に殿の見据える未来を聞かせてください。あの世への土産話にさせて頂きます」

「何バカを言っているんだ！　お前にはもっと働いてもらわないとならないんだ。勝手に早死にしないでくれ！」

善左衛門が真っすぐに俺を見た。涙を流して微笑んでいる。

「話して聞かせるつもりはないからな。俺の見る未来を知りたいなら、いつまでも俺の傍らに立って付いてこい！　想像もできないような世界を見せてやる」

気恥ずかしさから『それを楽しみに長生きしろよ』という言葉を飲み込む。飲み込むことで生じた間が妙に居心地が悪い。

「ともかく、次は北尾張攻めだ！　当てにしているからな！」

そう言い残して城の奥へと足早に進んだ。

城の奥へと進む間、配下の者たちから次々ともたらされる報告を受けながら計画が予定通りに運んでいることに安堵する。そして斎藤龍興の首級を確認するため城の奥へと歩を進める。その途中もすぐに次の戦場である北尾張へと向かうための段取りの指示をだし続けた。

さあ、次は尾張の織田信長だ。もっとも本人は桶狭間に出かけて留守だろうがな。

俺の中では史実に沿って稲葉山城を奪取した喜びよりも、これから行う北尾張切り取りの方が何倍も魅力的で心躍らせるものがある。北尾張の向こうには尾張一国があり、その先には無限の可能性が広がっている。

美濃と北尾張を抑えれば、今川さんと協力して尾張一国を切り取るのも時間の問題だ。俺の眼前に幻の地図が広がる。美濃と尾張を領有し太平洋を望む地図だ。広がる大海原と航行する帆船が目に浮かぶ。

次々ともたらされる報告を聞きながら、俺はそんな夢想をしていた。

番外編　百地丹波

百地丹波は、突然足を止めると無言で辺りを見回した。三人の同行者のうち、唯一の女性である桔梗《ききょう》が不思議そうに問う。

「頭領、如何されました？」

「風景が変わった」

「風景、ですか？　確かに伊賀の地とは、比べるのが悲しくなるほどに豊かな国ですね」

春、まだ冷たい風が桔梗の幼さの残る顔を撫で、長い黒髪を揺らす。春の風に揺れる髪に手を添え、百地丹波の視線の先を追うように辺りを見渡した。

桔梗は『あっ』と小さな声を上げて、はしゃぐように百地を振り返る。

「水田です。水田の形が違います」

彼女の理解の早さ、明るい反応と華やいだ笑顔に百地が満足げにうなずく。

里でも指折り数えるほど、顔立ちの美しい少女だ。それ以上に機転が利く者として桔梗を選んだ。竹中家との繋がりをより強固にするため、当主である竹中半兵衛の側に残すつもりで彼女を連れてきていた。

同行する二人の男が首を傾げているのと正反対に、気付いたことを無邪気に喜んでいる桔梗とを見比べ、彼は口元に小さな笑みを浮かべる。

「その通りだ。気になったのは水田だ。あそこから」

おもむろに水田地帯の一画を指さすと、腕を川沿いに右の方へと移動させる。彼が示した一帯は水田が平成日本風に区画整理されていた。

「あそこまで、水田の形や大きさが整っているのが分からないか？」

その指先を視線で追いかけていた残る二人の同行者――喜十郎《きじゅうろう》と弥三郎《やさぶろう》の声が重なる。

「言われれば、妙に整然としています」

「四角い形をしていますな」

納得したようにうなずく二人の傍らで、桔梗が小首を傾げる。

「でもなぜ同じ形、同じ大きさに揃えたのでしょう？」

「さあ、それは私にも分からん。それを菩提山城までの道々で探っていくのも悪くない」

三人の意識が水田に向けられている傍ら、彼の視線は川へと向けられる。その視線の先には足踏み式の揚水機とその上に乗っている男の姿があった。

「あの川の中にある水車のような道具も初めて見る」

百地丹波の言葉に桔梗と喜十郎、弥三郎の三人は、彼の示す揚水機と川とを視界に収めると口を開いた。

「先ほど見せてもらった水車小屋とも違いますね。もっと小さいですし、作業小屋が見当たりません」

「ここからではよく分かりませんな。一部が川の外へと繋《つな》がっているようにも見えます」

「何のための道具かは見当も付きませんが、あれほどの道具を作れるということは金銭に余裕があるのか、職人たちに無理をさせているかのどちらかでしょう」

ここまでに見た領民たちの様子が百地丹波の脳裏をよぎる。

領民たちの顔に不安や怯えは見られなかった。竹中半兵衛が職人に無理をさせて作らせるようなことはしていないと容易に想像できる。

「あの男に直接訊《たず》ねてみよう」

そう言うと彼は、同行する三人に付いてくるよう、うながした。

◆◆◆

「――揚水機という道具ですか。なるほど、川の水を容易く水田に流し込める訳ですな」

百地丹波が男の説明を確認するように繰り返し、揚水機から伸びる水路を視線でたどる。水路は大きさも形も同じ水田へと繫がっていた。

男の言うように本当にこの揚水機の上を歩くだけであれだけの水田に水を供給できるのか、領民の自信満々の説明と揚水機を目の前にしてなお、彼の中で疑問が大きくなる。

「旦那、いまから動かすから、見てな」

男が揚水機の上を歩き出すと、水車の羽根の一枚一枚が水を掻きだし、水路へと注ぐ。

「水だ！　本当に川の水が水路に流れ込んでいく」

喜十郎の感嘆の言葉に交じって弥三郎と桔梗から歓声が上がった。

揚水機の上を男が歩くだけで川の水が水路に流れ込む。水は春の柔らかな陽射しをキラキラと反射して水路を流れる。水路を走る輝きはやがて水田へと至る。水田に水が浸透していく。

水路を流れる水の輝き、それは百地たち一行には豊かさの象徴のように映った。

「これほどの量の水がいとも容易く……」

絶句する百地丹波に続いて、桔梗と弥三郎の言葉が続く。

「こんな素晴らしい道具があれば、私のような非力な女でも水田を水で満たすことができます」

「このような道具、見たことも聞いたこともありません。本当に羨ましい」

低い場所から高い場所へ水を運ぶ。重労働のはずの作業。それがいとも容易く行われていた。

農作業に詳しくない百地丹波でも、この『揚水機』と呼ばれる道具があることで農作業が格段に楽になると分かる。

驚きと羨望。この領地を訪れた他の商人たちと同じように目を見開いて驚き、感心する四人の反応に男の口が滑らかになる。

「ご領主様が考えて、職人たちと一緒になって作ったんだ」

百地丹波は耳を疑った。

「ご領主様が自ら、ですか？」

「ああそうだ。大工職人たちと一緒になって、それこそ何日も泊まり込んで作ったんだ。何回も失敗して、ああでもない、こうでもないって、頑張ってくださったんだ」

男は自慢げにそう言うと、突然笑い出した。

「もっとも、揚水機を作るだけじゃなく、いろんな物を作ってたし、いろんなことを試していたけどな」

「いろいろな物を作ったり、試したりですか？」

「さっき、あんたが不思議がっていた、水田の形を整えるのもその時にやったんだ」

「あのような形の整った水田は初めて見ました。あれはどのような理由であのような形と大きさにしたのか教えて頂けませんか？」

男は『俺もよく分かんねえけど』と前置きして語る。

「何でも一つの水田から採れる収穫量を同じくらいにしたり、田植えを簡単にしたりするため、だって話だ」

一つの水田から同じ量は分かる。だが、田植えが楽になるのか？　疑問に思った喜十郎が百地丹波に問うた。

「大きさや形を整えるだけで田植えが楽になるものでしょうか？」

「分からん。想像もつかないが、竹中様が意味のないことをするとも思えん」

百地丹波の中で竹中半兵衛に対する評価が大きく変わった。

最初は仕事の内容も伝えずに呼びつける、思いもかけず当主となり、調子に乗ってしまった若い領主と思っていた。他の大名との関係が悪化せず、条件が良ければ仕事を引き受けても良いと考えていた。本音を言えば、他国へ売るための情報を集めるつもりで足を運んだ。

だがどうだ。道々入手する噂話を集めれば領主として、十分以上に評価できる人物であった。

そしていま、評価が大きく変わった。優先して仕事を受けるに値する人物であると。

「噂通り、竹中様の領地は豊かなようですな」

百地丹波の言葉に揚水機の説明をしていた男が反応する。

「他所《よそ》の国ではうちのご領主様のことが噂になっているのか？」

「ええ、もちろんです。『領内はとても豊かで、見たこともない道具がたくさん使われている』、とそれはもう他所の領民は羨んでいます」

百地丹波の言葉に気をよくした男が満面の笑みで彼らに水を向ける。

「それで、あんたらは何を売りにきたんだ？」

「売るだけでなく、竹中様の領地にある変わった道具類を買い付けられないかと思いまして」

百地丹波たち一行は、大和《やまと》の国からの行商人を装っていた。

「そのツルハシとスコップを我らに譲っては頂けませんでしょうか？」

ツルハシとスコップを試しに使った彼らは、木製のクワやスキといった従来の道具とは比べものにならないほど、楽に土を掘り返せることをすぐに理解した。農地が異様に多いことと、開墾作業中の農地がやたらと目立つこともすぐに納得ができた。農地の開拓や農作業が格段に少ない労力ですむのだ。

表情にこそだしていないが、百地丹波の胸の内では未《いま》だ高鳴りが消えない。

「すまねぇな。これはご領主様から頂いた道具で、売っちゃなんねぇモノなんだ」

「売っては駄目な道具ですか？」

「ああそうだ。俺だけじゃねぇよ。領民の誰もが売らねぇよ」

売っていいのは領主から許可を得た特別な商人だけ。しかも販売できる数は極《ごく》わずかであることが男の口から語られた。

入手することが困難だと悟った百地丹波がすぐに話を切り替える。

「ご領主様から頂いたと言われましたが、見返りは？」

「見返りなんてねぇよ。強いて言えば道具を勝手に売っちゃなんねぇのと、仕事に精をだせ、ってことだ」

「それだけですか？」

「いや、もう一つあった。他国や流民から移民を募っているんだが、その移民や流民たちと争ったりせず、温かく迎えるよう言われている」

男の言葉に深くうなずきながら、彼らは会話を続けた。

◆◆◆

菩提山城へと向かう途中、百地丹波一行は何度目になるかわからないほどの回数、足を止めていた。

「あれは何だと思う？」

百地丹波の示す先に視線を向けた桔梗が小首を傾げると、自信無さげに答える。

「井戸、でしょうか？　見たこともない道具が設置されていますが、井戸に見えます」

百地丹波の一行が井戸に近づくと、若い女性がやってきて井戸に設置された手押しポンプを操作しだした。

それを見ていた弥三郎が感嘆の声を上げる。

「水だ、あのへんな道具を動かしただけで水がでました」

喜十郎は手慣れた様子で、井戸から水を汲んでいる女に笑顔で声をかける。

「申し訳ないが、教えて頂けませんか？　井戸の上にあるその道具。鉄の棒を上下に動かしたら水がでてきたように見えたのですが」

「ああ、これ？　ご領主様が町の職人たちに作らせた物で『ポンプ』ってモノですよ」

「ぽんぷ？」

キョトンとする喜十郎の反応をおかしそうに笑うと、女がポンプのハンドルを上下させる。

「ええ、こうやって上下に動かすと、簡単に井戸の水を汲み上げることができるんですよ」

「おお！　水だ、水がでてきた！」

「旦那様、もの凄く澄んだ水です」

喜十郎の驚く声が響く中、桔梗は桶《おけ》から溢れる水を両手にすくって感嘆の声を上げた。

百地丹波も水をこんなにも簡単に溢れさせることが信じられなかった。しかも、その水は濁っているどころか塵一つ浮いていない。

透き通った水。

この竹中領へ足を踏み入れて以来、水の豊かさに何度驚かされたことか。だが、目の前で起きていることはその比ではなかった。

百地丹波が無言で目を剥いている傍らで勢い込んだ喜十郎が、

「ちょっと私にやらせてもらっても構いませんか?」

女から奪うようにしてポンプの操作をした。

「軽い、もの凄く軽い。旦那様、これなら力のない女や子どもでも簡単に水が汲めます」

たいして力を使わないで桶を満たし、さらに溢れさせるだけの水が管から注がれる。

百地丹波の視線は桶から溢れる水に向けられていたが、

「水田の水だけではなく、日々の生活で使う水汲みも重労働だ。その水汲みがこれほど楽な作業になるとは」

そうつぶやき、心の中では自分たちの暮らしを振り返っていた。

井戸から水を汲める者たちは恵まれていた。貧しいものは川から運んで来た水を、甕《かめ》に溜めて利用している。

この何時間かで見た数点の見知らぬ道具。それは人々の暮らしを根本から変えていた。

これらの道具が自分たちの領地にあれば生活が一変する。非力な女や子どもたちがつらい思いをして水を運ばなくて済む。荒れ地を開拓することができる。水を満たした水田が幻のように浮かび、続いて金色に輝く稲穂が頭を垂れている姿を夢想した。

得意げにポンプの説明をしていた女が、彼に遠慮がちに声をかける。

「商人の旦那さん、何を泣いているんですか?」

百地丹波はその想像上の風景に、知らないうちに涙を溢れさせていた。

「いや申し訳ない。私の故郷は貧しくてね。幼い頃の苦労を思い出してしまいました。あの頃にこんな道具があればどんなに幸せだったかと」

「ああ、分かりますよ。このポンプもそうですが、いろんな便利な道具をいまのご領主様が作ってくださったんです」

女の顔が得意げなものから穏やかな優しさに満ちたそれへと変わる。

「治水工事も進めてくださっています。今年の秋には間に合わないかもしれないと言われていましたが、きっと間に合わせてくれます。台風の季節でも川の水が氾濫することはなくなるでしょう」

百地丹波に釣られたのか、涙ぐんだ女が『本当に、いまのご領主様には感謝しています』とつぶやいた。

◆　◆　◆

百地丹波が菩提山城に到着してから四時間近くが経過していた。部屋には彼一人。同行した三人は部屋の外に身を潜めている。

これまでも雇い主から待たされることは多かった。だが待たされている間、いまいるような立派な部屋に通されたことはない。ほとんどが外、雨であっても雪であってもだ。

彼が通された畳敷きの部屋は広さ十畳ほど。畳といっても竹中半兵衛と職人たちが試行錯誤して、それらしくできた試作品の一つ。平成日本の畳には遠く及ばない。

しかし、畳を初めて見る百地丹波にとっては、あまりの座り心地の良さに、逆に居心地が悪く感じるほどだ。居心地の悪さに耐えて座っていると、すぐに下働きの女がお茶と湯漬けをお盆に乗せて運んできた。何かの間違いだと思い、お茶と湯漬けを持ってきた下働きの女に『部屋を間違っています』と告げ、逆に彼女を困らせてしまった。

先客があり立て込んでいるからとの、詫びの言葉と共に用意されたお膳《ぜん》。お茶と湯漬け、さらに香の物までが添えられていた。白湯や湯漬けが振舞われるなど、これまで経験したことがなかった。他の素破の一党からも聞いたこともない。彼は目の前のお膳を見つめながら、自分はからかわれているのか、はたまた試されているのかと目まぐるしく思案したが、結論は出ない。

結局、用意されたお膳には手を付けずに、座って竹中半兵衛を待つことにした。

◆　◆　◆

「百地丹波殿、大変お待たせいたしました」

部屋に入ってきた竹中半兵衛の第一声が平伏した百地丹波の耳に届く。静かで落ち着きを感じさせる口調だが、声そのものは張りのある若者の声だ。

「貴方が百地丹波殿で間違いありませんか？　顔を上げてください」

「私が百地丹波です。ご使者殿から『重要な仕事を頼みたいので参上するように』とうかがい、こうして参った次第でございます」

彼は平伏したまま、肯定の言葉を述べるとゆっくりと顔を上げた。

竹中半兵衛と共に部屋に入ってきたのは彼の叔父である竹中重光と一門衆の一人であり、側近でもある竹中善左衛門の二人。

三人は部屋の上座へと進むと、中央に座った若者が口を開く。

「私が竹中半兵衛だ。百地丹波殿、遠いところをよくきてくれた」

「滅相もございません。この度、我ら伊賀の里まで使者を遣わせ、私をお呼びになったのはどのようなご用件でしょうか？」

百地丹波の低く落ち着いた声が響いた。

『使者からある程度のことは聞いていると思うが、この場で改めて私の口から説明させてもらおう』、竹中半兵衛はそう前置くと、一拍おいて切りだした。

「百地殿はいまの世の中をどう思う？」

「はて？　おっしゃっている意味が分かりかねます」

はぐらかそうとする彼に向けて、若者がなおも語りかける。

「秩序をもたらさなければならない立場の者が混乱を生み、民に安心を約束した者が不安と恐怖を与えている。統治者とは何なのだろうな」

混乱し争いごとが絶えない世の中。それ故、素破である自分たちに討伐の手が伸びていない。それればかりか、逆に素破の技が生業《なりわい》となっているのも事実だった。その生業が蔑《さげす》まれるものであったとしても、食べて行くことができていた。

彼がそれを口にせずに黙っていると、若者の語調が次第に強くなる。

「守護代とは、国主とは、管領とは何だ？　将軍とは何だ？」

その予想外の言葉に百地丹波の鼓動は高鳴り、額には脂汗が浮かんだ。早々にこの場を立ち去るべきだと、彼のなかの何かが叫んだ。百地丹波は若者の左右に座る二人の側近に内心で憐れみを覚えながらも穏やかな視線を注ぐ。彼らは百地丹波以上に蒼ざめていた。酷くつらそうな顔で胃の辺りを押さえ、額に浮かんだ脂汗は頬を伝い顎へと至っていた。

二人の様子から事前の打ち合わせになかったことを若者が語っているのだと察せられた。

小身の国人領主に過ぎぬ者が、側近に何の相談もなく、国主の責務を問うどころか将軍にまで言及する。そのあまりの危うさに、彼のなかで竹中半兵衛とこれ以上関わることが危険だと警鐘が鳴る。だが、それでも、彼は眼前の若者から目が離せずにいた。若者の言葉を聞き逃すまいと耳を傾けた。

「百地丹波、私の望みは天下泰平、万民が安心して暮らせる世の中だ」

百地丹波の脳裏にこの地で出会った、領民たちの幸せそうな笑顔が去来する。

「万民が、ですか。それは大望ですな」

「難しいと思うか？」

さらりと返した百地丹波だったが、若者の発した言葉が、まるで実現できるかのような口調であることに驚いた。だが、それを表情にだすことなく穏やかに返す。

「そのような大それたこと、考えたこともございません」

「私が屋敷の片隅で小さくなって日々を過ごしていれば叶えられるというならそうしよう。だが、それでは何も変わらないどころか状況は悪くなるだけだ」

彼を真っすぐに見つめる若者の眼差しと口調が急に優しげなものに変わった。

「私はね、我がままで、利己的なんだよ。まず、第一は自分の幸せ。次に私の家族や身内、仲のいい者たち。そして家臣、領民。よその国は、まあ、ついでだ」

穏やかに笑う若者に向けて、彼はなんと返して良いか分からず、『さようですか』とだけ口にした。だが、竹中領の人々の暮らしを見れば分かる。口で言うような我がままな領主でもなければ、利己的でもない。もしそんな領主なら領民たちの暮らしを豊かにするために労力や財力をつぎ込んだりしない。自らが畑仕事の陣頭指揮を執ったりしない。

少なくとも、そこら辺の国人領主などよりもよほど好感が持てた。

「百地丹波。万民が安心して暮らせる世の中を作る。そのための手助けをして欲しい」

「失礼ですが、私にはお話が難し過ぎて分かりません。具体的に我らに望むことが何なのか、私にも分かるようお願いできますでしょうか」

相手の受け取りようによっては無礼とも聞こえる返しだ。

「そうか、そうだな。いま話した内容は私が望むもので、私の仕事だ。お前たちに望むものではなかったな」

若者は鷹揚にうなずくと百地丹波を真っすぐに見据えて話を再開する。

「私は情報と情報操作、それらを含めた事前工作に重きを置いている。もちろん夜襲や兵糧の焼き討ちも歓迎する。戦をして敵味方合わせて二千人の死者を出すよりも兵糧の焼き討ちで解決できたなら、それは敵兵一千の首級をあげ、味方の兵一千の命を救ったのと同じ価値だろう」

「つまり、焼き討ちを成功させた者の手柄と考えてくださると？」

然程《さほど》表情を変えることのなかった百地丹波が身を乗りだし、目を大きく見開いていた。

「違うな」

彼の期待を若者はたった一言で打ち砕く。失望を顔に浮かべた彼に向かって『あくまで一例の話だ』、そう前置きをして穏やかな口調で続ける。

「兵糧の焼き討ちを成功させるにあたり、事前に情報が必要となるだろう。潜入の手引きや必要な物資の供給、兵糧の焼き討ちをし易いように手助けする者。どれほど多くの協力者が必要だ？作戦の成功はそれら全てが結実したものだ。手柄の大小はあるだろうが関わった全ての者たちの手柄と私は考える。それは戦においても同じことだ。事前の情報収集や工作した者、手助けした者も正しく評価する」

「それは我らの生業をご評価頂けるということでしょうか？」

若者が『当然だ』とばかりに、深くうなずく。

「そのつもりだ。だがいまやって欲しいことは違う」

「具体的に何をすればよろしいのでしょうか？」

「当面は情報を集めて欲しい。美濃、尾張、近江を中心に、な。それと護衛だ」

護衛の依頼がくることは稀だった。珍しい依頼に興味を惹かれて聞き返す。

「どなたの護衛でしょうか」

「私の護衛だ」

当主の護衛だと？　百地丹波は一瞬言葉を失った。それでも何とか絞り出す。

「ご当主様の護衛でしたら、腕の立つ武将やお侍様が多数いらっしゃるでしょう」

「もちろん、通常の護衛はいる。だが、隠れて陰で私を守る者も必要としている」

「素破がご当主様の護衛ですか。聞いたことがございません」

「私がお前たちに望んでいるのは、これまでの素破と呼ばれる者としての働きに留まらず、それ以上のものを望んでいる。その一つが私の護衛だ。役割は従来の素破と同じように諜報活動や遠方との連絡係。武士と同じように戦場での槍働きはもちろん、夜陰に乗じて敵を混乱させることもする。さらに、他国や他勢力への外交も兼ねてもらう」

百地丹波は自分の理解を超える単語の羅列から目を背け、ハッキリと依頼された事柄を静かに復唱する。

「情報収集と護衛の件、承知いたしました。その期間はいつまでとなりましょう」

「期間は私が約束を守り続ける限りだ。その都度仕事を請け負うのではなく、私の配下となって欲しい。私からの命令だけを受ける集団として召し抱えたい」

素破の在り方を根底から覆《くつがえ》す要求。もちろん、素破とて一族一党ごとにお得意様はある。だが一つの大名家、ましてや国人領主に縛られることはない。それでは一族が食べて行くことは不可能だからだ。

「我らはどこの勢力にも所属せず、より報酬の高い雇い主に従って生きております」

遠回しに受け入れらないとの彼の言葉を若者が一蹴する。

「その生き方を改めて欲しい」

「改めろと言われましても――」

竹中半兵衛は百地丹波の言葉を遮り、『情けない話だが』と前置きして続ける。

「領主様などと言われても、小さな領地しか持っていない。私の部下となってもらうために、お前たちに用意してやれる領地も小さなものだ」

予想すらしなかった単語が耳に飛び込んできた。『領地』、先ほどから自分を混乱させることばかり言っている若者は、我ら素破に領地を与えると言っている。

百地丹波は震える声で無意識のうちに聞き返していた。

「領地、ですか？」

「領地といっても小さなものだ。あまり期待をしないでくれ。お前とお前の一党が食べるのに十分とは言い難い程度の領地しか用意できなかった。だが、食べるのに不足しないよう当面は金銭での支払いも併せてさせてもらう」

考えもしなかった要求。望みすらしなかった報酬。目の前の若者の言葉を心の内で反芻《はんすう》している彼の耳にさらに心を揺さぶる言葉が届く。

「武将としての身分も用意しよう」

「武将？　我らを侍として取り立てて頂けると？」

「当たり前だろう。私の部下となる以上は素破の働きだけをしてもらうつもりはない。武将として戦場にも出てもらう」

一言一句聞き逃すまいと身を乗り出す百地丹波とは対照的に、若者の落ち着いた声が響く。

「いまの私がお前たちに提示することができるものは、わずかばかりの領地と身分だけだ」

何が『わずかばかり』か。百地丹波が心の中で叫ぶ。夢想したことがないと言えば嘘になる。だが、望んだことなどなかった、まして口にすることなどなかった。

それがいま、目の前の若者の口から語られた。

「百地丹波、一党をまとめて私の下へこい！　いますぐに十分な領地は約束できないが食べて行けるだけの金銭を用意しよう」

若者の話の途中で百地丹波が勢いよく平伏し、何かを伝えようと嗚咽交じりに声をだすが言葉にならなかった。

「いますぐ返事をする必要はない。二、三日、私の領内を見てから里へ戻れ。少なくともこの地の領民たちと同じだけの生活は約束する」

「それには及びません。既に竹中様の領内のご様子は道々拝見致しました。我々からすれば夢のような暮らし振りです」

平伏した状態で嗚咽交じりの声が響く。百地丹波は顔を上げたかと思うと、涙を流しながら竹中半兵衛が望んだ最良の答えをその口から告げた。

「百地丹波とその一党、これより竹中様のために命をかけて仕えさせて頂きます」

竹中半兵衛は百地丹波に駆け寄るとその手を取る。

「よく決心してくれた！」

小身の国人領主とはいえ、一つの勢力の当主が素破の手を取る。百地丹波は想像もしなかった出来事に目を白黒させていた。竹中半兵衛の見せた素破に対する態度とは思えない振る舞いは、その言葉と相俟って彼の心をこれでもかと揺さぶる。

「領地は近日中に美濃の領内に用意する。もちろん、屋敷も用意しよう。一族郎党を引き連れて移り住め。百地丹波、たったいまからお前は竹中家の重臣だ。そのつもりで明日の評定に参加しろ」

胸の奥底から熱いものが湧き上がってくる。その熱いものが溢れでたように目頭をさらに熱くさせる。視界がさらに滲んだ。いま、生涯をかけて仕えたいと思える主君に出会った。その主君の顔を目に焼き付けたいのに涙が邪魔をする。

滲んだ視界の向こうに若く端正な顔立ちの主君の姿がぼんやりと映った。

『百地丹波とその一党、これより竹中様のために命をかけて仕えさせて頂きます』

その言葉を何度でも繰り返しそうになる。繰り返してもいい、この喜びを伝えたい。感謝の気持ちを分かって欲しい。だが百地丹波の口から洩れたのは嗚咽だけだった。

壮年の男がうつむいて、ただただ涙する。

部屋には若者に手を取られ、うつむいて涙する彼の泣き声だけが響いていた。

番外編　恒の大冒険

美濃の国人領主、竹中半兵衛の居城である菩提山城。西美濃でも有数の規模と堅牢さを誇る山城である。その菩提山城の台所は朝から緊張に包まれていた。

「行きます」

半兵衛の正室として嫁いできて間もない、恒の声が静まり返った台所に響く。侍女の小春《こはる》と女中たちが固唾《かたず》を飲んで見守るなか、恒が裂ぱくの気合と共に包丁を振り下ろした。

「破！」

骨を断つ低く鈍い音が響き、間髪容れずに包丁がまな板に突き刺さる小気味よい音が辺りに木《こ》霊《だま》した。

「お見事です、お方様」

小春の歓喜の声に合わせて女中たちの喚声と拍手が湧き起こった。喚声と拍手のなか、恒が女中たちを振り返り満足げに微笑む。

「やりましたよ！　イワナを討ち取りました」

「包丁の使い方がさまになってきました。素晴らしい上達ぶりです」

「小春もそう思う？　私も少しだけ自信が付いてきたところなの」

満面の笑みを浮かべてそう言うとすぐに頬を赤らめ、まな板の脇に積み上げられた頭を落とし損ねたイワナをチラリ見た。

「その……、随分と失敗したけど……」

「練習に使われたイワナは、お殿様のお膳には上りませんから大丈夫です」

「失敗したイワナはどうなるの？」

「小春や女中たちが美味しく頂きます。お殿様はもちろん、他人の目に触れることもございません。ご安心ください」

闇から闇に葬られるのだと言い切った。

「そんなことよりも次でございます。イワナの後事は女中たちに任せて、お方様は香の物を切りましょう」

小春が目配せをすると、恒の目の前にあった包丁とまな板、頭を落とされたイワナが手早く片付けられ、代わって新しい包丁とタクアンが乗ったまな板が並べられた。

「え？　でもまだ焼いてないわよ」

「武将だって首級を挙げたらそれ以上のことはいたしません。お方様もイワナの首級を挙げたのですから十分にお働きになられました」

「そう？　でも、せっかくだから焼くところまでやりましょうよ」

「焼くのはもう少し料理に慣れてからにいたしましょう」

「小春も心配性ね。大丈夫よ、私だって魚くらい焼けます」

「前回失敗しましたよね」

「そうだったかしら？」

感情を押し殺した小春の言葉を明後日《あさって》の方を向いて受け流した。

「生きたイワナを炭火のなかに放り込みましたよね。あの時は何が起きたのか理解するのに少し時間がかかってしまいました」

二人のやり取りに女中たちも先日の料理風景を思い起こす。

最初から上手くいくなどとは誰も思っていなかった。まして恒は西美濃三人衆の一人、安藤守就の二の姫である。遅くにできた姫ということもあり、大切に育てられ実家でも料理などしたことがなかった。恒が幼い頃からの侍女である小春はもちろんのこと、竹中家の女中たちにも周知されていた。

恒の初めての料理。小春の指揮下、失敗を前提として大量の食材と熟練の女中たちによる万全のサポート体制を整えて臨んだ。

失敗する要素は見当たらない。

だが、見通しの甘さをすぐに思い知る。

タライのなかを泳ぐイワナを捕まえるだけで大騒動だった。

とはいえ、生きた魚など捕まえたことのない十四歳の若妻が奮闘する姿は、侍女の小春や熟練の女中たちからすれば微笑ましくもあった。皆が温かい目で見守るなか、ようやくイワナを捕まえた恒が歓喜の声を上げる。次の瞬間、手にしたイワナを『えい！』という掛け声とともに炭火のなかに放り込んだ。

「え？」

「え？」

「あ？」

「うそ？」

小春の驚きの声と遠巻きにして台所仕事をしていた女中たちの声が重なり、続いて恒の悲鳴が台所に響く。

「キャーッ。イワナが跳ねました！　炭と灰が飛び散りましたよ、小春！」

イワナも驚いただろうが小春と女中たちも驚いた。予想外の出来事に一瞬何が起きたのか理解できず、がん首揃えて炭火のなかで跳ねるイワナを茫然と見る羽目になってしまったのだ。

それを思いだして小春がシミジミと言う。

「炭と灰が飛び散りましたね。ついでにイワナも……」

「小春のイジワル。直接火にくべたのは最初の一尾だけでしょう。次のイワナはちゃんと串を刺したじゃないの」

「そうでした、思いだしました」

朗らかな笑顔で両手を胸のあたりで打ち、パンっと乾いた音をさせると笑顔のまま続ける。

「ハラワタも抜かずにいきなり串を刺しましたね」

後はハラワタを抜けばいいようにと、まな板の上に置かれた締めたイワナの口に串を突き立て、文字通り内臓もろとも串刺しにした。

それでも半兵衛に手料理を食べて欲しいという恒の熱意に負けて、次はハラワタを抜いて串を刺した状態のイワナを用意した。そのイワナを目の前にして不満げにつぶやく恒。

「焼くだけなの？」

「焼くだけです」

「私は半兵衛様に手料理を作って差し上げたいのだけど……」

疑問を捨てきれない恒に、

「立派な手料理です。それにもう魚がございません」

失敗すれば主菜抜きの朝食になることを告げた。

「結局、お方様が焼いたイワナがお膳に上ることはありませんでした」

「そう言えば、そんなこともあったわね」

結局最後の二尾も串を刺した状態で炭のなかに倒してしまい、用意した魚は全滅してしまった。

つい、三日前のことである。

そして今日、恒のリベンジである。

「ささ、タクアンを切ったら完成です」

小春にうながされるまま、タクアンに包丁を突き立てた。

◆　◆　◆

朝食のお膳を前にした半兵衛が嬉しそうに恒を見る。

「今日の朝食も恒殿が作ってくださったそうですね」

「ええ、そのはずです……」

記憶よりも薄く切られたタクアンを箸《はし》先でつまんでシゲシゲと見る。よく観察すれば片面は記憶にない滑らかさだが、もう片面は見覚えのある粗さが残っていた。

「どうしました？」

「いえ、何でもありません」

女中たちが見かねて手を加えたのだと知って小さな溜息を吐《つ》く。

「とても美味《おい》しいですよ、この塩焼き」

「喜んでもらえて嬉しいです」

内心では釈然としないが、褒めてもらえば嬉しい。

自然と頬が綻ぶ。

美味しそうにイワナの塩焼きを口にする半兵衛に頬を染めた恒が聞く。

「半兵衛様の作られるお料理はどうしてあんなに美味しいんですか？」

「美味しいですか？」

「はい、とても美味しいです」

「恒殿にそう言ってもらえると嬉しいですね」

「あの、それでどうしてあんなに美味しいのでしょう？」

「そうですね……」

平成日本の知識を料理の知識を活用しているから、とも言えず言葉を濁して思案する。

「たくさん失敗をしたからでしょう、か」

「半兵衛様が失敗？」

恒の目に映る半兵衛は穏やかで礼儀正しく思いやりのある青年であり、その細い身体つきからは想像もできないが、弓馬に優れ野盗討伐の陣頭指揮を執る勇猛な武将であった。さらに家中の者や領民たちにも優しく思いやりがあり、斬新な改革を推し進める領主でもある。

恒からすれば失敗など無縁の完璧な武将に思えた。

その半兵衛の口からでた失敗という言葉に驚き、思わず聞き返してしまった。

「ええそうです。この間作ったウナギのかば焼き。あのタレを作るのに丸々一ヶ月かかりました。その間に何度も失敗してようやくあの味がだせたんです」

「知りませんでした。お料理ってとても大変なモノなんですね」

「料理に限りません。何事も一朝一夕にはなりません。何度失敗しても諦めないことが大切です」

「何度失敗しても諦めない……」

恒は半兵衛の言葉を噛みしめるように反芻《はんすう》し、さらに聞く。

「他に秘訣はありますか？」

「そうですね、秘訣とは少し違うかもしれませんが……、食材が新鮮なのが一番大きいのかもしれません」

「新鮮？」

「ええ森や川に自分でとりに行くこともありますし、領民にお願いして新鮮な食材を確保してもらうこともあります」

「新鮮な食材と何度失敗しても諦めないことが美味しいお料理の秘訣なんですね」

「そうですね。後は愛情でしょうか？　私は恒殿や皆に美味しい料理を食べて欲しいと愛情を込めて料理しています」

「まあ、半兵衛様ったら……」

頬を染めて言葉少なに食事をする二人。本来なら若い新婚夫婦に微笑ましさを覚えるのだろうが、小春は何故か胸騒ぎを覚えていた。

◆　◆　◆

朝食を終えて自室に戻ると、恒は小春の両肩を掴んで勢いよく言う。

「小春、半兵衛様から良いことを聞きました」

「良いことですか？」

警戒するように小春が聞き返すと、恒は窓から外を見ながら浮かれたように言葉を紡ぐ。

「料理や味付けは何度も失敗を繰り返し、その結果として美味しいものができるそうです。つまり、失敗は必要なことだということです」

小春も側で半兵衛の言葉を聞いていたが解釈は違った。だがそれを指摘する間もなく、恒がまくしたてる。

「何度も失敗を重ねる時間はありません。ですが、他の秘訣、新鮮な食材の調達と愛情。これなら私にもすぐにできそうです」

「新鮮な食材の調達ですか……？　あの、お方様？　新鮮な食材の調達は下男に頼めばよろしいのではないでしょうか？」

頬を紅潮させて興奮気味の恒を目の前にした小春の顔に不安の色が浮かんだ。

「愛情です。新鮮な食材も自分で調達する愛情が大切なのです」

新鮮な食材と愛情が必要だというのは理解できたし、その通りなのだと思う。だからと言って、なぜ新鮮な食材の調達を自分ですることにつながるのか理解できなかった。

「お方様、食材を調達するというのは大変なことです。お殿様も領民に頼んで調達するとおっしゃっていました。思い直しませんか？」

「小春、でかけますよ。準備をしなさい」

窓から晴れた空を見上げる恒が勢いよく拳を突き上げた。

◆　◆　◆

『では、早速準備をいたします』、そう言って恒の部屋から退出した小春は、一目散に半兵衛の下へと駆け込んだ。

「お殿様、大変でございます」

「どうした？　何を慌てているんだ？」

善左衛門と二人、治水計画の見直しをしていた手を止めた。

「お方様が、お方様が！」

「落ち着きなさい。恒殿がどうかしたのですか？」

「新鮮な食材を調達しに行くと言って、お城の外にでる準備をしています」

「何の冗談だ？」

「冗談ではありません。お殿様に美味しい手料理をおだしするのだと言って張り切っています」

領民たちに頼んで食材を集めるつもりなのだろうか？　それとも商人に食材の調達を依頼しに行くつもりなのだろうか？

そう考えた半兵衛が小春に提案する。

「城の外はまだ危ないから私も一緒に行こう」

「違います、お殿様に内緒で料理を作るおつもりです――」

要領を得ない小春から根気よく聞きだした結果、半兵衛に美味しい手料理をだして驚かせたい恒が、内緒で食材を調達しようとしていることを理解した。

「――しかも、ご自分で新鮮な食材を集めるおつもりのようです」

「それは、何とも無謀な」

恒の箱入り娘振りを知っている善左衛門が思わず声を上げた。

「彼の言う通りだ。小春、思い止まらせることはできなかったのか？」

口ではそう言っても自分のためにそこまでしてくれる恒を愛おしく感じて、ついにやけてしまった。

「殿、顔が緩んでおりますぞ」

善左衛門の言葉に慌てて真顔になる。

「せっかくやる気になっているのに、止めるのも可哀そうだ。恒殿には内緒で私がこっそり付いて行こう。何かあれば助けられる。それなら心配はないだろ？」

「え？　えぇー！」

止めてもらうつもりがさらに大ごとになったと驚く小春をよそに善左衛門がピシャリと言う。

「殿が付いて行くのでは心配事が三倍になります。私と護衛の者が同行いたしましょう」

「あのう……、お殿様やご家中の方がご一緒されるのは不味いと思います。お方様はお殿様に知られないように食材を集めようとなさっています」

「承知している。私も護衛も気付かれないよう、こっそり付いて行けばいいのだろ」

なおも不安げな視線を向ける小春をよそに半兵衛が声を上げた。

「百地丹波、いるか？」

「はい、お側に控えております」

隣の部屋から百地丹波の落ち着いた低音ボイスが響いた。

「いま聞いたように気取《けど》られずに護衛ができる手練れを十名ほど頼む」

「承知いたしました」

即座に了解の返事をした百地丹波が一拍おいて言う。

「……それと、これはご提案なのですが、くノ一を一名、お方様の側に付けさせて頂けませんでしょうか？」

百地丹波が仕官した日、側に置いて欲しいと紹介された美しい少女を思いだした。

「桔梗か？」

「憶えておいででしたか。その桔梗ですが武芸も仕込んであります。奥方様の護衛として役立ちましょう」

「それでは桔梗を同行させよう。隠れて護衛する忍者十名と併せてすぐに準備を頼む」

隣室に控えた百地丹波の『承知いたしました』、との返答を聞きながら小春に向きなおる。

「狩りや漁に行くのなら女だけでは何かと不便だろう。荷物持ちに右京を同行させよう」

「そんな、適当に手の空いている下男に声をかけます」

武将である右京に荷物持ちをさせるなど、もってのほかだと小春が慌てて声を上げた。

「下男では護衛にならない。隠れて護衛する者は当然必要だが、帯刀した者が付いていれば無用の危険は避けられる」

こうして恒と小春の食材調達に桔梗と右京の同行が決まった。

◆　◆　◆

城門付近で話し込んでいる恒たちを隠れて見ていた半兵衛が不安を口にする。

「若い女性三人に男一人か、ならず者に絡まれそうだな」

十名の忍者を潜ませているので、ならず者が絡んできたところで恒や小春に被害がでることはない。だが内緒で護衛をさせていたことがバレてしまう。もう一人くらい帯刀している者を付けるべきだろうか、と半兵衛が思案していると善左衛門が聞いてきた。

「何をしているのでしょう？」

「聞くな。私も疑問に思っていたところだ」

城門付近で話し込んで動かない恒たちをそのまま隠れて見ていると、彼女たちの側を通ってきた下男に扮した忍者が報告した。

「右京様が奥方様に馬に乗るよう説得している真っ最中です」

馬に乗ると言っても武将のように騎乗するわけではない。鞍《くら》の上に横座りになり下男に馬を牽《ひ》かせるのだ。乗っている女性が馬を操作することもない。

「馬に乗るよう説得するのはいいが、肝心の馬はどこだ？」

「奥方様は城下まで歩くとおっしゃられ、右京様の説得が上手くいっておりません」

馬を取りに行く前段階であることに苦笑した半兵衛が誰にともなく言う。

「すまないが、馬を二頭と馬を牽く下男を二人、急いで用意してくれ」

ほどなくして馬を取りに行った十助が戻った。彼はそのまま恒たちのいる城門へと歩を進める。

「どうしたのだ、右京」

下男二人に馬を牽かせた十助が話しかける。

「十助！　その馬は？」

「散歩だ。少し動かさないと、いざというときに役に立たないからな」

　普段から十分に運動している馬たちなのだが、恒や小春がそのことを知らないのをいいことに十助が右京に水を向ける。右京も心得たもので十助の思惑をすぐに察した。

「それは丁度いい。その馬を貸してはくれないか？　これから城下へ行くところなのだが、お方様と小春に乗って頂く馬を取りに行くところだったんだ」

「構わんよ。馬もただ歩かされるよりも奥方様に乗って頂く方が幸せだろう」

　十助の言葉を受けて、右京が恒に言う。

「奥方様、聞いての通りでございます。わざわざ馬を用意するわけではありません。偶然にも散歩にでる馬に乗るだけです」

「分かりました。そう言うことであれば、せっかくですから馬に乗ります」

　数分後、恒たち一行は城下町への途に就いた。

　馬上にある恒たちの後姿を遠くに見ながら半兵衛が言う。

「随分と増えたな」

　恒と小春の二人で始まった食材調達。城門をでる段階で、桔梗、右京と十助。さらに下男二人と総勢で七人と馬二頭となっていた。

「あの人数ならならず者に絡まれる心配もないでしょう」

　善左衛門が安堵の笑みを浮かべていた。

◆　◆　◆

恒たち一行が城下へ向かう際中、森でとれる食材の話題になった。

「森で調達できるのは肉です。鹿やウサギもいいですが、やはり味がいいのはイノシシと山鳥でしょう」

右京が発した、この不用意な一言が森でイノシシと山鳥の肉を調達することになった。イノシシや山鳥が生息している森の奥へと分け入るのだが、当然、馬に乗ったまま森には入れない。森の入口付近に馬を置き、徒歩で森のなかに入ることになる。

馬二頭と下男二人を森の入口付近に待たせ、恒たちが森のなかへと足を踏み入れて三十分余。山歩きに不慣れな女性の足ではあるがそれなりに奥へと入っていた。

「小春、ちょっと怖い感じがしない？」

「鬱蒼《うっそう》としていますね」

裾《すそ》を引きずるほどの打掛小袖を着た恒と簡素な小袖を着た小春とが森のなかを寄り添うように歩く。何ともシュールな光景である。

その二人を前後から挟むように先頭を十助と右京が進み、最後尾を歩く桔梗が目印となることよりを枝に結びながら進む。そのこよりに交じって同僚の忍者へ現状を知らせる手紙が結ばれていた。その手紙の一通を読み終えた百地丹波が竹中半兵衛に伝える。

「どうやら奥方様はイノシシと山鳥を捕獲するおつもりのようです」

「捕獲する？　どうやって？」

半兵衛の誰に聞くともなく口にした疑問に善左衛門と百地丹波が答える。

「右京と十助が帯刀していますな」

「桔梗も懐に短刀を潜ませております」

恒と小春の二人は手ぶらなので、イノシシを仕留める武器は二人が口にしたものしかない。

「無理だろ……、いや、そうじゃない。危険な目に遭う前にイノシシを諦めさせたい」

「お任せを」

半兵衛の言葉が終わると、連絡要員として付いてきた忍者の一人が森の奥へと走って行った。

「どうやって諦めさせるんだ？」

半兵衛が期待を込めて百地丹波を見ると『私も知らされておりません』、そう言って静かに首を横に振った。

「分かった。このまま様子を見よう」

半兵衛がそう言ってから十分余が経過したところで、恒たちの方から何かが大木に衝突したような激しい音が響いた。

顔を見合わせる半兵衛と善左衛門たちの耳に、十助の大声が届く。

「奥方様、イノシシです！　イノシシが大木に衝突して死んでいます」

そんな都合のいい話があるわけがない。互いに顔を見合わせていた半兵衛と善左衛門は側にいた百地丹波に視線を向けた。

どう返事をしてよいか分からずに百地丹波が押し黙っていると、十助の『首の骨が折れています。勢いあまって大木にぶつかって首の骨を折ったようです』と言う、ありえないセリフが森のなかに木霊した。

「お前の配下の仕業か？」

「戻ってきましたら確認いたしますが……、恐らく間違いないでしょう」

◆◆◆

偶然捕獲したイノシシを木の枝に縛り付け、それを担いだ右京と十助が先頭を歩く。中央に恒と小春、最後尾に桔梗。変わらぬ並びで森のなかを進んでいた。

そんな彼らを森の奥から見つめる五人の男たち。

「いました、あれです」

貧相な小男が恒たちを指さした。

すると一際大きなヒゲ面の中年男とヒゲ面の若い男が下卑た笑いを浮かべる。

「ほう、別嬪《べっぴん》もいるじゃねえか」

「若い女三人とイノシシか。随分と気が利く連中だな」

「刀を持った男が二人いますぜ」

「イノシシを担いでいるんだ、ろくに戦いなんかできねえさ」

「違いねえ、不意打ちですぐに片付く」

「こっちは五人、向こうは手が塞がっているのが二人。楽勝だぜ」

互いに顔を見合わせて忍び笑いを漏らした。

真っ先に真顔に戻ったヒゲ面の大男が号令する。

「お前たち三人は気付かれないように、連中の後ろに回り込め。俺たちは正面から行く。間違っても女は殺すな。とっ捕まえて隠れ家に連れて行くぞ」

男たちが慣れた様子で森のなかを進む。

「大丈夫か？」

「気付いちゃいねえ、大丈夫だ」

普段から森のなかで生活しているのか、音もたてずに最後尾の桔梗に近づいていく。

桔梗から二十メートルほどのところにたどり着くとすぐに大木の陰に隠れた。

「まだ気づいちゃいねえ。へ、間抜けなヤツラだぜ」

「口を塞いで縛り上げるぞ」

その瞬間、男たちの口が塞がれ、小刀が喉元に突きつけられた。

「静かにしろ、騒げば殺す」

男たちは互いに相棒が黒ずくめの男たちによって、口を塞がれ、喉元に小刀を突き立てられている姿を見た。それは取りも直さず、自分も同じように抵抗できない状態であることを意味する。

自分たちの置かれている状況をすぐに理解した彼らは、黒ずくめの男たちの言葉に冷や汗を流し、首だけをコクコクと動かして了解の意を示した。

喉元に刀を突きつけられた状態で森の入口まで引きずりだされた。するとそこには恒たちの正面から迫るはずだったヒゲ面の男と大男の二人が縄で縛られて転がっていた。

「殿、こいつらの処分は、如何なさいますか？」

半兵衛の前に引きずりだされた五人の男たちを一瞥して百地丹波が聞いた。その横で善左衛門が男たちに聞こえるような声で半兵衛に耳打ちする。

「お方様に仇《あだ》なそうとした者たちです。見せしめの意味も含めてノコギリ引きがよろしいかと」

阿吽《あうん》の呼吸で脅しにかかった。

「ノコギリ引きならいつでもできる。その前に聞きたいことがある」

善左衛門の言葉に青ざめた野盗たちに向けて、半兵衛が優しげな笑みを浮かべて聞く。

「他に仲間はいるのか？　仲間の居場所を言えば死罪だけは見逃してやろう」

半兵衛にしても自分たちの利益にならない死罪などにするつもりはないのだが、死罪をほのめかすと口が軽くなるので、罪人を捕らえる度にこのような小芝居をしていた。

さるぐつわを外された一人が咳込むように言う。

「仲間は他に五人です。ここから少し離れた、国境近くに隠れ家があります」

「城に伝令をだせ。三十人ほどの兵を差し向けて捕らえるように伝えなさい」

「承知いたしました」

即答した忍者が森の外へと駆けだした。

◆
◆
◆

その頃、恒たち一行はさらに森の奥へと足を踏み入れていた。

「山鳥も雉《きじ》も見当たりませんね」

木漏れ日を手で遮って樹々を見上げる小春に釣られ、恒も同じように樹々を見上げた。

「やっぱり空を飛ぶから、捕まえるのはイノシシよりも難しいのかしら」

そんな会話をする恒と小春たち一行から数百メートル後方で、桔梗が残してくれた手紙を読んでいた百地丹波が告げる。

「お方様たちが探しているのは山鳥のようです」

「山鳥か、どうやって捕獲するつもりなんだろうな……」

半兵衛の疑問に誰もが押し黙るなか、善左衛門が答えた。

「弓は持っていませんでしたな……。するとイノシシ同様、刀で仕留めるおつもりではないでしょうか？」

イノシシも刀で仕留めたわけではないのだが、敢えてそこには触れない。

「山鳥を捕獲する方が難易度高くないか？」

「難しいでしょうな」

「これ以上森の奥に入って熊にでも遭遇したら危険だ。恒殿に気取られないよう山鳥を捕まえさせるいい案はないか？」

半兵衛の質問に誰もが押し黙るなか、ひとりの忍者が口を開いた。

「山鳥が木に当たって落ちてきた、というのを装っては如何でしょうか？」

「それでは先ほどのイノシシと同じではないか」

考えるのが面倒になってきたのではないか。そう疑いたくなる案に善左衛門があきれて問い返した。だが、忍者の方は至ってまじめのようだ。

「一度あることは二度あると申します。あれこれと凝《こ》ったことを考えるよりも現実味があります」

苦しいだろ。

誰もがそう思ったが代案がない。

「それで行こう。手配を頼む」

半兵衛の一言で決まった。

◆　◆　◆

突然、何かが恒の目の前に落ちてきた。

「きゃー！」

「嫌ー！」

恒と小春が悲鳴を上げる側で、桔梗だけは何が起きているのか正確に掴んでいた。先ほど枝に縛り付けられていた手紙に書かれていた通り、上空から気絶した山鳥が落ちてきた。

「お方様、山鳥です！」

桔梗の言葉に恒と小春が声を上げる。

「え？　山鳥？」

「お方様、捕まえましょう！」

「そ、そうね。小春、どうやって捕まえるの？」

「手です！　手で押えましょう」

二人が気絶している山鳥に覆いかぶさった。

「動きませんね？」

「死んでいるのかしら……」

二人が動かない山鳥を不思議に思い、押える力を幾分か緩めると、桔梗が気絶した山鳥を抱きかかえる。

「温かいですし、心臓も動いています。気絶しているだけのようです」

イノシシを縛るときに余分に用意したツタで気絶した山鳥を手際よく縛り終えると、手元を覗き込んでいた恒に桔梗が言う。

「気絶した山鳥が落ちてくるとは僥倖《ぎようこう》です」

「お方様は本当に運がいいです。これもお方様の日頃の行いがよろしいからでしょう」

小春が言った。

運がいいかは別にして恒の日頃の行いであることは間違いない。

「やはり運がいいことなのですね」

「運のよろしいお方様の手料理です。きっとお殿様も幸運に恵まれますよ」

「もしそうなら嬉しいわ」

幸運を無邪気に喜ぶ恒を右京がうながす。

「お方様、森で調達するつもりだった食材は二つとも手に入りました」

「次は川でイワナを調達しましょう」

「次も幸運に恵まれるとよいですね」

「まあ、小春ったら」

恒があきれたように小春をたしなめる。

「幸運がそんなに転がっているわけがないでしょう。それに幸運をあてにしてはいけません。今度は自分の力でイワナを釣ります」

十助の背に隠れた桔梗のだすハンドサインを読み取った百地丹波が半兵衛に告げる。

「次は川でイワナをお釣りになるようです」

「釣竿も網も持っていなかったよな?」

「急いで釣竿を用意させます」

百地丹波のその一言で、近くに控えていた忍者が姿を現した。無言で控える忍者に告げる。

「村人から釣竿と網を借り、それをお方様に渡せ。ただし、不自然に思われないように、釣り人や漁師に化けろ」

忍者は短く『承知』と答え、村へと急いで走って行った。

◆　◆　◆

「お方様、都合の良いことに釣りをしている者がおります」

右京の言葉通り、川岸では複数の村人が川に糸を垂らしていた。釣り人が同僚であることを見て取った桔梗がすかさず言う。

「あの者に頼んで釣竿を借りましょう。私が話をしてまいります」

「桔梗、私が借りるのですから、私からお願いします」

走りだそうとする桔梗を恒が制止した。

川岸に到着すると言葉通り、恒が釣り人の一人に声をかける。

「釣り人さん、お願いがあるのですが、よろしいでしょか？」

「これはお嬢様、私のような一介の釣り人にどのような御用でしょうか？」

一介の釣り人などいない。いるのは村人である。同僚のあまりの演技の下手さに桔梗が天を仰ぐ。だが、幸いなことに恒は気付いていないようだ。

「釣竿を貸して欲しいのです。もちろん、お礼は差し上げます」

「もちろんでございます。ちょうど餌をつけて糸を垂らしたところです」

そう言って手にした釣竿を恒に手渡した。

釣り人に礼を述べて釣竿を受け取ると、自慢げに小春を振り返る。

「小春、釣竿を借りられましたよ」

続いて、『キャッ』という恒の小さな悲鳴が聞こえ、釣竿が大きくしなった。

「お方様、引いています」

「小春、ど、どうすればいいの？」

「竿をあげるんです。こう、上に勢いよくあげてください」

小春が釣竿を引き上げる身振りをしながら叫んだ。

「わ、分かったわ」

小春の言葉に従って、恒が釣竿を勢いよく引き上げた。

引き上げられた釣竿の先には数本の針を飲み込んだイワナ。陽光にキラキラと水滴を反射させながらイワナが宙を舞う。

「釣れましたよ！」

「き、桔梗！　魚です！」

「は、はい！」

恒の喜びの声と小春の慌てた声とが重なるなか、桔梗が宙を舞うイワナに飛びついた。

◆◆◆

その日の夕食に恒の手料理がお膳に上った。

イノシシの味噌焼きと山鳥の炭火焼き。さらにイワナの塩焼きと主菜が三種類という豪勢な夕食である。

「――――突然、雷が落ちたような大きな音がしたと思ったら、何とイノシシが大木にぶつかった音でした」

　身振り手振りを交えて、恒が森のなかでの出来事を嬉しそうに語る。

「それがこの味噌焼きですか？」

「ええ、そうです。そしてこちらの山鳥も突然空から落ちてきたのです。桔梗の話ではイノシシと同じように木にぶつかって気絶したのだろう、と言うことです」

「それは幸運でしたね」

「はい、小春をはじめ、皆が『こんなことは滅多にあるものではありません』、と言っていました」

「では、このイノシシの味噌焼きと山鳥の炭火焼きは恒殿の幸運のお裾分けですね。ありがたく頂くことにします」

　半兵衛の言葉に恒が嬉しそうに頬を染めた。

　続いて、初めてイワナを釣ったことを話しだす。食事の間中、興奮気味に一日の出来事を話す恒を半兵衛はとても幸せそうな顔をして見ていた。

主要登場人物

◇竹中半兵衛
生誕：一五四四年（物語開始時　十七歳）
正室：恒　安藤守就　二の姫（物語開始時　十四歳）
※主人公／物語開始時　独身

◇安東茂季
生誕：一五四〇年（物語開始時　二十一歳）
正室：蠣崎季広《かきざきすえひろ》の娘（物語開始時　十八歳）
※安東愛季の実弟／兄の傀儡として東北地方で苦労中

◇最上義光
生誕：一五四六年（物語開始時　十五歳）
正室：大崎義直《おおさきよしなお》の娘（物語開始時　十四歳）
※血縁関係に翻弄され東北地方で苦労中

◇北条氏規
生誕：一五四五年（物語開始時　十六歳）
※物語開始時　独身

※今川氏真の義理の弟
※美少女の嫁さんを募集中
◇今川氏真
生誕：一五三八年（物語開始時　二十三歳）
正室：早川《はやかわ》　北条氏康の娘（物語開始時　十八歳）
※北条氏規の義理の兄
◇小早川繁平
生誕：一五四二年（物語開始時　十九歳）
※物語開始時　独身
※小早川家の当主の座を毛利元就の策略で追われ、山陰で苦労中
◇一条兼定
生誕：一五四三年（物語開始時　十八歳）
正室：宇都宮豊綱《うつのみやとよつな》の娘（物語開始時　十五歳）
※村娘を側室にすべく絶賛アプローチ中
◇伊東義益
生誕：一五四六年（物語開始時　十五歳）
正室：喜多《きた》　一条兼定（妹）（物語開始時　十五歳）
※物語開始時　独身

本書に対するご意見、ご感想をお寄せください。

あて先

〒162-8540 東京都新宿区東五軒町3-28
双葉社　モンスター文庫編集部
「青山有先生」係／「長浜めぐみ先生」係
もしくは monster@futabasha.co.jp まで

転生《てんせい》！　竹中半兵衛《たけなかはんべえ》　マイナー武将《ぶしょう》に転生《てんせい》した仲間《なかま》たちと戦国乱世《せんごくらんせ》を生《い》き抜《ぬ》く

2018年11月3日　第1刷発行

著　者　青山有《あおやまゆう》

カバーデザイン　小久江厚（ムシカゴグラフィクス）

発行者　稲垣潔

発行所　株式会社双葉社
〒162-8540　東京都新宿区東五軒町3番28号
［電話］03-5261-4818（営業）　03-5261-4851（編集）
http://www.futabasha.co.jp/（双葉社の書籍・コミック・ムックが買えます）

印刷・製本所　三晃印刷株式会社

［電話］03-5261-4822（製作部）
ISBN 978-4-575-24123-5 C0093　

The man, enjoying the 2nd ROUND in a different world.
その おっさん、異世界で二周目プレイを満喫中
剣と魔法の世界で冒険者として生きる中年、ユーヤ。彼は努力家だが才能がなく、報われない日々を送っていた。しかしそんなある日、ユーヤは社畜だった前世の記憶を取り戻す。そして、今生きているこの世界が、かつてやり込んだゲームとまったく同じものだと気づく。さっそくユーヤは、ゲーム内の隠し技であるレベルリセットを行い、1から人生をやり直そうとするのだが——
月夜 涙
Illustration
てんぷるた

Mノベルス

ある日、クローゼットの中が異世界へ繋がる洞窟になっていることを発見した烏丸良志は、好奇心から探索することにした。洞窟内で見つけたのは、スライムをはじめ瀕死の小動物たち。彼らを救った良志は、そこでいつの間にか自分がダンジョンマスターに、そして救った動物たちが自らの従魔になっているのに気付く。良志は従魔たちを引き連れ、異世界を探索することに決めた。「従魔のためのダンジョン、コアのためのダンジョン」を改題した小説家になろう発の異世界冒険ファンタジー。

発行・株式会社　双葉社

Mノベルス

タカハシあん
Takahashi An
illustration
のちた紳
Nochita Sin
村人転生
最強のスローライフ
神様のミスで40代半ばで事故死したオレは、異世界の田舎の村に転生した。そこにあるのは、美人の妹や幼馴染みの少女に囲まれた、電気も水道もない究極のスローライフ！　さらに、農作業や家畜の世話もあるのに、家には大商人や女冒険者がやってきて、オレは今日も大忙し！　「小説家になろう」発、異世界スローライフ・ファンタジー！

発行・株式会社　双葉社